AF192023

Elke Edith

DRACHENKRAFT
UND
ELFENMACHT

novum pro

Dieses Buch ist auch als
e-book
erhältlich.

w w w . n o v u m v e r l a g . c o m

Bibliografische Information
der Deutschen Nationalbibliothek:

Die Deutsche Nationalbibliothek
verzeichnet diese Publikation in
der Deutschen Nationalbibliografie.
Detaillierte bibliografische Daten
sind im Internet über
http://www.d-nb.de abrufbar.

© 2015 novum Verlag

ISBN 978-3-99048-160-8
Lektorat: Isabella Busch
Umschlagfotos: Pseudolongino,
Patrik Ružic, Katalinks,
Ig0rzh | Dreamstime.com
Umschlaggestaltung, Layout & Satz:
novum Verlag

Gedruckt in der Europäischen Union
auf umweltfreundlichem, chlor- und
säurefrei gebleichtem Papier.

www.novumverlag.com

INHALT

Nachdem es Sandra Henderson zusammen mit dem Polizeiinspektor Jameson Richards möglich gewesen war, einen von einem Dämon entführten kleinen Jungen aufzuspüren und zu retten, läuteten schließlich sogar die Hochzeitsglocken für das glückliche Paar, das nach anfänglichen Problemen endlich seine Liebe zueinander entdeckt hatte. Ihren Ehemann störte es auch nicht, dass in Sandras Adern zu einem Viertel Elfenblut floss. Er liebte sie so, wie sie war, eine junge hübsche Frau, auch wenn sie ihn mit ihren Fähigkeiten, die ihr vom Erbe ihrer Mutter geblieben waren, immer wieder in Erstaunen versetzte. Er hatte sie schließlich schon beim Lösen von Bannsprüchen, beim Kampf gegen dämonische Diener und bei Beschwörungen erlebt. Ja, er war sogar mit ihr in eine andere Dimension geschleudert worden, sodass sich sein Weltbild mittlerweile völlig verändert hatte.

Doch trotz ihrer Liebe zueinander stand ihnen der wohl schwerste Schritt in ihrem Leben noch bevor. Dunkle Mächte wollten sich das Wissen und Können von Sandra, die liebevoll Sandy genannt wurde, zunutze machen und erpressten sie zu diesem Zweck mit dem Leben ihres Mannes. Würden ihre Liebe und ihre Fähigkeiten auch diesmal stark genug sein, diese erneute Prüfung zu bestehen? Würde sie es schaffen, den Versuchungen zu widerstehen und ihren Partner retten zu können, ohne sich eines großen Verrates an den Wesen aus einer anderen Welt schuldig zu machen? Und wenn sie es nicht konnte, was würde sie dann wohl für eine Strafe für ihren Verrat erwarten? Würde das dann auch das Ende ihrer Liebe bedeuten, die sie doch eigentlich damit bewahren wollte?

PERSONENVERZEICHNIS

Sandra Richards: Die junge Frau ist die Tochter einer Halbelfe und eines Menschen. Sie ist zwar nicht unsterblich, hat aber viele Fähigkeiten ihrer Mutter geerbt und versucht daraus das Beste zu machen, auch wenn man ihr immer wieder mit Unverständnis begegnet. Sie hat inzwischen den Polizeiinspektor Jameson Richards geheiratet, nachdem sie sich bei einem gemeinsamen Fall kennengelernt hatten. Doch nun wird sie vor eine schwierige Entscheidung gestellt, als man sie mit dem Leben ihres Mannes erpresst, um ihre Gabe für eine ungerechte Sache auszunutzen.

Jameson Richards: Der Inspektor gerät bei einem zunächst völlig normalen Einsatz in die Hände eines Magiers und kann nur durch die aufopferungsvolle Liebe seiner Frau gerettet werden.

Albert: Der langjährige Diener von Jameson Richards bleibt diesem auch nach dessen Heirat noch treu ergeben und wird schon bald zu Sandras Vertrauten.

Narami: Die liebenswerte Drachendame ist Sandra und Jameson im Land der Drachen behilflich.

Alvaro: Der größte und stärkste Drache ist der Anführer der gesamten Drachenwelt.

Danjal:	Der Sohn von Narami und Alvaro ist noch ein unerfahrener Jungdrachen, der viel zu lernen hat.
Widana:	Der Drachenmutter wird das Gelege genommen, sodass sie auf Rache sinnt.
Kaïtara:	ein noch junges Drachenweibchen
Inura:	ein anderes Drachenweibchen
Margo:	ein anderer Drache
Funaro:	ein anderer Drache
Burana:	ein anderes Drachenweibchen
Galfur:	Der dämonische Magier blockiert Jamies Gehirn, um seine Frau zu erpressen, wobei er nichts Gutes im Schilde führt.
Valeria:	Die Ahnin von Sandy ist einst selbst aus Liebe zur Verräterin an den Drachen geworden.
Richards senior:	Jameson Richards Vater ist einer der reichsten Firmeninhaber der Stadt.
Franklin:	Der Polizeikollege von Jameson Richards versucht zunächst, dessen Frau beizustehen.
Dr. med. Miller:	Der Arzt kümmert sich im Hospital um den Inspektor, jedoch ohne ihm wirklich helfen zu können.

DRACHENKRAFT UND ELFENMACHT

Was konnte schon schlimmer sein, als morgens zu viel zu früher Stunde geweckt zu werden? Dabei war es ganz egal, ob es nun durch einen schrecklichen Wecker, einen vorlaut krähenden Hahn auf dem Lande oder durch das Klopfen von Albert, dem Diener, an unserer Schlafzimmertür geschah. Ich beschloss ganz spontan, dieses lästige Geräusch zu ignorieren und mich einfach nicht zu rühren. Allerdings konnte ich das nur für mich selbst entscheiden und nicht für meinen Ehemann Jamie, der ja zu seiner Dienststelle im Polizeipräsidium musste. Und er war ein viel zu pflichtbewusster Inspektor, als dass er einfach mal blaugemacht hätte und zu Hause geblieben wäre.

Vielleicht war er an diesem frühen Morgen ja der Meinung, dass ich noch schlafen würde, denn er ließ meinen Kopf ganz sanft aus seiner Armbeuge auf das Kissen gleiten. Ich spürte, wie er mit einem Finger sacht eine Haarsträhne aus meinem Gesicht strich und mir einen Kuss auf die Wange hauchte. Dann schlug er die Decke zurück und setzte sich auf die Bettkante, wo er noch einen Moment verharrte.

Ich blinzelte unter den Wimpern hervor und blickte auf seinen breiten Rücken mit den kräftigen Muskeln, während er sich jetzt nach oben stemmte. Da er keinen Pyjama trug, ließ ich meine Blicke weiter nach unten wandern und blieb an seinem knackigen Hinterteil hängen. Wir hatten wie immer, seit wir uns kannten, nackt geschlafen. Warum sollte man sich auch erst mit störender Kleidung aufhalten, wenn man so verliebt war wie wir beide. Wir waren jetzt schon seit mehr als einem Jahr verheiratet und genossen unsere Zweisamkeit noch immer wie am ersten Tag.

Deshalb schickte ich jetzt auch einen bewundernden Pfiff hinter ihm her, obwohl er die Badezimmertür bereits erreicht hatte und mit einem schelmischen Jungengrinsen dahinter verschwand. Sein Blick, den er mir zurückwarf, war eine einzige Aufforderung gewesen, deshalb war mir auch klar, dass er nur duschen würde, denn wenn wir erst gemeinsam in der großen in den Boden eingelassenen Wanne landen würden, käme er garantiert zu spät ins Büro. Aber eine warme Dusche mit ihm zusammen wollte ich mir trotzdem nicht entgehen lassen und huschte deshalb schnell aus dem Bett und verschwand ebenfalls in dem riesigen Badezimmer, dessen Ausmaße schon einem kleinen Schwimmbad gleichkamen.

Als ich die Kabinentür der Dusche aufzog, schlug mir bereits ein Schwall warmer, feuchter Luft entgegen, und ich drängte mich schnell neben ihn und ließ die angenehmen Wasserstrahlen ebenfalls auf meinen Körper prasseln. Dabei war es mir ganz egal, dass meine Haare, die ich mittlerweile noch ein ganzes Stück länger trug, ebenfalls nass wurden. Ich ließ mich nur zu bereitwillig in seine starken Arme ziehen und mit einem ausgiebigen Gutenmorgenkuss verwöhnen. Dann genoss ich seine streichelnden Hände, während wir uns gegenseitig den duftenden Seifenschaum auf unseren Körpern verteilten, den die Wasserstrahlen sofort wieder abspülten.

Wir hatten einen wunderschönen Abend miteinander verbracht und waren gar nicht mehr dazu gekommen, uns den Film anzusehen, den wir uns ausgeliehen hatten, da uns unser Bett und die Möglichkeiten, die es uns bot, viel verlockender erschienen waren. Eigentlich konnte ich es noch immer nicht glauben, dass ich diesen Mann, der mir zu Anfang so unausstehlich und arrogant erschienen war, tatsächlich geheiratet hatte. Aber nachdem wir unsere anfänglichen Probleme endlich gemeistert hatten und er gelernt hatte, meinen Erbteil an Elfenblut zu akzeptieren, konnten wir uns dann doch noch unsere Liebe zueinander eingestehen. Sie war zwar sofort auf eine harte Probe gestellt worden, doch wir hatten alle Hindernisse überwunden, und so hatte ich, eine viertel Elfe, doch tatsächlich den Mann meiner Träume geheiratet. Dass er obendrein auch noch sehr wohlhabend, nun gut stinkreich trifft es wohl besser, war, setzte dem Ganzen eigentlich nur noch die Krone auf. Immerhin bekam er aus dem Gewinn der

Richards-Werke einen beträchtlichen Anteil ausbezahlt, da er der jüngere Sohn des Firmengründers war. Damit wäre er auf sein Gehalt als Polizeiinspektor im Grunde nicht angewiesen, aber so war es ihm schon lieber, wenn er auch eigenes, selbst verdientes Geld besaß, was ich ihm sogar hoch anrechnete.

Wenn ich daran dachte, wie lange es gedauert hatte, bis er mir meine Elfenkräfte und -fähigkeiten endlich abkaufen konnte, dann war es immer noch ein Wunder, dass wir zueinandergefunden hatten. Doch inzwischen konnte ich mir ein Leben ohne meinen schmucken Polizeiinspektor gar nicht mehr vorstellen! Dieser Mann war zum Inbegriff meines Lebens geworden!

Wir waren gegenseitig dazu bereit gewesen, für den Partner unser eigenes Leben zu opfern! Was konnte mehr zusammenschweißen und von unserer Liebe überzeugen, als solche Taten? Schließlich hatte er sich meinetwegen sogar mit Dämonen und anderen Höllenwesen geprügelt, war meinetwegen angeschossen worden und fast gestorben, wenn ich seine Seele nicht an den schon toten Körper gebunden hätte. Er hatte sich auch nicht selbst retten wollen, als er in einer magischen Höhle fast verschüttet worden wäre. Nein, er hatte alles darangesetzt, meinen Körper zu schützen, sodass es meinem Geist möglich gewesen war, doch wieder in seine Hülle zu schlüpfen. Und dafür liebte ich ihn noch mehr, liebte ihn mit der ganzen Kraft meines Herzens!

Jamie, der ja eigentlich Jameson hieß, drängte mich in diesem Moment mit dem Rücken gegen die Fliesen. Und da ich bereits beim Einseifen unter meinen Fingern seine Härte verspürt hatte, war mir sofort klar, dass er die kurze Zeit, die uns zur Verfügung stand, noch nutzen wollte. Wie hätte ich etwas dagegen haben können?

Schon fühlte ich mich von ihm hochgehoben, und ich umschlang ihn bereitwillig mit meinen Beinen, sodass er mich nur noch etwas tiefer rutschen lassen musste, damit sein steifes Glied in mich eindringen konnte.

„Wow!", stieß ich hervor, da ich ihn so schnell ganz tief in mir spürte, und umklammerte seine Schultern, zog mich selbst noch dichter und fester an ihn heran, um seine Bemühungen zu unterstützen.

Er hievte mich abwechselnd höher und ließ mich wieder runter, seine Arme schienen gar nicht zu ermüden. Begeistert stöhnte ich auf, ratschte mit meinen Fingernägeln über die Muskeln seines Rückens, wodurch er bestimmt ein paar rote Striemen zurückbehalten würde, was ihn aber noch mehr anturnte. Am liebsten hätte ich laut geschrien, wenn mir nicht in derselben Sekunde eine volle Ladung Wasser aus dem Duschkopf in den Mund gelaufen wäre. Ich musste husten und beendete damit ungewollt meinen Orgasmus viel zu früh, was aber zumindest Jamie nicht daran hinderte, selbst zum Höhepunkt zu kommen. Mit verklärtem Blick grinste er mich an und verschloss mir den Mund mit einem wilden, leidenschaftlichen Kuss, während er sich gleichzeitig in mir verströmte. Ich konnte kaum glauben, was dieser Mann – nein, mein Mann – mir alles bieten konnte!

Als wir endlich das Bad wieder verließen, hatten wir die Zeit prompt weit überschritten, sodass aus einem gemeinsamen Frühstück natürlich nichts mehr wurde. Jamie musste sich sogar sputen und zog sich in Rekordzeit an. Es blieb uns nur ein intensiver Abschiedskuss, dann sprintete er auch schon zu seinem Bentley. Ich öffnete ihm nur noch schnell das Tor mit der Fernbedienung, und schon war er weg!

❧

Ich verzog enttäuscht das Gesicht, aber er musste ja ins Präsidium, während ich selbst zurzeit keinen Auftrag hatte. Niemand hatte mich kontaktiert, weil er die übersinnlichen Fähigkeiten einer Elfe in Anspruch nehmen wollte, die in einschlägigen Kreisen aber durchaus bekannt waren. Ich benötigte weder ein Büro noch Zeitungsanzeigen. Mein Können und meine Erfolge im Bereich des Paranormalen sprachen sich noch immer am besten per Mundpropaganda herum. Ich würde also Zeit für mich selbst haben, viel zu viel Zeit nach meinem Geschmack, wenn Jamie nicht bei mir sein konnte.

Also ging ich zurück ins Schlafzimmer, ließ den kuschligen Bademantel von meinen Schultern rutschen und zog mich erst einmal an. Ich entschied mich unter all der Garderobe, die ich dank Jamie inzwischen besaß, für eine weiße Sommerhose und ein lindgrünes Top, legte ein zartes Make-up auf, ließ meine Haare locker über meine Schultern fallen und schlüpfte in weiße Espandrillos.

Das Frühstück wollte mir alleine zwar auch nicht schmecken, aber eine Tasse von Alberts wirklich gutem Kaffee ließ ich mir nicht entgehen, bevor ich dem Diener mitteilte, dass ich mir einen kleinen Laden ansehen wollte, der in seinem Antiquariat ein paar sehr alte Bücher anbot, die sich angeblich mit der Geschichte der Elfenwesen beschäftigten. Diesem Tatbestand musste ich einfach nachgehen, denn wer hätte besser beurteilen können, ob die Schriften tatsächlich die Wahrheit sagten, wenn nicht ich, da ich doch immerhin zu einem Viertel echtes Elfenblut in mir trug.

Mein kleiner, weißer, zweisitziger Sportwagen, den Jamie mir geschenkt hatte, wartete nur darauf, von mir gefahren zu werden. Mittlerweile hatte ich auch wieder Übung im Fahren bekommen, denn bevor ich meinen Mann kennengelernt hatte, war es mir unmöglich gewesen, mir einen fahrbaren Untersatz zu leisten, da war ich gewöhnlich auf Schusters Rappen unterwegs gewesen. Jetzt sah das natürlich ganz anders aus, und ich hatte mich auch schon längst wieder ans Fahren gewöhnt und fühlte mich wieder sicher dabei. So parkte ich schon bald auf einem freien Platz neben einer Einkaufszone, wo sich der kleine Buchladen zwischen größere Geschäfte wie hineingequetscht einpasste. Doch wenn der Laden auch etwas unpassend für diese Gegend wirkte, so schien er sich doch über Wasser halten zu können, denn es befanden sich gleich drei Kunden, zwei Männer und eine ältere Frau, in seinem Inneren und stöberten in den vollgestopften Regalen.

Ein ebenfalls älterer Mann schien der Bibliothekar zu sein, denn er sah mir interessiert entgegen, kaum dass ich den Laden betreten hatte. Und so wendete ich mich sofort an ihn, denn es schien mir auf den ersten Blick unmöglich, in diesem Laden auch nur ein einziges Buch selbst zu finden.

Ich grüßte den Mann mit seinem dichten, aber gepflegten Vollbart freundlich und erklärte: „Ich habe erfahren, dass Sie ein altes Buch zum Thema Elfen anzubieten haben. Das würde ich mir gerne einmal ansehen. Wäre das möglich?" Die Augen des Bibliothekars verengten sich einen Moment, als wolle er abschätzen, was eine junge, hübsche Frau wohl mit einem solchen Buch anfangen wolle, doch schließlich meinte er: „Ja, Miss, das habe ich in der Tat. Wenn Sie mir bitte folgen wollen, ich habe dieses spezielle Buch hier nebenan."

Ich folgte ihm bereitwillig in einen zweiten Raum, der nur durch einen Vorhang von dem Laden abgetrennt war. Hier bot er mir Platz in einer gemütlichen Sitzecke an und holte ein Buch, dem man sein hohes Alter ansehen konnte, aus einer Truhe hervor und reichte es mir.

„Hier bitte, Miss, sehen Sie es sich nur in Ruhe an. Dann kommen Sie sicher zu dem Schluss, dass es sein Geld wert ist."

Bis zu diesem Zeitpunkt wusste ich noch nicht einmal, wie viel er überhaupt dafür haben wollte, aber allein der lederne Einband ließ bereits auf eine beträchtliche Summe schließen. Denn das war noch echte Handarbeit und keine Massenware.

„Danke."

Ich nahm dieses uralte Stück schon fast ehrfürchtig entgegen und ließ mich in der Sitzecke nieder, um das wertvolle Buch vor mir auf den Tisch zu legen und die kleine Leselampe anzuknipsen. Kaum war der Mann wieder in den Verkaufsraum verschwunden, ließ ich meine Fingerkuppen schon fast zögerlich über den ledernen Einband gleiten und spürte sofort dieses seltsame Prickeln, das mir eindeutig zeigte, dass ich hier ein mit Magie versehenes Stück in den Händen hielt. Meine Elfensensoren, wie ich meine übersinnlichen Fähigkeiten auch gerne nannte, waren sofort aktiviert, und ich war sehr gespannt, was mir dieses Buch wohl offenbaren würde. Mit spitzen Fingern hob ich den Einband an und blickte auf bereits leicht vergilbtes Papier, wie man es nur bei sehr alten Stücken finden konnte oder bei solchen, die der Feuchtigkeit ausgesetzt gewesen waren.

Verschnörkelte Buchstaben, geschrieben mit alter, schon leicht verblasster Tinte, breiteten sich über das Papier aus. Ich musste mich schon sehr konzentrieren, um die Worte überhaupt entschlüsseln zu können, da sie in einer sehr alten Sprache mit vielen bildhaften Ausschmückungen geschrieben waren. Dieses Werk fesselte sofort meine Aufmerksamkeit, denn es behandelte die magische Vergangenheit des Elfenvolkes, zu dem ich ja nun mal gehörte, eine Vergangenheit, die ich weder in allen Einzelheiten kannte noch zu leugnen vermochte. Zu viel Wissen war im Laufe der Generationen in der modernen Welt verloren gegangen. Doch hier schien ich plötzlich einen Schlüssel zu all dem Unbekannten in den Händen zu halten.

Gebannt blätterte ich Seite für Seite um, spürte noch immer das leichte Kribbeln unter meinen Fingerkuppen, wenn ich das Papier berührte, das sich so gar nicht wie Papier, ja nicht einmal wie Pergament oder Papyrus anfühlte. Fast hatte ich das Gefühl, eine Art von Haut zu berühren. Doch konnte ich mir darauf noch keinen Reim machen, stattdessen fühlte ich plötzlich eine seltsame bleierne Müdigkeit, die sich meines Körpers bemächtigte. Ohne dass ich es eigentlich wollte, fielen mir plötzlich die Augenlider zu und mein Kopf sank auf die Tischplatte, genauso wie mein gesamter Oberkörper. Im Normalfall wäre mir so etwas peinlich gewesen, aber ich war mir weder einer Schuld bewusst, noch hätte ich etwas dagegen tun können. Obwohl mir klar war, dass ich tatsächlich einzuschlafen drohte, war es mir nicht möglich, mich dagegen zu wehren. Meine Umgebung verschwamm vor meinen Augen, und ich trat völlig weg.

Obwohl – völlig war vielleicht der falsche Ausdruck, denn ich hatte nur den Eindruck, dass mein Geist, sprich mein Viertel Elfenanteil, auf Wanderschaft ging. Ich befand mich ganz plötzlich in einer ganz anderen Welt, in einer Art von Dschungel, so fremdartig und riesig wirkte die Pflanzenwelt um mich herum. Ich glaubte tatsächlich, mitten in den Tropen zu stehen, bis mir klar wurde, dass die Sache noch viel verrückter war, denn das, was da über mir am Himmel kreiste, war für normale Vögel viel zu groß. Hatte es mich etwa in die Urzeit verschlagen, in die Kreidezeit mit ihren Dinosauriern? Und wenn ja, wieso?

Aber auch dieser Gedanke war nicht nur absurd, sondern schlichtweg falsch! Ich hatte keinen Zeitsprung, sondern wohl eher einen Dimensionssprung gemacht, der mich in die Fabelwelt der Drachen katapultiert haben musste, denn als eines dieser Flugtiere näher kam, konnte man diesen Koloss wohl nur als einen Drachen bezeichnen. Dann fiel mein Blick von meinem erhöhten Standpunkt hinunter auf ein Tal, auf dessen Sohle sich gleich mehrere verschiedene Arten dieser Wesen tummelten. Vierbeinige Drachen waren genauso vertreten wie Zweibeiner, die auf mich fast den Eindruck von überdimensionalen Hühnervögeln gemacht hätten, wenn nicht diese seltsame Schuppenhaut gewesen wäre. Beide Arten gehörten zu den Flugdrachen, denn an ihren Körperseiten waren jeweils riesige lederartige Schwingen angelegt.

Obwohl ich mich mitten in dieser seltsamen Welt befand, schienen mich die Giganten jedoch nicht wahrzunehmen. Aber das war auch kein Wunder, denn da anscheinend nur mein Geist in diese Welt eingedrungen war, vermochten sie mich nicht zu sehen und genauso wenig zu riechen oder sonst irgendwie zu wittern. Schon begann ich mich zu fragen, was ich hier überhaupt sollte, denn dass es sich um eine Art von Realität handeln musste, erschien mir dann doch als sicher, als sich das Bild vor meinen Augen schon wieder veränderte.

Jetzt blickte ich auf ein Gelege, auf ein Drachennest von wahrhaft riesigen Ausmaßen, in dem jedoch zerstörte Eier lagen. Die Jungdrachen waren gar nicht mehr dazu gekommen, aus ihren Eiern zu schlüpfen. Die kleinen, verstümmelten Körper lagen verstreut auch über den Rand des Nestes hinaus herum. Doch wenn es ein Räuber gewesen war, warum hatte er die fast völlig entwickelten Jungtiere dann nicht gefressen?

Mein Blick wanderte weiter und blieb an einem toten Drachen hängen, der nur ein paar Meter entfernt lag. Sein lebloser Körper wirkte wie ein Berg. Jedoch konnte ich keine Wunden entdecken. Woran war er gestorben? Und war es vielleicht das Muttertier? Aber wieso war es tot? Warum hatte es weder sich selbst noch seine Jungen retten können? Welcher übermächtige Feind hatte hier gewütet?

Es war wohl müßig darüber nachzudenken, als ich hinter mir eine Bewegung wahrnahm und mich hastig umdrehte. Erschrocken starrte ich zu dem immens großen Vierbeiner hoch, dessen Hals in stolzem Bogen gewölbt war und einen kleinen, aber edel anmutenden Kopf trug. So ähnlich mussten wohl auch die Brachiosaurier ausgesehen haben, als sie noch die Erde bevölkert hatten. Doch dieser Drache sah mich direkt an. Seine Augen fixierten mich regelrecht. Er schien mich im Gegensatz zu den anderen sehen zu können. Aber wieso?

Und dann tönte mir auch schon seine dumpfe, aber grollende Stimme entgegen, die ich seltsamerweise verstehen konnte, und stellte mir diese eine, aber alles entscheidende Frage: „Warum hast du das getan?"

„Was getan?", fragte ich verständnislos zurück.

„Warum hast du uns verraten?"

Verraten? Ich eine Verräterin? Das konnte doch gar nicht sein!

In diesem Moment wurde ich an der Schulter gepackt und kräftig geschüttelt.

„He, wachen Sie auf, Miss!"

Die Worte drangen wie durch Watte zu mir durch. Meine Augen öffneten sich widerwillig. Vor mir stand der Bibliothekar und sah kopfschüttelnd auf mich herunter. Ich erschrak heftig. Wieso hatte ich denn geschlafen? Nein, eigentlich war es ja gar kein Schlaf gewesen, sondern eine geistige Reise in ein Land, das wahrscheinlich mit diesem Buch in Verbindung stand.

Verwirrt starrte ich den Mann an, schlug dann den Folianten zu und hörte mich seltsamerweise sagen: „Ich kaufe das Buch!"

War das eben wirklich meine Stimme gewesen? Musste sie wohl, denn in das Gesicht des Mannes trat auf einmal ein Lächeln. Als er weitersprach, wusste ich auch wieso. Der Preis, den er nannte, hätte mich früher glatt umgehauen, doch heute, als Mrs. Jameson Richards, zückte ich einfach die Kreditkarte, und schon war die Sache erledigt. Der Bibliothekar steckte das Buch nur noch in eine große Tasche, die er mir reichte, und wünschte mir sogar noch einen schönen Tag.

Noch immer etwas verwirrt verließ ich den Laden und steuerte mein Auto an, wo ich die Tasche mit dem Buch auf dem Beifahrersitz ablegte, die Türen verriegelte und mich erst einmal tief durchatmend in den Fahrersitz zurücklehnte. Ich musste mit mir selbst und dem, was ich in dieser seltsamen Vision in einer Art

Trance gesehen hatte, erst einmal ins Reine kommen. Versunken in meine Gedanken, nahm ich von dem, was um mich herum vor sich ging, nichts mehr wahr. Der Verkehr, die Passanten, die vorbeigingen, all das war auf einmal völlig unwichtig. Ich richtete meinen Blick auf die Tasche, und irgendwie hatte ich das Gefühl, mich unbedingt mit dem Inhalt des Buches befassen zu müssen. Noch nie hatte ich davon gehört, das das Elfenvolk in irgendeiner Beziehung zu den Drachen stehen sollte, obwohl ich natürlich wusste, dass sie in einem Land oder besser in einer eigenen Dimension überlebt hatten, nachdem sie vor unendlicher Zeit von der Erde, so wie Menschen sie kannten, verschwunden waren.

Ich musste mich schon gewaltsam zusammenreißen, um mich von meinen Gedanken abzulenken. Deshalb schaltete ich auch zunächst das Autoradio an, was eigentlich ganz gegen meine sonstige Gewohnheit war, da ich mich bei der geringen Fahrerfahrung, die ich besaß, nicht ablenken lassen wollte. Noch bevor ich starten konnte, meldete der Nachrichtensprecher sich aus den Lautsprecherboxen und berichtete direkt vom Ort eines Überfalls auf ein Einkaufszentrum. Unwillkürlich zögerte ich noch damit, den Zündschlüssel herumzudrehen, und hörte wie gebannt zu.

„… Gebiet weiträumig abgesperrt", meldete der Radiodienst. „Eine Sonderkommission der Londoner Polizei will verhandeln, um die beiden Geiseln freizubekommen, scheint jedoch kein Argument in der Hand zu haben, damit sich die Geiselnehmer auf Verhandlungen einlassen."

Polizei, Sonderkommission, Geiseln?, überschlugen sich meine Gedanken.

Vergessen waren das Buch und die Drachen, denn ich wusste nur zu genau, dass Jamies Kollege, der ihm mittlerweile gleichgestellt war, im Urlaub war, und deshalb blieben dergleichen Fälle an meinem Gatten hängen. Und bei einer Geiselnahme ging es gewöhnlich um alles! Da wurde hoch gepokert. Da wurde mit Menschenleben gespielt!

Ich schien mit meinem Blick das Radio zu hypnotisieren, damit der Sprecher vielleicht noch mehr über das Einkaufszentrum preisgab. Er sagte zwar nicht den Namen, das hatte die Polizei ihm sicherlich verboten, aber er erwähnte zumindest die Nähe zum Polizeipräsidium, weil das doch eine besondere Unverfrorenheit der Täter sei. Diese Bemerkung reichte mir völlig. Ich startete augenblicklich den Motor, zog meinen Flitzer in eine Lücke des fließenden Verkehrs, die sich gerade auftat, und brauste auch schon los. Bei diesem Fahrstil würde ich mir zwar ein paar Strafzettel einhandeln, aber das war mir in diesem Moment egal. Ich hatte nur noch das dringende Bedürfnis, bei Jamie zu sein, damit er keine Dummheiten machte. Es hatte mir doch schon voll und ganz gereicht, dass ich vor eineinhalb Jahren um sein Leben bangen musste. So etwas wollte ich nicht noch einmal erleben!

Deshalb war ich ja auch so froh, als er den Posten bei der Sonderkommission bekommen und mehr mit der Planung als mit den Einsätzen vor Ort zu tun hatte. Doch diesmal spürte ich einfach, dass es anders war! Dieser Fall rief ihn in die vorderste Linie, in die Schusslinie, um genau zu sein! Und das wollte ich – nein, das *musste* ich – unbedingt verhindern!

Der Motor meines Flitzers heulte unter Protest auf, da er eine solche Behandlung nicht gewohnt war, als ich Minuten später in die Straße vor dem Einkaufszentrum einbog und schließlich vor der Absperrung mit quietschenden Bremsen zum Stehen kam. Ein einfacher Polizist stellte sich mir augenblicklich in den Weg, als ich, die Wagentür einfach offen stehen lassend, auf die Absperrung zu hastete, die bereits eine Gruppe Schaulustiger aufhielt.

„Stopp! Hier können Sie nicht durch!"

Doch ich tauchte unter seiner zugreifenden Hand einfach durch und stürmte auf einen der Beamten zu, die ich bereits kennengelernt hatte und von dem ich wusste, dass er in der gleichen Abteilung arbeitete wie mein Mann.

„Mrs. Richards!", stieß er überrascht hervor, während ich meinen Lauf so heftig abbremste, dass ich fast noch gegen ihn stieß, er mich aber galant mit einem Arm auffangen konnte. „Was machen Sie denn hier?"

„Wo ist mein Mann, Franklin?", stieß ich aufgeregt hervor und vergaß sogar die Anrede. Er zögerte nur eine Sekunde, doch es reichte für mich aus, um zu erkennen, dass er mir etwas verheimlichen wollte. „Wo ist Inspektor Richards?"

Ich blickte direkt in seine grauen Augen, in denen ich den Zwiespalt erkennen konnte, entsprechend der Vorschriften zu handeln und mich anzulügen oder aber bei der Wahrheit zu bleiben. Schließlich schob er mich einfach zu seinem Dienstwagen und drückte mich schon fast gewaltsam auf den Rücksitz, was für ihn kein Problem darstellte, da er wesentlich größer und breiter war als ich.

Bezwingend sah er mir in die Augen, und ich merkte ihm an, wie schwer ihm die Antwort fiel, als er schließlich wahrheitsgemäß erklärte: „Sie können jetzt nicht zu ihm, Mrs. Richards. Ihr Mann verhandelt gerade mit den Geiselnehmern, die sich da drüben in dem Laden verschanzt haben."

Also doch! Mein Jamie hatte die Leitung in diesem Fall! Ich versuchte zumindest jetzt, da ich Bescheid wusste, ruhig zu bleiben und atmete tief ein und aus, zwang mich selbst zur Besonnenheit. Trotzdem ließ mich der Beamte nicht aus den Augen. Erst als er von einem anderen Mitarbeiter des Präsidiums angesprochen wurde, wandte er sich von mir ab.

„Sir", hörte ich den Mann leise sagen, „der Inspektor ist am Telefon."

Bei diesen Worten reichte er Franklin ein Handy, das dieser eilig an sein rechtes Ohr drückte. Meine Elfensensoren arbeiteten sofort auf Hochtouren, denn ich wollte auf jeden Fall etwas von dem Gespräch mitbekommen, auch wenn der Beamte noch einen Schritt weiter weggetreten war. Er wusste ja nichts von meinen Fähigkeiten, die auch mein Hörvermögen betrafen.

„Nein, tun Sie das nicht, Sir!", hörte ich ihn deutlich in den Apparat sagen. „Das ist viel zu gefährlich!"

Die Stimme am anderen Ende der Leitung vermochte allerdings auch ich nicht zu verstehen, ich sah es nur Franklins Gesicht an, dass er keinesfalls damit einverstanden war, was ihm sein Gesprächspartner da mitteilte.

Schließlich beendete er das Gespräch mit den Worten: „Jawohl, Sir! Ja, ich werde alles in die Wege leiten!" Dann reichte er das Handy wieder an seinen Mitarbeiter weiter und gab einige knappe, aber genaue Befehle, die die Absperrung betrafen, und wandte sich wieder mir zu. Er schien richtig verlegen, als er auf mich zu trat und nicht zu wissen schien, wie er mir sagen sollte, was er denn sagen musste.

Also stand ich auf und fragte ihn frei heraus: „Was ist zu gefährlich? Was soll er nicht tun? Sie haben doch gerade mit meinem Mann gesprochen, nicht wahr?"

Entsetzt sah er mich an, da ich zumindest seine Worte verstanden hatte, wie er jetzt wusste, und ihm klar war, dass er nun auch bei der Wahrheit bleiben musste. Er schluckte hart, dass sein Adamsapfel einen Satz nach oben machte, und sah mich dann skeptisch an.

„Also gut, kommen Sie mit", meinte er schließlich, ergriff meine Hand und zog mich zu einem der Polizeiwagen, einem umgebauten Kleinbus, der sicher mit allen Schikanen ausgerüstet war.

Er schob mich durch die offene Tür, und ich betrat einen mit technischen Geräten, Monitoren und Lautsprechern ausgestatteten Innenraum, dass mir fast der Mund offen stehen blieb.

Drei Mann in Zivil taten hier an den Geräten ihren Dienst, und Franklin erklärte ihnen kurz: „Das ist Inspektor Richards' Frau, Leute."

Mehr sagte er nicht, aber die Blicke der Männer zeigten fast so etwas wie Mitleid. Sie mussten das Telefonat mitgehört haben und wussten bereits mehr als ich. Wieder wurde ich auf einen Stuhl gedrückt, und Franklin lenkte meine Aufmerksamkeit auf einen Bildschirm, dessen dazugehörige Kamera den Eingang des Geschäftes zeigte, in dem die Geiselnahme stattgefunden hatte.

Dort bemerkte ich jetzt eine Bewegung am Rande. Ein Mann wurde sichtbar, der mir oder besser der Kamera zwar den Rücken zudrehte, aber ich erkannte trotzdem sofort meinen Jamie, der mit erhobenen Händen langsam auf die Tür des Ladens zuging. Er trug keine Jacke, sodass eindeutig zu erkennen war, dass in seinem Schulterhalfter keine Waffe steckte und er auch keine im Hosenbund hinter seinem Rücken verbarg.

„Oh nein!", stieß ich hervor und vermochte meine Erregung kaum zu verbergen. „Was will er denn tun?"

Franklin schien meine Verfassung sofort klar zu sein, denn er legte beruhigend eine Hand auf meine linke Schulter, eine Vertrautheit, die er sich im Normalfall wohl nicht herausgenommen hätte. Doch im Moment war ich ihm für seine Nähe sogar dankbar. „Ihr Mann will sich gegen die beiden Geiseln, eine Mutter mit ihrem Kind, austauschen lassen, Mrs. Richards. Ich konnte es ihm nicht ausreden!", fügte er fast noch entschuldigend hinzu.

Ich blickte ihn entgeistert an und wollte einfach nicht begreifen, was er da gerade gesagt hatte. Mit starr auf den Monitor gerichtetem Blick schüttelte ich geistesabwesend den Kopf, als sich in diesem Moment die Tür des Ladens öffnete und eine Frau mit einem kleinen Mädchen an der Hand heraustrat. Nur undeutlich ließ sich die Gestalt hinter ihr erkennen, die jetzt mit einer Waffe winkte, damit statt dieser beiden Geiseln nun mein Jamie in das dunkle Loch des Eingangs trat, dessen Tür sich sogleich hinter ihm schloss.

„Warum?", stieß ich hervor und war den Tränen nahe, was man meiner Stimme wohl nur allzu genau anmerkte. „Warum tut er das?"

„Mrs. Richards", begann Franklin erneut mit ruhiger Stimme, „die Frau, die eben herausgekommen ist, ist krank. Sie braucht Medikamente, ohne die sie nicht lange überleben würde. Und sie hat ein kleines Kind, wie Sie sehen konnten. Ihr Mann war die einzige Person, bei der die Geiselnehmer einem Austausch überhaupt zugestimmt haben. Er hielt es für seine Pflicht, darauf einzugehen, und er weiß ganz genau, dass er auf uns zählen kann …"

Für mich hörte es sich so an, als habe er seinen Satz abgebrochen und ich glaubte auch genau zu wissen, wie er eigentlich enden sollte, sodass ich es ihm abnahm und meinte: „… falls Sie das Gebäude stürmen müssen! Das wollten Sie doch sagen, nicht wahr?"

Er sah mich mit einem nicht zu deutenden Blick an, nickte und setzte noch hinzu: „… was ich aber nicht hoffen will."

„Haben Sie wenigstens Kontakt zu meinem Mann?", wollte ich noch wissen.

„Nur über das Telefon, wenn die Geiselnehmer es denn zulassen."

„Und was wollen die damit erreichen?"

„Sie haben ihre Forderungen noch nicht offengelegt, tut mir leid."

Ich sah ihn an und wusste, dass er mich nicht anlog. Also mussten wir warten, einfach nur dasitzen und warten.

„Es ist besser, Sie gehen wieder nach Hause, Mrs. Richards. Ich werde Sie von einem unserer Männer fahren lassen", hörte ich Franklin noch sagen, als ich bereits aufstand und mich anschickte, den Bus zu verlassen.

„Nicht nötig", war alles, was ich noch hervorbrachte.

Ich wollte nicht nach Hause. Ich wollte hierbleiben, hier in Jamies Nähe. Nur hier hatte ich vielleicht die Möglichkeit, mit ihm geistig in Kontakt zu treten. Ich wollte es wenigstens versuchen. Wir hatten das schon öfter miteinander gemacht, auch ohne dass ich ihn dabei berührte, und es hatte besser geklappt, als ich es für möglich gehalten hätte. Wahrscheinlich lag es an unserer starken Verbundenheit, Verbundenheit durch ein wahrlich festes Band der Liebe. Schließlich hatten wir schon beide füreinander das Leben riskiert. Was sollte also stärker sein als unsere gegenseitige Liebe?

Aber um mit ihm in Kontakt zu treten, musste ich allein sein und abgeschottet von der Außenwelt mit ihren störenden Einflüssen. Suchend sah ich mich um. Wo sollte ich hingehen? Wo würde mich niemand stören? Selbst das Nachbargebäude wurde von zahlreichen Polizisten umlagert, da kam ich erst gar nicht hinein. Dann fiel mein Blick auf den Außenbereich und auf mein Auto, das noch immer ein paar Meter vor der Straßensperre stand, aber meiner Meinung nach noch immer nahe genug für meine Zwecke. Also verließ ich den Einsatzbus und ging zielstrebig darauf zu, ließ mich auf den Fahrersitz fallen und schloss die Tür. Keiner würde sich etwas dabei denken, wenn ich nicht gleich losfuhr, sondern noch ein paar Minuten einfach ruhig sitzen blieb.

Franklin war wieder von den Ereignissen und seinen Leuten abgelenkt worden. Er blickte nicht einmal in meine Richtung und verschwand wieder in dem Polizeibus. Ich hingegen lehnte mich im Sitz bequem zurück, zog meinen Ehering vom Finger und legte ihn auf die flache Handfläche, die ich mit der anderen abdeckte. Diesen Ring hatte mir Jamie zum Zeichen seiner Liebe und Treue an den Finger gesteckt, er sollte mir jetzt als Katalysator dienen und die Verbindung zu ihm herstellen. Ich schloss die Augen, versuchte mich nur auf Jamie zu konzentrieren und alles andere um mich herum zu vergessen, einfach abzuschalten. Ich aktivierte auf diese Weise meine magischen Elfenkräfte und rief im Geiste immer wieder nach meinem Mann.

„Jamie! Jamie, kannst du mich hören?"

Aber ich erhielt keine Antwort, alles blieb ruhig, nur eine grenzenlose Leere schien meinen Geist zu umgeben und mein Inneres auszufüllen. Etwas störte meine Kontaktaufnahme! Irgendetwas Magisches! Etwas, das ich nicht fassen konnte! Etwas, das mir unbekannt war! Aber wie konnte das sein? Es handelte sich doch um einen Raubüberfall mit Geiselnahme. Wieso war dann Magie im Spiel?

Verwirrt blinzelte ich durch die Windschutzscheibe und sah dasselbe Bild wie zuvor: die Polizeiabsperrung, den Einsatzbus, die Menge der Schaulustigen und im Hintergrund das Einkaufszentrum. Aber wieso kam ich dann nicht durch? Ich dachte an Jamie und wollte es auf jeden Fall noch einmal versuchen. So einfach gab ich mich nicht geschlagen! Wieder schloss ich die Augen, beschwor das Bild meines Mannes herauf und dachte intensiv an ihn, dabei alles andere um mich herum ausblendend. Doch diesmal war ich auf eine fremde Magie gefasst und bereit, mich nicht noch einmal abweisen zu lassen.

Mit aller Macht durchbrach mein Geist diese magische Mauer, ließ sich nicht davon aufhalten und ich hätte jubeln können, da ich plötzlich Jamies vertraute Stimme in meinen Gedanken hörte, die leise und fragend meinen Namen flüsterte.

„Sandy? Kann das sein?"

„Ja!", schrie ich fast in meinen Gedanken. „Ja, Darling, wer sonst? Wie geht es dir?"

Zunächst schien er zu zögern. Wollte er mir nicht antworten?

Dann hallte seine Stimme in meinem Kopf wider: „Es geht, mach dir bitte keine Sorgen! Ich schaffe das schon!"

Das hörte sich für mich nicht gerade ehrlich an, doch das sagte ich ihm nicht.

Stattdessen fragte ich ihn: „Was wollen die von dir oder der Polizei? Warum halten sie dich als Geisel fest?"

Wahrscheinlich klang ich sehr besorgt um ihn, denn er versuchte mich sofort zu beruhigen: „Du brauchst dich nicht zu ängstigen, Kleines. Was sie mit der ganzen Sache bezwecken, weiß ich nicht."

„Und wo hält man dich genau fest?"

„Das ist ein Abstellraum hier. Es riecht nach Reinigungsmitteln. Sehen kann ich nichts, weil es hier kein Licht gibt."

„Kannst du dich frei bewegen?", hakte ich nach.

„Nein", kam es etwas gepresst zurück, „ich bin an einen Stuhl gefesselt."

Unwillkürlich seufzte ich auf: „Halte durch, Darling! Ich versuche etwas herauszufinden."

„Bring dich nicht in Gefahr, Sandy!", erklang seine plötzlich von Sorge erfüllte Stimme in meinem Kopf.

„Ich kann mich wohl schlecht in Gefahr bringen, da ich das Gebäude ja kaum stürmen kann", versuchte ich mir einen lässigen Tonfall zu geben, doch von der magischen Sperre, die beinahe meinen Kontakt mit ihm verhindert hätte, sagte ich ihm nichts. Genauso wie ich ihm nicht mitteilte, dass Magie im Spiel sein musste, so spürte ich, dass er seine tatsächliche Verfassung vor mir verbergen wollte. Aber warum? Was hatte man ihm angetan? Wenn er es nicht wollte, würde er seine Gedanken vor mir verschließen, da er glaubte, mich so schützen zu können. Trotzdem war ich nicht gewillt, unseren Gedankenaustausch so einfach enden zu lassen.

„Kann man irgendwie zu dir gelangen, Jamie? Bitte, antworte mir."

Ich legte in diese Frage all meine Sehnsucht, mein Hoffen und Bangen. Wahrscheinlich zitterte meine Stimme sogar. Trotzdem schien er erst nicht antworten zu wollen, weil er wohl Angst hatte, dass ich mich wegen ihm in Gefahr bringen würde, doch genau in dem Moment, da er zu einer Erklärung ansetzte, griff die mir fremde Magie ein, die unseren kleinen Gedankenaustausch bemerkt haben musste.

„Sandy, ich ...“

Weiter kam Jamie nicht! Ich hörte gerade noch sein gepeinigtes Stöhnen, dann herrschte gewissermaßen Funkstille.

„Jamie!“, schrie ich in Gedanken und spürte, dass ihm etwas Schlimmes widerfahren sein musste, aber ich bekam keinen Kontakt mehr. „*Jamie!*“

Ich hätte heulen können vor Wut und Trauer, vor Sorge um sein Wohlergehen, doch wem hätte das geholfen? Ich starrte wieder geradeaus durch die Frontscheibe, aber ohne wirklich etwas wahrzunehmen. Nur die Magie, die ich gefühlt hatte, konnte mich jetzt noch weiterbringen. Vielleicht musste ich eine Beschwörung durchführen, aber das war so gut wie unmöglich, wenn man nicht wusste, mit wem man es zu tun hatte. Vor lauter Hilflosigkeit krallten sich meine Finger um das Lederlenkrad, sodass meine Knöchel weiß hervortraten. Was sollte oder besser was konnte ich jetzt noch tun? Fast wäre mir noch mein Ring heruntergefallen, sodass ich ihn mir schnell wieder an den Finger steckte.

Jamie befand sich keine zweihundert Yards von mir entfernt in diesem Gebäude, und trotzdem war es mir unmöglich, zu ihm zu gelangen! Verdammt, das wollte ich nicht so einfach hinnehmen! Ich sollte mit seinen Kollegen, seinem Vorgesetzten sprechen, aber ich konnte ihnen doch nicht sagen, wer oder was ich in Wirklichkeit war. Man hätte mich doch für verrückt erklärt!

Inzwischen war es Nachmittag geworden. Ich hatte nicht einmal bemerkt, wie hungrig ich eigentlich war, aber ich hätte wohl ohnehin keinen Bissen heruntergebracht. Das alte Buch und das, was ich heute Morgen in dem Laden erlebt hatte, waren längst vergessen. Ich wurde nur noch von der Sorge um Jamie beherrscht.

Immer wieder sah ich einige Beamte in Zivil und auch in Uniform hin und her hasten, doch was sie planten, konnte ich daraus nicht ersehen. Wenn sich Jamies Kollegen zum Stürmen des Gebäudes entschlossen, konnte das doch seinen Tod bedeuten! Nein! Energisch schüttelte ich die trüben Gedanken ab. Warum stellten die Geiselnehmer denn keine Forderungen? Wussten Sie, wie wohlhabend die Familie meines Mannes war? Ging es ihnen überhaupt um Geld? Oder steckte etwas ganz anderes hinter dieser Sache?

Ich war so in meine Grübeleien versunken, dass ich zunächst gar nicht bemerkte, dass Franklin an mein Auto getreten war. Erst als er an die Scheibe klopfte, zuckte ich erschrocken zusammen, da er mich in die Gegenwart zurückgeholt hatte. Ich öffnete die Tür und sah fragend zu ihm auf.

„Hier, Mrs. Richards, ich habe ein Sandwich für Sie. Sie warten hier doch schon ein paar Stunden."

Bei diesen Worten streckte er mir eine Papiertüte entgegen, aus der es tatsächlich verführerisch duftete, woraufhin sich auch sofort mein Magen mit einem vernehmlichen Knurren meldete. Ein verlegenes Lächeln stahl sich dabei auf mein Gesicht, obwohl mir danach gar nicht zumute war.

Der Beamte lächelte aufmunternd zurück und fügte hinzu: „Wenn Sie möchten, können Sie gerne wieder in den Einsatzbus kommen. Dort haben wir auch Kaffee. Oder Tee, wenn Sie den lieber mögen."

„Danke, das ist sehr nett, Mr. Franklin."

Obwohl mir ganz und gar nicht danach zumute war, lächelte ich ihn auch weiter an, nickte schließlich und meinte: „Okay, ich komme."

Er hielt die Tür auf und wartete geduldig, bis ich ausgestiegen war und das Auto diesmal abgeschlossen hatte. Im Einsatzbus wartete bereits ein Becher Kaffee auf mich, und ich packte auch das Sandwich aus, um zwischen zwei Schlucken hineinzubeißen. Dann sah ich fragend zu dem Kollegen meines Mannes auf und versuchte, in seinem Gesicht zu lesen. Ich spürte nur zu deutlich, dass er mir etwas verschwieg, etwas, das er mir nicht sagen durfte oder nicht sagen wollte. Ich tippte auf die letzte Möglichkeit. Wahrscheinlich war es bei der Geiselnahme zu irgendeinem Ereignis gekommen, von dem ich noch nichts wusste.

Aber ich wollte sichergehen, schließlich ging es um meinen Jamie. Deshalb bat ich Franklin um einen zweiten Becher Kaffee und provozierte in dem Moment, da er ihn mir reichte, eine kurze Berührung unserer Hände. Wenn ich mit jemandem Körperkontakt bekam, und sei er auch nur sehr kurz, konnte ich seine Empfindungen aufnehmen, wenn ich mich darauf konzentrierte oder wenn sie sehr stark waren. Und Franklin machte mir ganz den Eindruck, dass er gewissermaßen unter Strom stand, auch wenn er es geschickt zu verbergen versuchte.

Mochte er denken, dass ich mich ob der Berührung erschreckte, aber sie traf mich jetzt tatsächlich wie ein Stromschlag, sodass ich zurückschreckte und fast den Becher hätte fallen lassen. Ich musste ihn wohl angesehen haben wie ein verschrecktes Reh, aber diese kurze Berührung hatte mir seine Gedanken offenbart, die ihn zu belasten schienen. Und sie wurden in demselben Moment zu meiner eigenen Belastung. Eindringlich sah ich ihn an, blickte direkt in seine grauen Augen, die mir seine Gefühlswelt darlegten, als ob ich sie in einem Buch lesen könnte. Und was ich dort las, gefiel mir absolut nicht.

Augenblicklich ließ ich meine Zurückhaltung fallen und fragte ihn frei heraus: „Wann haben Sie den Kontakt zu den Geiselnehmern verloren, Mr. Franklin?"

Seine Verblüffung hätte gar nicht größer sein können, denn er war sich ganz sicher, dass ich weder mit seinen Leuten gesprochen, noch irgendetwas gehört haben konnte, während ich in meinem Auto gesessen hatte.

„Woher wissen Sie das? Woher haben Sie erfahren, dass sich die Geiselnehmer nicht mehr melden? Dass wir nicht wissen, was mit dem Inspektor … ich meine, ob alles in Ordnung ist?"

Da er seinen ersten Satz abgebrochen und sich dann anders ausgedrückt hatte, machte die ganze Sache für mich nur noch verdächtiger. Da lief doch irgendetwas, von dem ich keine Ahnung hatte. Er sah mich jetzt mit einem Hundeblick an, der mich in meiner Annahme nur noch bestärkte, und mit dem, was mir die Berührung seiner Hand bereits verraten hatte, konnte ich mir das Puzzle zusammensetzen.

Eindringlich sah ich ihm entgegen, ohne seine Fragen zu beantworten, und bat ihn schlicht: „Tun Sie es nicht, Mr. Franklin! Bitte, stürmen Sie das Gebäude nicht!"

Jetzt wirkte er regelrecht verwirrt auf mich. Er konnte sich auf mein Insiderwissen schließlich keinen Reim machen. Wie sollte er das auch?

Trotzdem blieb ich an ihm dran: „Ich weiß, dass Sie mich nicht verstehen können, Sir, aber Sie müssen mir einfach glauben! Wenn Sie das Gebäude stürmen, werden Sie einen großen Fehler begehen!"

Obwohl ich ihm keine Erklärung geben konnte, gab er mir indirekt recht, indem er sagte: „Darauf habe ich keinen Einfluss, Mrs. Richards. Der Einsatzbefehl ist von höherer Stelle angeordnet worden."

Ich merkte seiner Stimme an, dass er damit selbst nicht einverstanden war, aber leider den Befehlen gehorchen musste, schließlich war auch er nur ein ausführendes Organ.

„Wann?", stieß ich mit angstvollem Blick hervor, worauf er nur kurz einen Blick auf die Uhr an der Wand des Einsatzbusses warf.

„Genau jetzt!"

Seine Worte waren für mich wie ein Startsignal. Ich sprang auf und kam sogar noch bis zur Tür, doch dann hatte er mich auch schon eingeholt, packte mich fest an den Schultern und drehte mich zu sich herum. Seine grauen Augen machten auf mich den Eindruck, als wollte er mich hypnotisieren, aber es folgte nur eine ganz schlichte Erklärung von ihm.

„Wenn Sie jetzt da hineingehen, machen Sie sich selbst zum Opfer! Wir können nur abwarten."

Insgeheim machte ich mich darauf gefasst, in der nächsten Sekunde Schüsse, eine Explosion oder etwas in der Art zu hören, aber es blieb still in dem Einkaufszentrum. Keine Schreie, einfach nichts, nur Stille! Bis, ja bis das rote Einsatztelefon auf dem schmalen Tisch in der Mitte des Fahrzeugs klingelte und Franklin augenblicklich darauf zu stürmte und den Hörer an sich riss.

„Ja?"

Auch diesmal liefen meine Elfensensoren auf Hochtouren, und da ich nahe genug stand, hörte ich den Mann am anderen

Ende deutlich sagen: „Das ist seltsam, Sir. Hier ist niemand mehr. Keine Menschenseele."

„Wie soll ich das verstehen?"

„So wie ich es sage, Sir! Hier ist alles leer!"

„Aber die können doch nicht ausgeflogen sein!", warf Franklin ein.

„Ich kann mir doch auch keinen Reim darauf machen, Sir! Ich weiß nicht, wie sie an uns vorbeigekommen sind."

Der Polizist des Sondereinsatzkommandos schien richtiggehend verzweifelt zu sein, sodass Franklin jetzt endlich die für mich wichtigste Frage stellte: „Und was ist mit Inspektor Richards?"

Mit Spannung hingen meine Augen an Franklins Gesichtszügen, der mir sicher keine Antwort gegeben hätte, wenn ich sie nicht auch so gehört hätte.

„Wir haben ihn nicht gefunden, Sir!"

Ich musste wohl noch eine Spur blasser geworden sein, sah mein Gegenüber auch nicht mehr an, als ich mit leiser Stimme forderte: „Lassen Sie nach einer Abstellkammer suchen."

Franklin, der inzwischen begriffen hatte, dass ich alles verstehen konnte, wenn ihm auch schleierhaft war wieso, gab tatsächlich einen entsprechenden Befehl und wartete am Apparat, während ich mich wieder auf einen Stuhl sinken ließ. Nur zehn Minuten später meldete sich der Mann am anderen Ende der Leitung wieder zurück, wobei seine Stimme längst nicht mehr so forsch klang.

„Sir, wir brauchen einen Krankenwagen! Wir haben Inspektor Richards gefunden, aber er braucht dringend Hilfe!"

Franklin hatte mich die ganze Zeit fragend und abwartend angesehen, aber bei dieser Antwort musste ich wohl sehr blass geworden sein, sodass er mich schleunigst erneut an den Schultern packte, weil ich wohl vom Stuhl zu kippen drohte, auf dem er mich inzwischen wieder gedrückt hatte, da ich aufspringen wollte. Auch wenn kein Schuss gefallen war, irgendetwas hatten die Kerle meinem Jamie angetan. Deshalb war unser Kontakt so plötzlich abgebrochen. Er rief seinem Kollegen an einem der Monitore nur noch zu, dass er die Sanitäter, die für den Notfall bereitstanden, in das Gebäude schicken solle, dann reichte er mir rasch ein Glas Wasser, da er meinen Zustand richtig zu deuten glaubte.

Dankbar nahm ich das Glas entgegen und schluckte hastig. Ich hatte das Gefühl, man hätte mir gerade den Boden unter den Füßen weggezogen. Dann starrte ich auf den Monitor, der gerade das Bild zeigte, als ein paar Sanitäter mit einer Rolltrage durch die Tür des Einkaufszentrums verschwanden. Meine Hände umklammerten jetzt die Armlehnen des Stuhls, auf dem ich saß, und ich musste mich schon sehr beherrschen, um nicht erneut aufzuspringen und hinauszustürzen.

Franklin blickte zwar auch auf den Monitor, behielt aber auch mich im Auge, weil er wohl mit einer unüberlegten Reaktion von mir rechnete. Mit einer Hand hielt er weiterhin das Telefon fest, dessen Verbindung anscheinend noch immer offen war, doch niemand sprach am anderen Ende der Leitung. Niemand erlöste mich von meinem Bangen und Hoffen! Auch wenn es in Wirklichkeit nur wenige Minuten waren, mir kam es wie eine Ewigkeit vor, bis die Tür auf dem Monitor sich endlich wieder öffnete und die Männer mit der Trage erschienen.

Mit meiner Reaktion überraschte ich Franklin dann doch, denn ich war viel schneller als er. Aufspringen und aus der offenen Tür stürzen ging viel zu schnell, sodass seine zupackenden Hände mich verfehlten. Er rief mir noch etwas nach, doch da rannte ich bereits auf den wartenden Krankenwagen zu und erreichte ihn fast gleichzeitig mit den Sanitätern. Ja, es war Jamie, der da auf der Rolltrage lag. Man hatte ihm bereits einen Zugang gelegt, und eine Infusion tröpfelte an seinem rechten Arm in die Vene.

„Jamie!"

Ich schrie seinen Namen, dass der Arzt, der ihn anscheinend versorgte, erschrocken aufschaute und mich gerade noch abfangen konnte, bevor ich gegen die Trage prallte.

„Langsam, Ma'am", meinte er beruhigend und hielt mich eisern fest.

„Was ist mit ihm los?", stieß ich aufgeregt hervor, da sich mein Mann nicht rührte, und wehrte mich dabei gegen den festen Griff, allerdings nur mit mäßigem Erfolg.

Inzwischen war Inspektor Franklin hinter mir aufgetaucht, den der Arzt zu kennen schien, und erklärte diesem: „Sagen Sie es ihr, Doc! Sie ist seine Frau."

Ich starrte noch immer auf das bleiche Gesicht meines Mannes, den die beiden Sanitäter gerade in den Krankenwagen schoben, in den ich ihm unbedingt folgen wollte. Aber der Arzt war wohl nicht dazu bereit, mich mitzunehmen, denn er blieb stur im Weg stehen.

„Sie können nicht mitkommen, Ma'am. Ihr Mann wurde anscheinend unter Drogen gesetzt, wir müssen ihn erst einmal intensiv behandeln. Tut mir leid!"

Er war bei diesen Worten bereits in den Rettungswagen gestiegen und zog jetzt die Hecktüren zu. Damit wurde mein Mann meinen Blicken entzogen, und ich schluchzte unwillkürlich auf. Wieder war Franklin für mich da und ergriff stützend meinen Arm, bevor ich umkippen konnte.

„Ich fahre Sie ins Krankenhaus", hörte ich sein Versprechen wie durch Watte an meine Ohren dringen, und ich ließ mich geradezu willenlos zurück zu meinem Wagen führen, wo er mich allerdings auf der Beifahrerseite einsteigen ließ, nachdem er mir die Schlüssel abgenommen hatte.

Fast automatisch schnallte ich mich an und starrte wortlos durch die Frontscheibe, während der Beamte meinen Wagen sicher durch den Verkehr lenkte und vor dem London Bridge Hospital abstellte. Franklin begleitete mich auch ins Innere und fragte sich zu der Station durch, auf die man meinen Mann gerade gebracht hatte. Allerdings durften wir nicht sofort zu ihm, sondern mussten noch warten, da man ihn erst eingehend untersuchen wollte, um die Drogen, die man ihm vermutlich verabreicht hatte, genauer identifizieren zu können.

Franklin brachte mich ungefragt in einen kleinen Warteraum und besorgte einen Becher Kaffee, den ich dankbar entgegennahm, auch wenn er ganz typisch nach Automatenkaffee schmeckte.

Ich empfand die Nähe des Beamten jetzt sogar als tröstlich, da er meinen Kummer mit mir teilte. Er war es schließlich auch, der auf die Idee kam, mich zu fragen, ob noch jemand anderes benachrichtigt werden solle, dass mein Mann ins Krankenhaus eingeliefert worden war.

Etwas überrascht sah ich zu ihm auf. Wo hatte ich nur meinen Kopf gehabt? Natürlich musste ich meinen Schwiegervater informieren, das war ich dem alten Herrn, der mich mit offenen Armen in die Familie aufgenommen hatte, auf jeden Fall schuldig. Jamie war der jüngere Sohn des alten Richards, der einst die Richards-Werke aufgebaut hatte. Doch diese Firma war längst in den Besitz des älteren Sohnes Jefferson übergegangen. Trotzdem bekam Jamie jeden Monat einen beträchtlichen Gewinnanteil aus dieser Firma.

Eilig kramte ich in meiner Tasche nach dem Handy, in dem ich die Nummer meines Schwiegervaters gespeichert hatte. In diesem Warteraum war das Telefonieren ausdrücklich erlaubt, sodass ich die Ruftaste drückte. Schon nach dreimaligem Klingeln meldete sich die Mailbox. Wer konnte schon wissen, was der alte Herr gerade wieder unternahm, da er viel auf Reisen war, nachdem er die Firma übergeben hatte. So bat ich ihn nur kurz um einen Rückruf, weil sein Sohn leider ins Krankenhaus eingeliefert worden war, und drückte die Taste zum Beenden.

Ich hatte das Handy kaum weggesteckt, als einer der Ärzte in der Tür des Warteraumes erschien und fragte: „Mrs. Richards?"

Ich erhob mich hastig und sah ihn fragend an: „Ja, das bin ich!"

„Sie können jetzt zu Ihrem Mann. Aber erwarten Sie bitte nicht zu viel, er steht noch immer unter dem Einfluss dieser Drogen und wird Sie kaum erkennen."

„Mich nicht erkennen? Aber wieso?"

„Kommen Sie doch erst einmal mit", meinte der Arzt in seinem weißen Kittel, auf dessen Namensschild ein schlichtes *Dr. med. Miller* stand. „Ich erkläre es Ihnen."

Erneut schien sich eine eiskalte Hand um mein Herz zu legen. Was war nur los mit Jamie? Nur zögernd folgte ich dem Arzt, während Franklin zurückblieb. Er würde wohl auf mich warten.

Spätestens seit damals, als Jamie angeschossen worden war und es eine Zeit lang so ausgesehen hatte, als ob er es nicht schaffen würde, hasste ich diese Krankenhäuser mit ihren langen Fluren, den weißen Wänden, die so steril wirkten, und mit der Stille, die wie ein böses Omen zwischen ihnen hing.

Und auch diesmal fühlte ich mich absolut unwohl, eine schreckliche Vorahnung befiel mich plötzlich, was der Mediziner damit gemeint haben könnte, dass mich mein Mann nicht erkennen würde. Und dann blieb er auch schon vor der Tür mit der Nummer 312 stehen. Er öffnete leise die Tür, wobei für mich alles wie in Zeitlupe abzulaufen schien, fern jeder Realität.

War das überhaupt ich, die dem Mann im weißen Kittel folgte und ein fremdes Krankenzimmer betrat? Ich kam mir vor wie in einem Traum, als ich jetzt das Bett registrierte, in dem regungslos ein Mann lag. Mein Mann, mein Jamie! Seine Augen waren geöffnet, diese haselnussbraunen Augen, die mich immer an Samt erinnerten, aber er schien uns nicht zu bemerken.

„Jamie?", fragte ich leise. „Hörst du mich?"

Ich trat an seine Seite, sah ihn direkt an, doch sein Blick schien durch mich hindurchzugehen. Er registrierte nicht einmal, dass jemand im Zimmer war. Also ergriff ich seine linke Hand und drückte sie leicht, denn in der rechten steckte auf dem Handrücken noch immer eine Infusionsnadel.

„Jamie, ich bin es, deine Sandy."

„Sie dürfen nicht zu viel erwarten, Mrs. Richards", hörte ich den Arzt hinter mir sagen. „Ich hatte Sie gewarnt, dass er sie wahrscheinlich nicht erkennen wird."

„Was heißt, nicht erkennen?", meinte ich leicht ungehalten. „Er registriert mich ja nicht einmal."

„Das habe ich befürchtet", seufzte Miller.

„Aber was sind denn das für Drogen?", wollte ich verzweifelt wissen, während ich noch immer die Hand meines Mannes hielt.

Nur einen Moment zögerte der Arzt, dann gestand er ein: „Wir wissen es noch nicht. Etwas Ähnliches ist mir noch nicht untergekommen. Wir werden warten müssen, bis sein Körper das Zeug abgebaut hat."

„Und was ist mit", ich schluchzte vernehmlich, „mit bleibenden Schäden?"

Die Frage war mir mehr als schwergefallen, aber seine Antwort tat es ihm wohl auch: „Wir müssen damit rechnen. Aber für eine Prognose ist es noch zu früh. Bitte, glauben Sie mir, Mrs. Richards, wir tun alles, was wir hier für ihn tun können. Aber noch tappen wir völlig im Dunkeln. Ein solcher Fall ist mir wirklich noch nicht untergekommen."

Ich blickte ihm offen entgegen und glaubte ihm, denn während ich Jamies Hand in der meinen hielt, spürte ich die ganze Zeit über, dass da noch etwas anderes war, etwas Fremdes, das mir Angst machte. Doch das konnte ich dem Mediziner natürlich nicht sagen. Es war eine fremde Magie, auf die meine Elfensensoren sofort reagiert hatten. Deshalb glaubte ich auch nicht mehr an die Geschichte mit den Drogen, nein, nie und nimmer! Hinter dieser Sache steckte mehr, viel mehr! Doch im Moment war ich gar nicht fähig, der Sache auf den Grund zu gehen. Es zerriss mir ja fast das Herz, ihn so hilflos und unfähig jeder Regung zu sehen. Wer auch immer dafür verantwortlich war, er hatte meinen Jamie zu einer willenlosen Marionette gemacht! Aber warum nur?

Gerne wäre ich noch bei meinem Mann geblieben, doch Doktor Miller bat mich, jetzt doch wieder zu gehen. Er wollte noch weitere Tests durchführen. Ich nickte geistesabwesend, blickte in Jamies blasses Gesicht und legte seine Hand vorsichtig, als sei sie zerbrechlich, wieder auf der Bettdecke ab. Und egal, ob Miller nun anwesend war oder nicht, ich beugte mich über meinen Mann und berührte mit meinen Lippen sacht die seinen.

„Ich komme morgen wieder, Darling", flüsterte ich ihm zu, hoffte ich doch, dass er mich hören konnte.

Dann drehte ich mich abrupt um und verließ fast fluchtartig den Raum, aber nur um auf dem Gang mit Inspektor Franklin zusammenzustoßen, der mich geistesgegenwärtig in seinen Armen auffing. In diesem Moment konnte ich einfach nicht mehr an mich halten, ich klammerte mich an ihn und heulte einfach drauflos, ließ meinen Tränen freien Lauf, auch wenn ich so etwas bei einem Kollegen meines Mannes nie für möglich gehalten hätte.

Ich konnte einfach nicht anders. Und er hielt mich trotzdem fest und war für mich da.

Als ich endlich wieder in der Lage war, klar zu denken, löste ich mich von ihm, murmelte eine Entschuldigung und dankte ihm gleichzeitig für sein Verständnis, während er mir ein Taschentuch reichte. Aufseufzend ließ ich es zu, dass er mich zurück zum Auto brachte und erneut auf den Beifahrersitz drückte, während ich mir noch immer ein paar Tränen abtupfte. Es schien für ihn selbstverständlich zu sein, mich nach Hause zu bringen, denn wo wir wohnten, war ihm bekannt. Unterwegs erschien es mir nur natürlich, dass ich mir meinen Kummer um Jamies Zustand von der Seele redete, natürlich ohne die magische Kraft zu erwähnen, die ich gespürt hatte, und Franklin war ein guter Zuhörer.

Schließlich hielt er vor dem Tor zu unserem Haus, das ich mit einem Druck auf die Fernbedienung in meiner Handtasche für ihn öffnete, sodass er direkt bis vor das Haus fahren konnte. Unser Diener Albert erschien sofort in der Tür. Sein Gesicht zeigte Überraschung, als er einen Fremden aus meinem Wagen steigen sah, der diesen auch noch gefahren hatte.

„Aber, Mrs. Richards, ist etwas passiert? Sie hatten doch nicht etwa einen Unfall?"

Sofort kam er an die Beifahrerseite des Wagens und öffnete mir die Tür. Wie üblich blickte er sich nach Einkäufen um, die er ins Haus bringen konnte. Dabei entdeckte er auch die Tüte mit dem Buch, das ich morgens erstanden hatte und das inzwischen auf dem Rücksitz lag. Automatisch nahm er die Tüte mit herein, während er Franklin fragend ansah, da er meinen desolaten Zustand bemerkte.

„Mr. Richards befindet sich im Krankenhaus", erklärte Franklin, der sich durch die musternden Blicke des Dieners zu einer Erklärung genötigt sah. „Mrs. Richards fühlte sich leider nicht mehr in der Lage, selbst zu fahren."

„Mr. Franklin ist ein Kollege meines Mannes", fügte ich noch erklärend hinzu und ließ es auch geschehen, dass er erneut meinen Arm ergriff und mich zum Hauseingang geleitete, wo uns Albert die Tür aufhielt. Trotzdem wendete ich mich jetzt meinem Begleiter zu und machte ihm deutlich, dass das weit genug war, indem ich sagte: „Ich danke Ihnen, Mr. Franklin, aber Sie werden sicher verstehen, dass ich jetzt allein sein will. Albert wird ein Taxi für Sie rufen."

„Sehr wohl, Mrs. Richards", bestätigte mein Diener und griff bereits zum Telefon.

Auch wenn dieser Abschied dem Kollegen meines Mannes wohl eher wie eine Abfuhr vorkommen musste, fügte er sich sofort. Und ich konnte einfach nicht anders, eilte in unser Schlafzimmer und warf mich weinend auf das Bett, das Albert wie an jedem Morgen mit größter Sorgfalt geglättet hatte. Endlich konnte ich mich meinem Schmerz und meiner Angst um meinen geliebten Mann hingeben, ohne von allen Seiten beobachtet zu werden. Ich heulte einfach drauflos, doch mein Schmerz wurde dadurch nicht weniger, auch wenn es mir half, zumindest damit umzugehen. Trotzdem fühlte ich mich wie ein Häufchen Elend und einfach nur unfähig, irgendetwas zu unternehmen, geschweige denn aufzustehen und mich wieder herzurichten.

⁓

Als es eine halbe Stunde und etliche Tränen später an der Tür klopfte, wusste ich, dass es nur Albert sein konnte, und so rief ich ihn herein.

Er sah mich äußerst besorgt an und meinte dann: „Ich habe Ihnen Ihren Lieblingstee gekocht, Mrs. Richards. Möchten Sie eine Tasse trinken?"

Es war ihm natürlich klar, dass er mich damit ködern konnte, und ich wusste nur zu genau, dass er neugierig war. Aber mit wem sonst hätte ich über alles sprechen sollen, wenn nicht mit ihm? Und reden musste ich jetzt, schließlich hatte ich das dringende Bedürfnis, meinen Kummer mit jemandem zu teilen. Also rappelte ich mich hoch und setzte mich auf die Kante des Bettes, das nun sehr unordentlich aussah. Das Kissen zeigte feuchte, farbige Flecken von meinem Make-up, aber Albert würde den Bezug stillschweigend wechseln, da war ich mir sicher.

„Ich komme zu Ihnen in die Küche", murmelte ich und streifte meine braunen, mit hellen Strähnchen durchsetzten, schulterlangen Haare nach hinten.

Ich sah bestimmt schrecklich aus und steuerte deshalb erst mal das Badezimmer an, um mich wieder etwas herzurichten. Aus dem großen Wandspiegel blickte mir mein verheultes Konterfei entgegen, in dem schwarze Streifen von den Augen aus zu den Mundwinkeln führten. Ich erschrak fast selbst über mein Aussehen, gab mir jedoch einen Ruck und machte mich eilig daran, mich wieder auf Vordermann zu bringen. Ich musste jetzt stark sein, stark für meinen Jamie, denn an die Geschichte, man habe ihn mit Drogen vollgepumpt, glaubte ich schon längst nicht mehr. Ich hatte doch die magische Kraft, die ihn beeinflusste, deutlich gespürt. Und dagegen konnten die Ärzte nicht ankommen, das war ja wohl meine Aufgabe! Schlimm war nur, dass ich mit niemandem darüber sprechen konnte. Man hätte mich doch für verrückt erklärt. Selbst mein Mann hatte doch lange genug gebraucht, bis er an meine Fähigkeiten glauben konnte. Dazu mussten wir erst in eine andere Dimension verschlagen werden und gegen einen mächtigen Dämon kämpfen, bevor er mich verstehen konnte.

Also wusch ich mir das Gesicht, bürstete mir die Haare und lenkte meine Schritte entschlossen zur Küche, wo mir sofort der verführerische Duft von frisch aufgebrühtem Tee in die Nase stieg. Ich ließ mich auf einem der Küchenstühle nieder und nahm dankend die Tasse mit dem noch dampfenden Getränk entgegen, die mir unser Diener reichte. Doch erst als ich ihn dazu aufforderte, nahm er sich ebenfalls eine Tasse und setzte sich zu mir. Obwohl wir durchaus ein recht freundschaftliches Verhältnis miteinander pflegten, versuchte er doch meist, den gesellschaftlichen Abstand zu wahren. Heute jedoch fühlte er wohl, dass ich jemanden brauchte, um über das, was geschehen war, sprechen zu können. Außerdem wollte natürlich auch er wissen, warum mein Mann, sein Brötchengeber, im Krankenhaus lag. Albert war, noch bevor ich Jamie kennenlernte, sein persönlicher Diener und wohl auch Vertrauter gewesen.

Und so fragte er diesmal von sich aus: „Wollen Sie mir sagen, was geschehen ist, Ma'am? Ich höre Ihnen gern zu."

Ich blickte erst nach einiger Zeit von meinem Tee auf und sah ihn offen an. Es tat einfach gut, jemanden bei mir zu wissen, der Jamie genauso schätzte wie ich, der ihn ganz genau kannte und sicher auch mochte. Sein warmherziges Lächeln in dem schon etwas älteren Gesicht, das bereits von grauen Haaren umrahmt wurde, forderte mich geradezu auf, mir meinen Kummer von der Seele zu reden. Und Elly, unser Küchenmädchen, das nicht mit im Haus wohnte, war sicher schon längst zu Hause, sodass auch sie nicht stören konnte.

Und so begann ich zu erzählen: „Mein Mann hat heute einen Einsatz mit Geiselnahme in einem Einkaufscenter leiten müssen, und er hat sich sehr heldenhaft gegen eine Frau mit ihrem Kind austauschen lassen, nachdem er erfahren hat, dass sie krank ist und dringend Medikamente braucht. Ich hatte durch das Radio von der Sache erfahren und kam gerade in dem Moment dort an, als Jamie, ich meine der Inspektor, unbewaffnet in dem Gebäude verschwand und die Geiseln freigelassen wurden."

Da ich im Geiste alles noch einmal vor mir sah, musste ich an dieser Stelle innehalten. Albert sah mich unverwandt an und meinte: „Das war sehr mutig von ihm. Er wusste ja wahrscheinlich nicht, worauf er sich einließ."

„Nein, das ganz sicher nicht. Erst als Stunden später der Kontakt zu den Geiselnehmern abriss, hat sich die Polizei entschlossen, das Gebäude zu stürmen."

Mit deutlichem Schrecken im Gesicht blickte er mich jetzt an und fragte zögernd: „Ist er dabei etwa erneut verletzt worden?"

Albert waren ja die Ereignisse von damals bekannt, als mein Mann zweimal in der Ausübung seines Dienstes angeschossen und so schwer verletzt worden war, dass er fast nicht überlebt hätte. Die genauen Hintergründe waren aber auch ihm unbekannt, da ja niemand wissen durfte, über welche Kräfte ich mit meinem Viertel Elfenblut in den Adern in Wirklichkeit verfügte.

Müde schüttelte ich den Kopf: „Nein, die Geiselnehmer waren bereits auf unerklärliche Weise aus dem Gebäude verschwunden, und meinen Mann fand man gefesselt in einem Abstellraum. Die Ärzte sagen, man habe ihn mit Drogen vollgepumpt, weshalb er sich jetzt in einem lethargischen Zustand befindet, in dem er nicht einmal mich erkannt hat."

„Das tut mir leid, Mrs. Richards. Aber dann müssen wir doch nur warten, bis sich das Zeug wieder abgebaut hat."

Ich seufzte auf: „Wenn es doch nur so einfach wäre, Albert. Sie haben ihn nicht gesehen. Er ist ja gar nicht mehr er selbst! Wer immer das getan hat, er hat aus ihm eine willenlose Marionette gemacht! Und die Ärzte tappen im Dunkeln, weil sie eine solche Droge nicht kennen."

Ich nahm einen Schluck Tee, um mich etwas abzulenken, aber ich wusste nur zu gut, dass es mir nicht gelingen würde und ich wahrscheinlich eine schlaflose Nacht vor mir hatte. Aber gleich morgen früh wollte ich wieder ins Krankenhaus fahren und versuchen, ob ich mehr über diese magische Kraft herausfinden konnte, die meiner Meinung nach für Jamies Zustand verantwortlich war. Denn wenn es sich um Magie handelte, war auch zu erklären, wieso die Geiselnehmer einfach so verschwinden konnten, als die Polizei in das Gebäude eindrang. Sie hatten ja gar nichts finden können.

„Heißt das etwa", unterbrach Albert meine Gedanken, „dass wir nur abwarten können, wie sich sein Zustand entwickelt?"

„Ja, das heißt es wohl", pflichtete ich ihm bei. „Aber ich fahre gleich morgen früh wieder zu ihm. Ich will bei ihm sein, wenn er wieder begreift, was geschehen ist."

Albert warf mir einen seltsamen Blick zu, und dann fragte er etwas, was mich im ersten Moment fast vom Stuhl warf, da ich die ganze Zeit über geglaubt hatte, er sei ahnungslos, was meine tatsächliche Identität betraf.

„Dann benötigen Sie wohl auch den seltsamen Kasten, der im Kleiderschrank steht?"

Abwartende Spannung lag dabei auf seinen Zügen. Mein Erschrecken war ihm natürlich nicht verborgen geblieben. Irritiert blickte ich in sein fragendes Gesicht, das noch immer ein Lächeln zeigte. Was wusste er? War ich unvorsichtig gewesen und hatte mich verraten?

Ich versuchte ruhig zu bleiben und stimmte erst einmal zu: „Ja, den werde ich mitnehmen. Aber, was wissen Sie darüber, Albert?"

„Entschuldigen Sie bitte, Ma'am, wenn ich damit anfange, aber mir ist schon damals, als Sie zu Mr. Richards in dieses Haus gezogen sind, aufgefallen, dass – nun sagen wir mal – hin und wieder etwas seltsame Dinge vorgefallen sind."

„Welche Dinge?", fragte ich zaghaft nach.

„Nun, zum Beispiel dieses große Loch in der Wand des Badezimmers, das ich entdeckt habe, kurz nachdem Sie und Mr. Richards mal wieder spurlos verschwunden waren. Ich wollte schon die Handwerker kommen lassen, da verschloss sich dieses Ding vor meinen Augen wieder von selbst, als sei nichts gewesen. Und diesen Kasten nehmen Sie doch immer mit, wenn Sie zu einem ihrer Klienten fahren."

„Oje", seufzte ich laut.

Den Kasten, mein Einsatzköfferchen, hätte ich ja noch erklären können, da wäre mir schon etwas eingefallen. Aber das Loch in der Wand? Unmöglich, da musste ich wohl bei der Wahrheit bleiben. Also sah ich ihn offen an, schluckte noch einmal und begann mit meiner Beichte.

„Ich weiß, dass Sie vertrauenswürdig sind, Albert. Deshalb nehme ich nicht an, dass Sie noch jemand anderen davon berichtet haben."

„Nein, Mrs. Richards, das würde ich nie tun."

Ich glaubte ihm einfach. Albert war ja schließlich auch der Vertraute meines Mannes, dann würde ich ihn jetzt eben auch zum Geheimnisträger machen.

„Ich nehme an, Sie wissen, was übernatürliche Phänomene sind", stellte ich einfach mal so fest, und er nickte. „Glauben Sie auch an dergleichen?"

Gespannt sah ich ihn an. Schließlich lächelte er wieder, dass etliche Fältchen um seine Augenwinkel entstanden.

„Was ich mit eigenen Augen gesehen habe, das muss ich ja wohl glauben, oder?"

Ich schluckte und entschloss mich für eine schnelle Radikalkur, indem ich eindringlich erklärte: „Albert, in meinen Adern fließt nicht nur menschliches Blut. Ich bin zu einem Viertel eine Elfe. Meine Großmutter ist noch eine echte Elfe mit Spitzohren und allem Drum und Dran gewesen!"

Jetzt klappte ihm doch die Kinnlade herunter, Unglauben zeichnete sein Gesicht. Er starrte mich mit unverhohlener Neugierde an.

„Und dieses Loch in der Wand, das …?"

„… war der Eingang zu einer anderen Dimension, in die mein Mann und ich an diesem Tag verschwunden sind", vollendete ich seinen Satz. „Es bleibt Ihnen überlassen, ob Sie mir nun glauben oder nicht, aber diesmal geht es um Jamie." So lenkte ich auf das eigentliche Thema über und erklärte weiter: „Die Ärzte können sagen, was sie wollen, ich glaube nicht an diese Drogentheorie. Meiner Meinung nach steht er unter einem magischen Bann! Ich habe diese fremde Kraft gespürt, als ich seine Hand gehalten habe."

„Und? Können Sie etwas für ihn tun?"

Ich konnte fühlen, dass ihm das Wohl seines Arbeitgebers am Herzen lag, doch würde er mir bei meinem Vorhaben auch helfen? Würde er mir überhapt helfen können?

„Das will ich hoffen, Albert. Aber dazu muss ich erst einmal herausfinden, was das für eine magische Kraft ist. Wer steckt dahinter? Was bezweckt er damit? Auch Magier und Dämonen tun nichts ohne Sinn und Zweck. Sie wollen damit etwas erreichen, und genau das muss ich herausfinden."

Albert schaltete sehr schnell und stellte fest: „Wäre es dann nicht besser, Sie würden Mr. Richards hierher nach Hause holen in seine vertraute Umgebung? Hier könnten Sie doch sicher viel besser Ihre …", er stockte kurz, „… Beschwörungen durchführen!"

Jetzt musste ich doch lächeln, denn Albert dachte bereits mit, also gab ich ihm recht: „Ja, genau das habe ich auch vor! Heute war es noch zu früh, die Ärzte hätten ihn nie und nimmer gehen lassen, bevor sie ihn nicht auf alle möglichen Drogen getestet hatten. Das werden sie morgen wohl geschafft haben. Es wird sicher leichter, ihn da herauszuholen, wenn ich Sie als persönlichen Pfleger ausgeben kann. Würden Sie da bitte mitspielen?"

Jetzt sah er mich mit einem regelrecht treuen Hundeblick an und versprach sofort: „Natürlich spiele ich mit! Sie ahnen gar nicht, welch grandioser Schauspieler in mir steckt!"

Ich musste innerlich grinsen, während ich meinen restlichen Tee trank und mich dann zurückzog. Als Versuchskaninchen würde ich meinen Jamie bestimmt nicht missbrauchen lassen. Und ich war der vollen Überzeugung, dass die Ärzte meinem Mann ohnehin nicht helfen konnten. Das musste ich schon selber tun!

Doch noch bevor ich am nächsten Morgen nach einer wirklich schlechten Nacht – mein Jamie hatte mir fürchterlich gefehlt – losfahren konnte, meldete Albert den Anruf von Richards senior. Ich verzog unwillkürlich das Gesicht, was dem Diener ein erheitertes Lächeln entlockte. Dann nahm ich das schnurlose Telefon entgegen und meldete mich so ruhig, wie ich das nur vermochte.

„Was ist passiert?", fuhr mich mein Schwiegervater ungehalten an, kaum dass ich mich gemeldet hatte. „Wieso ist Jameson im Krankenhaus?"

Oh, wie ich es hasste, wenn er ihn beim vollen Namen nannte. Eigentlich hatten wir doch ein gutes Verhältnis, aber mit seinen meiner Meinung nach altmodischen Ansichten ging er mir doch sehr auf die Nerven. Außerdem haderte er damit, dass sein Sohn beide Male wegen einer Frau fast erschossen worden wäre. Nun lag er wieder im Krankenhaus, konnte man ihm deshalb verübeln, dass er gereizt reagierte? Mit der Berufswahl seines jüngeren Sohnes war er ohnehin nicht einverstanden gewesen. Also tat ich mein Bestes, um ihn zu beruhigen.

„Guten Morgen, Schwiegerpapa! Keine Sorge", meinte ich schlicht, „die Ärzte sagen, er muss nur die Drogen abbauen, die man ihm verabreicht hat."

Ich blieb erst einmal bei der Geschichte, wie sie auch offiziell in den Akten stehen würde.

„Wieso denn Drogen?", fragte er barsch zurück. „Jameson nimmt doch keine Drogen! Oder hast du etwa …?"

„Wie kannst du das nur annehmen?", fauchte ich verärgert zurück. „Dein Sohn hat sich heldenhaft gegen eine kranke Frau und ihr Kind als Geisel austauschen lassen! Zum Dank haben die Kerle ihm das Zeug verabreicht, das ihn außer Gefecht gesetzt hat! Ich habe damit absolut nichts zu tun!"

Jetzt herrschte am anderen Ende der Leitung erst einmal Schweigen. Anscheinend war er tatsächlich noch nicht in das Geschehen eingeweiht und hatte noch keine Nachrichten mitbekommen, wie ich eigentlich vermutet hatte. Trotzdem hatte er mir mit seiner Vermutung wehgetan, auch wenn dies sicher nur aus Sorge um seinen Sohn geschehen war.

Ich hörte ihn deutlich am anderen Ende der Leitung schlucken, und dann fuhr er in gemäßigterem Tonfall fort: „Dann hat er das Malheur mal wieder seinem Job zu verdanken?"

„Wenn du es so ausdrücken willst, muss ich dir allerdings recht geben. Aber sein Tun war wirklich ehrenhaft. Du solltest stolz auf ihn sein!"

Diesmal erwiderte er nichts, sondern fragte endlich nach seinem Befinden.

„Er befindet sich in einem lethargischen Zustand", erklärte ich ihm den Sachverhalt genauso, wie ich es von dem behandelnden Arzt gehört hatte. „Die Ärzte sagen, es könnten vielleicht auch bleibende …", ich musste kurz schluchzen, konnte mich in diesem Moment nicht mehr beherrschen. „Bleibende Schäden …", nein, ich konnte es nicht aussprechen und brach wieder ab.

Erneut hervorbrechende Tränen erstickten meine Stimme. Ich hörte, dass sich der alte Herr räusperte und anscheinend selbst mit dieser Nachricht zu kämpfen hatte. Auch wenn sein jüngster Sohn einen etwas anderen Weg eingeschlagen hatte, als den, den er sich vielleicht für ihn gewünscht hatte, indem er Polizist geworden war, so liebte er ihn doch. Das wusste ich nur zu genau. Ich hatte doch mitbekommen, wie sehr er gelitten hatte, als Jamie angeschossen worden war, und jetzt das! Eine mögliche geistige Behinderung – das war auch für ihn schwer zu verkraften!

„In welchem Krankenhaus liegt er?", wollte er schließlich mit gedämpfter Stimme wissen, der man anmerkte, wie sehr ihn die Sache mitnahm. „Ich bin zwar noch in Frankreich, kann aber morgen früh den ersten Flug nehmen."

„Nein", wehrte ich so ruhig wie möglich ab, „das ist nicht nötig. Ich hole Jamie noch heute aus dem London Bridge Hospital ab und bringe ihn hierher nach Hause. Ich will nicht, dass er zu einem Versuchskaninchen für die Mediziner wird!"

Ich sagte das mit so viel Überzeugung und Entschlusskraft, dass Richards senior erst gar nicht auf die Idee kam, mir zu widersprechen. Ich hörte ihn nur etwas Unverständliches murmeln, ob zu sich selbst oder zu einer anderen Person, wusste ich nicht, doch als er sich erneut auf mich zu besinnen schien, klang seine Stimme wieder fest und sehr gefasst.

„Gut, dann breche ich meine Reise nicht ab. Du weißt, dass du alle Hebel in Bewegung setzen kannst, um ihm zu helfen! Lass die besten Ärzte und Psychiater kommen, die etwas zu seiner Heilung beitragen können! Ich verlasse mich auf dich!"

„Ja, Schwiegerpapa, das werde ich tun", versprach ich ihm. „Ich würde ohnehin alles für meinen Mann tun!"

Damit war das Gespräch beendet. Auch wenn ich froh war, dass Jamies Vater jetzt Bescheid wusste, so blieb bei mir ein ungutes Gefühl. Er hatte ja keine Ahnung, von dem, was wir beide schon miteinander erlebt hatten und wie sehr wir uns liebten. Ich drückte die Austaste und ließ mich erschöpft in einen Sessel sinken, den Apparat noch immer in der Hand haltend. Albert war es, der schließlich eintrat, mir das Telefon aus der Hand nahm und zurück auf die Station stellte.

Dabei warf er mir einen skeptischen Blick zu und fragte schließlich: „Entschuldigen Sie bitte, Ma'am, aber fühlen Sie sich wirklich stark genug für eine Auseinandersetzung mit den Ärzten, wenn Sie Mr. Richards aus dem Krankenhaus holen wollen?"

Betreten sah ich zu ihm auf und entgegnete: „Ich mache wohl nicht den Eindruck, was?"

Stumm schüttelte er den Kopf. Doch ich nickte und bestätigte mich damit selbst.

„Wir ziehen das jetzt durch, wie wir es besprochen haben, Albert! Und wir starten gleich!"

Jetzt lächelte er wieder, da er meine alte Entschlossenheit spürte. Ja, wir würden Jamie da rausholen! Wenn nicht jetzt, wann dann?

„Ich muss Ihnen dringend davon abraten, Mrs. Richards", versuchte mich Dr. Miller eine Stunde später von meinem Vorhaben abzubringen. „Bedenken Sie, dass Sie einen Pfleger benötigen, wenn Sie Ihren Mann nach Hause holen wollen."

„Den habe ich!", beharrte ich stur, nachdem ich mich bereits seit fünf Minuten mit dem Arzt gestritten hatte, und deutete dabei auf Albert, der seine Rolle sehr gut spielte und sofort von seinen angeblich langjährigen Erfahrungen im Umgang mit Patienten berichten wollte, bis ich ihn unterbrach.

„Denken Sie daran, was es trotzdem für eine Belastung für Sie sein wird, Mrs. Richards! Ich befürchte, Sie stellen sich die Sache zu einfach vor", blieb der Arzt hartnäckig.

„Sie haben doch nichts herausgefunden – oder etwa doch?", machte ich Dr. Miller auf sein Versagen und das seiner Kollegen aufmerksam. „Geben Sie mir die Entlassungspapiere, ich unterschreibe sie und entbinde Sie damit von der weiteren Verantwortung! Mein Mann kann nicht für sich selbst sprechen, also werde ich es tun. Und ich will, dass er nach Hause kommt, in seine gewohnte Umgebung! Das können Sie nicht verhindern, da keine lebensbedrohlichen Risiken für ihn bestehen!"

Ich war bei diesen Worten den Gang entlangmarschiert, Albert im Schlepptau, und hatte es tunlichst vermieden, dem Mediziner in die Augen zu sehen. Jetzt blieb ich vor der Tür mit der Nummer 312 stehen, legte die Hand auf die Klinke und wagte es nun doch, ihn anzusehen.

Ich setzte mein unverfänglichstes Lächeln auf und bestimmte einfach: „Lassen Sie die Papiere bitte herbringen. Ich mache meinen Mann inzwischen mit dem Pfleger bekannt!"

Damit öffnete ich die Tür, ließ Albert eintreten und sperrte Dr. Miller einfach aus, indem ich die Tür vor seiner Nase ins Schloss drückte. Ich konnte nur hoffen, dass mein forsches Auftreten den gewünschten Erfolg hatte. Albert schmunzelte vor sich hin, während ich mich an die Tür lehnte und erst einmal tief Atem holte. So schwierig hatte ich mir die Sache nicht vorgestellt, denn dieser Miller wollte seinen Patienten nicht so einfach gehen lassen. Aber da ich mir sicher war, dass er ihm nicht helfen konnte, wollte ich nicht nachgeben.

Als ich mich jetzt nach meinem Mann umsah, lag er auch nicht im Bett, sondern saß angekleidet in einem Sessel am Fenster, aus dem er, ohne wirklich etwas wahrzunehmen, hinausstarrte. Es schien ihn überhaupt nicht zu interessieren, dass wir das Zimmer betreten hatten. Man hatte ihn nicht nur angezogen, sondern auch rasiert, wie ich feststellen konnte.

„Jamie", sprach ich ihn an. „Jamie, ich bin hier, um dich zu holen, Darling. Ich bringe dich jetzt nach Hause."

Auch jetzt schien er mich nicht zu bemerken, sodass ich auf ihn zutrat, seine Hände ergriff und ihn kurzerhand auf die Beine zog. Er gehorchte wie eine Puppe, schien aber erneut durch mich hindurchzusehen und nicht zu begreifen, wer ich eigentlich war. Sein Gesicht blieb völlig ausdruckslos, seine Augen erschienen leer, und er rührte nicht einen Muskel. Erst als ich ihn an den Händen weiterzog, setzte er einen Fuß vor den anderen, gleich einer Marionette, die nur die Bewegungen ausführt, die ihr der Puppenspieler aufzwingt. Beinahe hätte ich losgeheult. Ich litt so sehr, als hätte man mir die Nachricht von seinem Tod überbracht. Und sein Geist schien ja auch tatsächlich tot zu sein!

Was war nur aus dem Mann geworden, der mit mir auf Dämonenjagd gegangen war? War das noch der Mann, der meinen vermeintlich toten Körper, weil ich nur als reines Geistwesen in dieser magischen Höhle existieren konnte, auf keinen Fall zurücklassen wollte und sich dadurch fast bis zur völligen Erschöpfung gegen die fremde Magie gestellt hatte? Nein, das war nicht mehr mein Jamie, und doch würde ich alle Hebel in Bewegung setzen, um ihn wieder zu dem werden zu lassen, was er in Wirklichkeit war: der Mann, den ich über alles liebte und verehrte! Der Mann, der mich ebenfalls liebte und mich nicht aufgeben würde, ganz egal, was auch immer passieren mochte!

Selbst Albert schüttelte betrübt den Kopf und blickte skeptisch drein, als er leise meinte: „Das habe ich nicht erwartet, dass es so schlimm sein würde."

Ich hielt meinen Mann an den Händen und führte ihn im Zimmer herum, um zu sehen, ob er es bis zum Auto schaffen würde, als es bereits an der Tür klopfte und eine Schwester erschien, die in einem äußerst reservierten Ton erklärte, dass ich die Entlassungspapiere unterschreiben könne. Jamie blieb einfach auf der Stelle stehen, als ich ihn losließ, den Stift ergriff, den mir die Schwester reichte und an der angekreuzten Stelle unterschrieb. Albert, der bereits das Jackett und die wenigen Dinge, die auf dem Tisch gelegen hatten, ergriffen und eingesteckt hatte, fasste Jamies rechten, ich seinen linken Arm, dann verließen wir zusammen das Krankenzimmer. Die Schwester sah uns kopfschüttelnd nach. Anscheinend schien niemand hier zu glauben, dass ich die richtige Entscheidung getroffen hatte.

Etliche Blicke trafen uns auf dem Weg zum Fahrstuhl, der uns in die Tiefgarage bringen sollte: besorgte, neugierige, mitleidige und auch solche, die von einem Kopfschütteln begleitet wurden. Fast kam es mir so vor, als ob jeder Mann und jede Frau, denen wir begegneten, Bescheid wusste, dass ich meinen Gatten gegen den ausdrücklichen Rat der Ärzte aus dem Krankenhaus holte. Endlich öffneten sich die Aufzugstüren, und wir konnten aussteigen. Der Bentley stand nur ein paar Parkplätze entfernt, trotzdem hatte ich das Gefühl, dass Jamie auf einmal nicht mehr gewillt war, mir zu folgen. Seine Schritte wurden unsicher, regelrecht zögerlich, und schließlich blieb er einfach stehen. Was mochte ihn stören? Was hielt ihn bloß davon ab, weiterzugehen?

„Jamie, komm weiter!", forderte ich ihn auf und nahm wieder seine Hände wie zuvor im Zimmer, als ich plötzlich die Wand zu spüren begann, die sich zwischen uns aufbaute.

Irgendetwas schien sich zwischen uns schieben zu wollen, eine magische Kraft, die sich gegen meinen Einfluss stellte, den ich auf meinen Mann gerade noch gehabt hatte. Und er ließ sich davon ablenken, wie ich mit Schrecken feststellen musste.

„Was ist los, Mrs. Richards?", wollte Albert wissen, der unser Zögern bemerkt hatte.

Er hielt bereits den Schlüssel in der Hand, um mit der Fernbedienung den Wagen zu öffnen, als Jamie sich einfach umdrehte und wieder wegwollte. Es gab da eine Kraft, die ihn steuerte, die stärker war als mein Einfluss auf ihn. Aber das durfte ich nicht zulassen, dagegen musste ich ankämpfen!

Und obwohl es weder der richtige Ort noch der richtige Zeitpunkt war, schlang ich meine Arme um seinen Hals und küsste ihn fordernd und so heftig, dass er mir im Normalfall nie und nimmer hätte widerstehen können. Und auch diesmal schien ich damit Erfolg zu haben. Nur zu deutlich spürte ich, wie die Mauer zwischen uns buchstäblich zerbröselte und in sich zusammenfiel. Auch wenn er meinen Kuss in keiner Weise erwiderte, weil er dazu gar nicht fähig war, so vermochte ich doch, wieder seine Aufmerksamkeit zu erringen. Jetzt war ich wieder die Hauptperson für ihn, sodass er sich von mir führen ließ.

„Schnell", bat ich, „machen Sie die Tür auf!"

Albert kam meiner Aufforderung sogleich nach. Ich zog Jamie zum Wagen, ging dabei selbst rückwärts und ließ mich auf den hinteren Sitz sacken. Seine Hände noch immer festhaltend, rutschte ich langsam auf die andere Seite, sodass er mir folgen musste und somit neben mir zu sitzen kam, wo ich ihn sogleich anschnallte. Albert schloss sofort die Türen, setzte sich hinters Steuer und verriegelte geistesgegenwärtig die hinteren Türen, falls mein Gatte doch noch zu flüchten gedachte. So konnte er sich wenigstens nicht aus dem Wagen werfen, falls er den geistigen Befehl dazu von dieser fremden Macht erhalten sollte.

„Das war ein sehr guter Einfall, Mrs. Richards", lobte mich unser Diener und warf mir im Rückspiegel einen aufmunternden Blick zu.

Während Albert bereits aus der Parklücke rangierte, strich ich sanft über Jamies Arm und sprach beruhigend auf ihn ein. Ich musste es schaffen, über diesem fremden Willen zu stehen und ihn nach meinen Wünschen zu beeinflussen. Denn wenn Jamie während der Fahrt durchdrehte, konnten wir leicht einen Unfall bauen. Aber er saß einfach nur da, starrte durch die Frontscheibe und machte keine Anstalten mehr, sich gegen irgendetwas auflehnen zu wollen. Anscheinend hatte ich ihn wieder voll im Griff. Also sprach ich weiter beruhigend auf ihn ein, erzählte einfach drauflos, ohne jeden Sinn, Hauptsache, er hörte meine Stimme, denn begreifen konnte er es ja anscheinend ohnehin nicht, was mehr als schmerzlich für mich war.

Zu Hause angekommen, spielte sich die ganze Szene noch einmal ab, nur dass ich diesmal zuerst auf meiner Seite ausstieg, um den Wagen herumeilte und Jamie nun auf dieser Seite aus dem Auto zog. Ich war heilfroh, als wir endlich im Haus waren und ich ihn in unser Schlafzimmer geführt hatte, wo ich ihn kurzerhand in seinen Lieblingssessel drückte. Jetzt konnte ich endlich durchatmen. Regelrecht erschöpft ließ ich mich auf unser breites Bett sacken und hätte am liebsten drauflos geheult. Aber ich musste jetzt stark sein, durfte mir keine Schwäche erlauben, denn ich musste alles dafür tun, um Jamie wieder in sein wirkliches Leben und zu seinem „Ich" zurückzuholen.

„Kann ich noch etwas für Sie tun, Ma'am?"

Alberts lieb gemeinte Worte riefen mich wieder in die Wirklichkeit zurück, und ich blickte zu ihm auf. Wahrscheinlich machte ich keinen besonders guten Eindruck auf ihn, und ich fühlte mich ja auch hundsmiserabel.

Deshalb meinte ich bittend: „Eine Tasse von Ihrem leckeren Tee wäre sehr nett."

„Schon unterwegs, Ma'am!"

Ich schaute zu meinem Mann und zweifelte selbst an dem, was ich da getan hatte, und doch, ich musste einfach versuchen, Kontakt zu seinem Geist zu bekommen. Man hatte ihn doch nur magisch blockiert. Sein Gehirn war nicht geschädigt, schon gar nicht auf Dauer. Davon war ich einfach überzeugt!

Kaum dass Albert mit einem Tablett und dem dampfenden Tee zurückkehrte, erklärte ich ihm: „Ich werde es noch heute versuchen und mich in Jamies Gedanken einschleusen. Können

Sie mir bitte noch ein oder zwei von den Schokoriegeln bringen, die Sie immer für mich kaufen sollen?"

„Sicher doch, Mrs. Richards, aber wofür?"

„Richtig, das können Sie ja nicht wissen. Wenn ich geistigen Kontakt aufnehme, dann kostet mich das sehr viel Energie. Ich benötige dann dringend etwas Süßes, sonst kann es passieren, dass ich ohnmächtig werde."

Mit großen Augen sah er mich an und kombinierte: „Und ich habe mir schon Gedanken gemacht, wie eine Frau mit Ihrer Figur nur so viel Süßigkeiten verdrücken kann. Deshalb musste ich also immer diese Riegel besorgen?"

Ich nickte: „Ja, ich habe auch immer ein paar davon in meiner Handtasche. Ich weiß ja nie, wann ich sie brauchen werde."

Ich ließ mir den leicht gesüßten Tee schmecken, wartete auf seine Rückkehr, zog mir dann den zweiten Sessel dicht neben den von Jamie und sagte zu unserem Diener: „Ich erwarte einen sehr heftigen Kontakt, Albert. Es kann also gut sein, dass ich umkippe, dann machen Sie sich bitte keine Sorgen um mich. Ich brauche dann nur etwas Zeit, um mich wieder zu regenerieren, vor allem holen Sie nicht etwa einen Arzt. Das wäre genau falsch!"

„Wie Sie wünschen, Ma'am. Ist das auch nicht gefährlich für Sie?"

„Nein, Albert, ich habe es schon oft getan. Ich muss nur dabei sitzen, damit ich nicht stürze und mich dadurch verletze. Sie können auch gerne hierbleiben, aber bitte berühren Sie weder meinen Mann noch mich, solange der Kontakt anhält."

„Das verspreche ich Ihnen."

In seinen grauen Augen lag noch immer Besorgnis und auch Skepsis. Er wollte natürlich nicht, dass ich irgendetwas unternahm, womit ich mir selbst schadete, also lächelte ich ihm beruhigend zu, während er zurücktrat und mich einfach gewähren ließ. Zunächst jedoch sprach ich auf meinen Mann ein und entschuldigte mich bei ihm.

„Es tut mir leid, Jamie, ich hatte dir versprochen, mich nie ohne dein Wissen und deine Zustimmung in deine Gedanken einzuschleichen, doch diesmal muss ich es tun, Darling. Es geht nicht anders!"

Und so beugte ich mich zu ihm hinüber, legte alle zehn Fingerkuppen meiner Hände rechts und links an seinen Kopf, schloss selbst die Augen und konzentrierte mich. Ich machte mich frei von allen äußeren Einflüssen und ließ meinen eigenen Geist quasi auf Wanderschaft gehen. Erneut verspürte ich das seltsame Kribbeln unter meinen Fingern, das bisher nur aufgetreten war, wenn ich es mit Magie zu tun gehabt hatte. Wenn das auch diesmal der Fall war, müsste ich sie aufspüren können. Doch zunächst wollte ich Jamies Gedächtnis gewissermaßen anzapfen, um zu erfahren, was tatsächlich geschehen war, nachdem er als Geisel in dem Einkaufszentrum verschwunden war.

Und ich strengte mich wirklich sehr an. Schweißperlen bildeten sich auf meiner Stirn. Ich drang in seinen Kopf ein, doch ich fand nichts anderes als Leere, keine einzige Erinnerung, nicht einmal einen Fetzen davon. Eine wirklich grenzenlose Leere schien mich hier zu umgeben. Kein Wunder, dass er so seltsam reagierte, wenn alles, was er je gelernt und erlebt hatte, nicht mehr abgefragt werden konnte, wenn es einfach nicht mehr existierte. Nicht ein Bild war mehr zu finden, nur diese grausame Leere in einem Nirgendwo seines Kopfes.

Diese Erkenntnis war für mich nur schwer zu ertragen. Enttäuscht, kraftlos und ohne jeden Halt glitten meine Finger von seinem Gesicht und ich sackte im Sessel in mich zusammen. Nein, ich wurde nicht ohnmächtig, aber ich war plötzlich völlig ausgepumpt und leer. Ich hörte zwar Alberts besorgte Stimme, aber ich registrierte die Worte nicht, die er sprach. Erst als ich das Rascheln der Verpackung um einen der Schokoriegel hörte, begriff ich, was er von mir wollte, doch statt zu antworten, öffnete ich einfach meinen Mund. Ich war sogar zu ausgelaugt, um nach der Süßigkeit zu greifen. Albert schob mir den Riegel ohne zu zögern ein Stück in den Mund, sodass ich nur noch ein Stück abbeißen musste, um schon bald die belebende Wirkung des Zuckers zu verspüren. Trotzdem benötigte ich noch ein paar Minuten, bis ich mich wieder so weit erholt hatte, dass ich mich aufsetzen und mit Albert sprechen konnte.

„Geht es Ihnen auch wirklich gut, Ma'am?", fragte er besorgt und sah mich zweifelnd an.

Ich nickte schwach, schluckte den Rest der Schokolade herunter und bat ihn noch um eine Tasse Tee, die er mir sogleich einschenkte und reichte. Er fragte erst gar nicht nach, sondern ließ mir Zeit, wieder zu mir selbst zu finden. Es war offensichtlich, dass der gute Mann sich jetzt um uns beide Sorgen machte. Als es mir wieder besser ging, befriedigte ich seine unausgesprochene Neugierde und erklärte ihm meine Eindrücke.

Schließlich endete ich mit den Worten: „Ich weiß nicht, was ich davon halten soll. Es scheint fast so, als könne sich mein Mann an gar nichts mehr erinnern, als sei sein Kopf völlig leer. Keine Gesichter, keine Namen, keine Gefühle, einfach nichts!"

„Vielleicht hat dieser Dr. Miller ja doch recht und man hat Mr. Richards irgendeine Droge verabreicht", mutmaßte er schließlich.

Doch dieser Darstellung widersprach ich vehement: „Nein, dann hätte ich Reste oder verworrene Teile seiner Erinnerung entdecken müssen, das war aber nicht der Fall. Für mich steht ziemlich sicher fest, dass es sich um eine magische Sperre handelt, die ihn von der Außenwelt und vor meinem Zugriff abschottet. Die Frage ist nur wer und wieso?"

Albert wollte mir wohl gerade eine Antwort geben und noch einmal zur Teetasse greifen, als er mitten in der Bewegung verharrte. Ich nahm die Szene wahr, als habe man gerade einen Film angehalten. Dabei hörte ich aber deutlich eine fremde Stimme sprechen.

„Bravo, Elfe! Du hast den Kern der Sache erfasst!"

Erschrocken wandte ich mich um und sah einen Fremden in einem langen Umhang im Raum stehen. Die Luft um seine Gestalt herum schien leicht zu flimmern und ließ seine Konturen etwas verwischen. Ich machte mir erst gar nicht die Mühe zu fragen, denn hier hatte ich zweifellos den Ursprung der magischen Kraft vor mir, die ich verspürt hatte. Mein Blick fiel erneut auf Albert, der sich aber nicht rührte, der den Fremden nicht einmal zu sehen schien, bis ich begriff, dass dieser einfach die Zeit angehalten hatte. Alles war noch genauso wie vor einer Minute. Mein Diener konnte ihn weder sehen noch hören, es war ihm unmöglich, sich zu bewegen und somit konnte er mir auch nicht mehr beistehen. Mit Jamie brauchte ich erst gar nicht zu rechnen, außerdem war auch er gewissermaßen erstarrt, da ich ihn nicht einmal blinzeln sah.

„Wer bist du?", stieß ich hervor. „Was soll das alles?"

Statt einer Antwort grinste mich der Typ nur an, deutete auf meinen Mann und erklärte, meine Frage nach seiner Identität geflissentlich übergehend: „Ich brauchte ein Druckmittel, das ich gegen dich einsetzen konnte, Elfe. Da schien es mir nur passend, mich deines menschlichen Partners zu bedienen. Das ging ganz leicht, weil er mir nichts entgegenzusetzen hatte. Ein menschliches Gehirn ist so leicht zu beeinflussen, dass es mich schon wundert, wie diese Rasse überhaupt etwas leisten kann!"

„Sich seiner zu bedienen?", wiederholte ich gequält, seine Beleidigung dabei übergehend. „Wofür? Was willst du von mir, dass du glaubst, ihm so etwas antun zu müssen?"

„Nun, dass ich ein Magier bin, hast du sicher schon herausgefunden. Aber mir sind in einer bestimmten Sache die Hände gebunden. Dafür brauche ich die Hilfe einer ... Elfe!"

Ich riss überrascht die Augen auf. Was meinte der Kerl bloß?

„Ich bin nur zu einem Viertel eine Elfe. Du irrst dich, wenn du glaubst, ich könne dir helfen. Ich kenne nicht einmal all meine Fähigkeiten."

„Du bist mehr Elfe, als du glauben magst. Auch deine Fähigkeiten, wie du sie nennst, sind größer als du vielleicht denkst!"

Der Kerl brauchte mich also, dann konnte die Gefahr, in der ich schwebte, nicht allzu groß sein, sonst hätte er mich ja wohl davor bewahrt. Aber für Jamie war er selbst die Gefahr, genau das konnte ich aber nicht zulassen.

„Was willst du von mir?", fragte ich mit fester Stimme, denn ich wollte mir meine Gemütsverfassung nicht anmerken lassen.

„Schon bereit, kleine Elfe? Ich hatte mit mehr Widerstand gerechnet. Anscheinend habe ich genau das richtige Druckmittel gewählt."

Bei diesen Worten verzog sich sein lang gezogenes Gesicht zu einem schmierigen, überheblichen Grinsen, da er genau zu wissen schien, dass ich für meinen Jamie alles tun würde. Doch womit er dann herausrückte, das verschlug mir doch glatt die Sprache.

„Ich will, dass du mir das Tor zum Reich der Drachen öffnest!"
Ich musste ihn in diesem Moment wohl selten dämlich angesehen haben. Noch sekundenlang starrte ich mit offenem Mund
diese Erscheinung vor mir an, als zweifelte ich selbst an meinem
Verstand oder besser an seinem eigenen.

Und der Magier setzte auch sofort nach: „Tu, was ich von dir
verlange, und im selben Moment, da sich das Tor öffnet, wird dein
Partner wieder der sein, der er einmal gewesen ist! Wenn du das für
mich tust, dann, und nur dann, gebe ich seinen Geist frei, kleine Elfe!"
Seine tiefe Stimme schien in meinen Ohren zu dröhnen,
meinen Kopf auszufüllen, und ich nahm nur am Rande wahr,
dass seine Umrisse stärker zu flimmern begannen und sich seine
Gestalt entmaterialisierte. Wie benommen starrte ich auf die
Stelle, wo er soeben noch gestanden hatte, und begriff nicht ein-
mal, dass auch die Zeit normal weiterlief. Erst als Albert mir die
Tasse reichte und mich sorgenvoll ansah, bemerkte ich, dass ich
mich wieder in meiner Realität, in meiner Gegenwart befand.
Noch völlig verwirrt von dem eben Erlebten griff ich nach der
Teetasse, aber er bemerkte natürlich, dass meine Hand zitterte.

„Ma'am, was ist mit Ihnen? Sie sehen aus, als hätten Sie ein
Gespenst gesehen."

Wenn er einen Scherz machen wollte, dann war er gründlich
danebengegangen. Aber das konnte er ja nicht wissen.

„Sie haben gar nicht so unrecht, Albert", erwiderte ich und
trank erst einmal einen Schluck, um wieder zur Ruhe zu kommen,
denn mein Atem ging heftig, und mein Herz pochte viel zu
schnell, als dass ich mich hätte beruhigen können. „Sie haben
eben nichts bemerkt, oder?"

„Was soll ich bemerkt haben, Ma'am?"

Er blickte mich verständnislos an, sodass ich mich entschloss,
ihm alles zu erzählen. Also berichtete drauflos, wobei ich traurig
zu Jamie blickte, der noch genauso teilnahmslos wie zuvor in
seinem Sessel saß.

„Und dann ist er wieder verschwunden", schloss ich meinen
Bericht. „Wenn ich nur wüsste, was der Magier damit gemeint hat,
dass ich dieses Tor öffnen soll. Ich weiß doch gar nichts darüber."

„Gibt es denn diese Drachenwelt überhaupt?", warf Albert skeptisch ein. „Das gehört für mich ins Reich der Märchen."

„Haben Sie das bis vor Kurzem nicht auch von Elfen geglaubt?", gab ich zu bedenken. „Aber um Ihre Frage zu beantworten, ich weiß es nicht genau. Ich habe von einer Legende gehört, doch ich weiß nicht, ob sie der Wahrheit entspricht."

„So etwas lernt man wohl nicht in der Elfenschule?", fragte er leicht ironisch, doch das nahm ich ihm nicht übel.

„Zu Ihrer Beruhigung, Albert, ich habe eine ganz normale Schule besucht und alles andere, was ich als Elfe wissen musste, von meiner Großmutter gelernt. Aber es hat lange gedauert, bis ich mit meinen Fähigkeiten, die ich nur Stück für Stück entdeckte, auch umzugehen verstand. Als ich meinen ersten Bannspruch lösen wollte, habe ich aus Versehen meine Großmutter an den Stuhl gekettet, auf dem sie saß. Sie fand das gar nicht lustig und hat lange gebraucht, um sich wieder zu befreien, weil sie ihre Hände nicht benutzen konnte, die waren nämlich an die Lehnen angeschweißt."

„Ach, herrje!"

Ich musste selber lächeln, als ich mir dieses Bild aus Kindertagen wieder in Erinnerung rief. Gleichzeitig wurde mir aber klar, dass ich absolut nichts mehr besaß, wo ich hätte nachforschen können, was es denn mit diesem Tor zur Drachenwelt auf sich hatte. Es gab nicht mal einen Anhaltspunkt, wie ich …

Doch plötzlich stockte ich in meinen Überlegungen. Mir war etwas eingefallen, etwas sehr Wichtiges! Durch Jamies Schicksal war mir diese Tatsache völlig entfallen. Ich hatte doch dieses Erlebnis in dem Buchladen gehabt, die Vision! Was, wenn diese bereits ein Hinweis gewesen war, was ich tun konnte, vielleicht sogar tun musste? Ein Hinweis, wie ich Jamie retten konnte? Zufall? Wohl eher gezielte geistige Manipulation, nahm ich an.

„Das Buch, Albert!", stieß ich hervor. „Das Buch, das ich gekauft habe."

„Welches Buch, Ma'am?"

„Das Buch, das gestern im Auto gelegen hat, als mich Franklin nach Hause gefahren hat. Es muss noch im Wagen liegen."

Ich wollte schon aufspringen, als mich seine Worte innehalten ließen: „Wenn Sie die große Papiertüte meinen, die in Ihrem Auto lag, die habe ich mit hereingenommen und ins Arbeitszimmer auf Ihren Schreibtisch gelegt. Ich werde sie für Sie holen."

Der Gute blieb noch immer so ruhig und gelassen wie immer, er konnte ja nicht wissen, was für einen Schatz ich mit diesem Buch entdeckt hatte, einen Schatz, der es mir jetzt vielleicht ermöglichen würde, meinem Mann sein gewohntes Leben zurückzugeben!

Viel zu hastig riss ich dem Diener schon fast die Tüte aus der Hand und zog das große Buch mit dem schweren Ledereinband heraus. Erstaunt betrachtete Albert es, während ich es auf meinem Schoß aufschlug.

„Das muss aber schon sehr alt sein", murmelte er vor sich hin. „So etwas habe ich noch nie gesehen. Und diese Schrift? Wer soll die denn lesen?"

„Ich", erwiderte ich trocken, worauf er mich schon fast ehrfurchtsvoll ansah. „Das ist die alte Schrift der Elfen, Nymphen und weiterer magisch begabter Wesen, die ich erlernt habe. Es wird nur einige Zeit dauern, bis ich sie mir übersetzt habe, denn ich habe so etwas seit Jahren nicht mehr tun müssen."

„Dann lasse ich Sie jetzt besser allein. Rufen Sie mich, wenn Sie mich brauchen. Ich will Sie dabei nicht ablenken."

Mit diesen Worten wandte er sich bereits der Tür zu und verließ das Zimmer. Er war wirklich die gute Seele dieses Hauses und sehr, sehr einfühlsam, dabei hatte er ja nicht einmal eine Ahnung, wie ich dieses Buch in Wirklichkeit zu lesen gedachte, doch das musste er auch nicht wissen. Deshalb war ich froh, jetzt allein zu sein. Das heißt, ich war allein mit meinem Mann, den das alles nichts anzugehen schien, denn er saß nach wie vor reglos im Sessel und starrte auf einen imaginären Punkt im Raum. Ich hoffte sehnlichst, ihm wirklich helfen zu können! Meine Liebe zu ihm musste einfach stark genug sein!

Jedes Wort einzeln zu übersetzen, hätte wahrscheinlich Wochen gedauert. Deshalb schlug ich die erste Seite des magisch ausgestatteten Buches auf, legte beide Hände mit gespreizten Fingern auf das sich seltsam warm anfühlende Papier, das wohl doch kein Papier war, und schloss die Augen. Ich musste meine innere Energie sammeln und in die richtigen Kanäle leiten, mich dabei aber von der Außenwelt frei machen und abschotten. Nichts durfte mich jetzt noch stören oder auch nur ablenken, denn ich gedachte, das Buch rein geistig zu durchforsten und mir sein Wissen dabei anzueignen.

Das Erste, was ich wieder spürte, war das Kribbeln in meinen Fingerkuppen. Es war gerade so, als ob der Inhalt des Buches in rein magischer Energie aus den Seiten heraus durch meine Finger aufgenommen wurde. Bilder, Worte, Namen, Orte und die verschiedensten Wesen kamen darin vor, strömten als reine Energie durch meine Finger in den Körper und fanden ihren Platz in meinem Kopf, füllten dort noch freie Speicher auf, stellten Verbindungen her und waren plötzlich für mich abrufbereit, als hätte ich das alles gelernt oder sogar erlebt. Eine völlig neue Welt erschloss sich mir auf diese Weise, und ich begriff Zusammenhänge, die mir bis dato völlig fremd gewesen waren. Aber es war auch ein gefährliches Wissen für den, der sich gegen die alten Regeln und Gebote stellte, denn sie versprachen demjenigen, der das Wagnis trotzdem einging, unendliches Leid und unsägliche Qualen bis ans Ende seiner Tage!

Als auch der Inhalt der letzten Seite auf diese seltsame Art in mein Gehirn übergetreten war, schien meine innere Quelle der geistigen Kraft versiegt zu sein. Nicht ein einziger Funke stand mir mehr zur Verfügung. Ausgelaugt und am Rande der Erschöpfung sackte ich in mich zusammen, wobei der alte Foliant von meinen Beinen rutschte und zu Boden polterte. Dieses Geräusch war es wohl auch, das Albert gehört haben musste, denn er entschloss sich, nachzusehen, wobei auf sein Klopfen natürlich niemand antwortete. Also entschloss er sich, unaufgefordert das Schlafzimmer zu betreten, wie er mir später berichtete, wobei er mich ohnmächtig vorgefunden und einfach auf das Bett gelegt hatte.

Hier kam ich dann auch wieder zu mir. Es konnten nur wenige Minuten vergangen sein, trotzdem war ich völlig verwirrt und wollte zunächst sogar Albert abwehren, der mir doch nur ein Glas Wasser reichen wollte. Ich war so hektisch, dass ich ihm das Glas aus der Hand stieß und sich das Wasser über das Bettlaken ergoss.

„Ganz ruhig, Mrs. Richards", hörte ich seine bekannte Stimme und erkannte jetzt auch meine Umgebung.

Endlich begriff ich, wo ich mich befand und was geschehen war.

„Entschuldigen Sie bitte, das … das wollte ich nicht", stammelte ich, während er sich bereits bemühte, das Malheur wieder zu beseitigen.

„Ist doch nicht schlimm, Ma'am. Ich werde das Laken wechseln. Sehen Sie, das Glas ist nicht einmal zerbrochen. Ich werde Ihnen gleich neues Wasser holen."

So gut er es auch meinte, in diesem Moment war ich froh, dass er mich kurz allein ließ. Ich spürte mein Herz noch immer viel zu schnell schlagen, stand noch völlig unter dem Einfluss des geistig Erlebten und konnte mich nur langsam beruhigen. Ich richtete mich mühsam auf, und da ich mich schlapp fühlte, griff ich automatisch nach einem weiteren Schokoriegel, als Albert mit einem neuen Glas Wasser für mich zurückkam.

„Geht es wieder, Ma'am?"

Ich nickte, schluckte die Schokolade herunter und ergriff dann dankbar das Wasserglas. Zum Sprechen war ich einfach noch nicht fähig, aber Albert wartete geduldig, bis ich so weit war, dass ich aufstehen und ins Bad gehen konnte, wodurch ich ihm die Zeit gab, das Bett wieder herzurichten. In diesem Moment war ich richtig froh, ihn für diese kleinen Arbeiten bereit zu wissen. Nachdem ich mir das Gesicht mit kaltem Wasser erfrischt hatte und ich das Zimmer wieder betrat, war er mit seinen Aufräumarbeiten auch schon fertig und sah mir fragend entgegen, konnte seine Neugier jedoch zügeln.

Doch zunächst ging ich zu Jamie und strich ihm zärtlich über die Wange, wobei ich schon wieder ein paar Bartstoppeln fühlen konnte. Ja, ich würde für ihn alles tun, was in meiner Macht stand, aber ich musste dafür eine Entscheidung fällen, die mir wahrlich nicht leichtfiel. Aber es schien keinen anderen Weg zu geben.

„Ach, Jamie", seufzte ich. „Was soll ich nur tun?"

Da er mir keine Antwort geben konnte und Albert mich fragend ansah, entschloss ich mich, ihm von mir aus das zu erklären, wozu ich bereit war, denn dieses Buch hatte mir mehr Geheimnisse vermittelt, als ich für möglich gehalten hätte.

„Kommen Sie, Albert, lassen Sie uns in der Küche beisammensitzen und noch eine Tasse von Ihrem köstlichen Tee genießen, dann werde ich Ihnen sagen, was in dem Buch steht."

„Sie konnten tatsächlich darin lesen?"

„Ja, ich habe es sogar ganz durchgearbeitet und …"

„Ganz durchgearbeitet?", unterbrach er mich ungläubig. „Aber Sie haben doch kaum eine Viertelstunde darin gelesen, bis ich Sie ohnmächtig fand. Wie konnten Sie so schnell …"

„Nehmen Sie es einfach hin, Albert. Erklären kann ich es Ihnen nicht, das ginge zu weit."

„Aber was ist mit dem Buch passiert, Ma'am? Als ich es aufgehoben habe, sind die Seiten als schwarze Aschestückchen herausgefallen. Sie haben doch nicht etwa die Blätter angezündet?"

Er war sichtlich verwirrt darüber, und ich konnte das auch gut verstehen, deswegen erklärte ich ihm: „Ein magisches Buch liest man nur ein einziges Mal. Sobald alles Wissen übermittelt ist, zerfällt es in kleinste Bestandteile, um sein Wissen vor anderen zu verbergen. Das wird auch hier geschehen sein. Dieses Buch war anscheinend überhaupt nur für mich bestimmt, aber ein bisschen von seinem Inhalt kann ich an Sie weitergeben, mit dem Rest muss ich selbst fertig werden, vor allem mit der Entscheidung, die ich zu fällen habe. Und es bleibt mir nicht mehr viel Zeit, sonst wird mein Mann nie wieder zu dem, der er einmal gewesen ist!"

Meine Stimme war bei diesem letzten Satz unwillkürlich immer leiser geworden, sodass auch Albert spüren musste, wie sehr mich die ganze Angelegenheit belastete. Und ich wusste zunächst auch nicht so recht, wie ich denn nun anfangen sollte, nachdem wir in der Küche beisammensaßen. Geduldig wartete unser Diener ab, bis ich schließlich von mir aus zu berichten begann.

„Durch dieses Buch wurde mir ein Teil der Geschichte meiner Art, ich meine damit die der Elfen, offenbart, Albert. Ich darf Ihnen als Mensch nicht alles darüber sagen, aber doch immerhin so viel, dass Sie mich hoffentlich verstehen und mir auch raten können, denn Ihr Rat wäre mir jetzt wirklich wichtig."

Er lächelte mich an und nickte verständnisvoll, forderte mich damit quasi auf, mit meiner Erzählung zu beginnen.

„Bevor ich zum Kern der Geschichte komme, muss ich Ihnen zunächst einmal klarmachen, dass es außer den Elfen und zahlreichen anderen Wesen, die Sie bisher zum Reich der Fantasie gerechnet haben, auch noch die Drachen gibt. Schauen Sie nicht so ungläubig, ich sage Ihnen die Wahrheit! Die Drachen sind wahrscheinlich sogar die ältesten dieser angeblichen Fabelwesen, die aber doch zur Realität gehören. Sie leben nur in ihrem eigenen Reich, in einer Parallelwelt zu unserer. Man könnte sie auch als andere Dimension bezeichnen.

Das war nicht immer so, denn einst in grauer Vorzeit sah man sie gemeinschaftlich mit anderen Arten zusammenleben, bis – ja, bis eines Tages eine Elfe einen großen Fehler machte, denn sie beging aus Liebe zu einem Menschen einen sehr großen Verrat. Ich möchte nichts Näheres über dieses Vergehen verlauten lassen, aber es hätte beinahe dazu geführt, dass die Drachen dem Untergang geweiht worden wären. Erst in letzter Sekunde vor der großen Katastrophe gelang es einer anderen Elfe, das Unglück zu verhindern und die Drachen vor dem Untergang zu bewahren, indem sie es schaffte, für diese Wesen eine eigene Welt zu erschaffen.

Damit so etwas jedoch nie wieder geschehen konnte, sollten die Drachen von nun an in ihrem eigenen Reich allein leben, kein anderes Wesen sollte mehr Zutritt haben. Dafür wurde das Tor zu diesem Drachenreich von dieser sehr alten und weisen Elfe, die bereits von ihrem bevorstehenden Ende wusste, magisch verschlossen. Das Geheimnis darüber nahm sie mit in ihr Grab, doch die Legende besagt, dass es einst einer anderen Elfe, der es ähnlich ergehen wird wie der damaligen Verräterin, gelingen kann, dieses Tor wieder zu öffnen. Verstehen Sie, Albert? Eine

Elfe, der es ähnlich ergeht wie der damaligen Verräterin, das …
das könnte doch auf mich zutreffen, das könnte mich ebenfalls
zur Verräterin an den Drachen machen, nicht wahr?"

Ich blickte den Diener mit feuchten Augen an, da mir bei
meiner eigenen Erzählung erst so richtig bewusst geworden war,
dass es gar nicht anders sein konnte. Es würde wieder eine verräterische Elfe geben, und diese Elfe würde ich sein, ich allein,
weil ich einen Menschen über alles liebte und doch nichts mehr
wollte, als ihm ein lebenswertes Leben zu erhalten. Dieser Magier
kannte die Legende und hatte irgendwie von mir und meiner
Liebe zu Jamie erfahren, was er für seine eigenen Pläne ausnutzen
wollte. Völlig gewissenlos hatte er Jamies Geist vernebelt und
mit einem Bann belegt, der ihn zu einer Marionette gemacht
hatte, eine Tatsache, die mich zwingen sollte, einen neuen Verrat zu begehen.

Aber konnte ich das? Konnte ich das tun, nachdem mir das
Buch zuvor diese Vision beschert hatte? Diese schreckliche Vision
mit dem zerstörten Nest und den toten Jungtieren konnte ich
doch nicht zur Wahrheit werden lassen! Aber konnte ich es im
Gegenzug verantworten, meinen Jamie bis ans Ende seiner Tage
in diesem jämmerlichen Zustand dahinvegetieren zu lassen? Nein,
ganz sicher nicht!

Gleich einem Häufchen Elend hockte ich auf meinem Stuhl,
hielt die Teetasse mit beiden Händen umklammert und starrte
aus tränenverschleierten Augen auf einen imaginären Fleck auf
der Tischplatte. Albert, der mir wortlos zugehört hatte, räusperte
sich vernehmlich, sodass ich ihn jetzt anblickte.

„Können Sie mir raten?", seufzte ich fast tonlos.

Doch er schüttelte nur leicht den Kopf mit den ergrauten
Haaren, seine Züge drückten Ratlosigkeit aus, doch schließlich
fragte er: „Wissen Sie nicht schon, was Sie tun werden, Ma'am?
Sie lieben Ihren Mann doch, da bin ich mir sicher! Also werden
Sie tun, was getan werden muss, nicht wahr?"

Ich sah ihn überrascht an, und er sprach schnell weiter.

„Man muss Sie beide doch nur zusammen sehen, Mrs. Richards,
um zu wissen, welch festes Band Sie miteinander verbindet."

„Aber", stammelte ich, „aber Sie haben nicht gesehen, was geschehen wird, Albert. Sie haben nicht die Verwüstung gesehen, die mein Verrat mit sich bringen wird!"

„Nennen Sie es nicht Verrat, Ma'am! Nennen Sie es Nothilfe, denn Sie retten damit Ihren Mann und Ihre Liebe. Das rechtfertigt so manches. Und Sie tun es nicht aus freien Stücken, sondern weil dieser Magier Sie dazu zwingt. Wer will Sie dafür verurteilen? Ihr liebendes Herz befiehlt es Ihnen doch geradezu!"

Ich musste hart schlucken. Was er da sagte, entsprach voll und ganz der Wahrheit.

„Danke, Albert, das ist sehr lieb von Ihnen, dass Sie die Sache so sehen. Ich befürchte nur, dass das in den Reihen der Elfen und anderen Wesen nicht so gesehen wird, weil Jamie ein Mensch ist. Und schon gar nicht werden es die Drachen aus diesem Blickwickel betrachten, wenn ihnen Schaden zugefügt wird."

„Aber Sie sind doch auch zum größten Teil ein Mensch, wenn ich das richtig verstanden habe."

„Ja, sicher", gab ich zu, „und genau das macht es ja auch so schwer für mich. Ich denke und fühle manchmal, nein, eigentlich meistens mehr als Mensch, als das für meinen Elfenanteil gut wäre."

„Für Sie gut wäre?", echote er schon fast entrüstet. „Sie sind der liebenswerteste und gütigste Mensch, den ich mir nur vorstellen kann. Sie tun mit Ihren Fähigkeiten so viel Gutes, wenn ich das richtig mitbekommen habe. Und genau das dürfte auch der Punkt sein, warum Mr. Richards Sie so sehr liebt. Sie können ihn gar nicht im Stich lassen!"

Jetzt legte sich doch ein Lächeln auf meine Züge, und ich erwiderte: „Das haben Sie jetzt aber sehr nett gesagt."

Deshalb tat es mir auch leid, ihn bei seiner nächsten Frage enttäuschen zu müssen, da er wissen wollte, wo sich denn dieses Tor zur Drachenwelt befinden würde.

„Sorry, aber das darf ich Ihnen nun wirklich nicht sagen. Das müssen Sie bitte verstehen, sonst würde ich bereits jetzt einen Verrat begehen. Ich werde nur meinen Mann dorthin mitnehmen, um mich zu vergewissern, dass der Magier sein Wort hält. Aber für Sie ist dieser Platz leider tabu!"

Ich hoffte, dass er das verstehen würde, nachdem ich ihn schon so weit eingeweiht hatte, aber er nickte nur verständnisvoll und versprach mir, uns nicht nachzuspionieren. Und auf sein Wort wollte ich vertrauen.

⚍

Durch die Ereignisse an diesem Tag hatte ich mich aber so verausgabt, dass ich die Reise zum Tor ins Land der Drachen nicht am selben Tag unternehmen konnte. Dafür und um das Tor zu öffnen, würde ich alle meine Kräfte benötigen. Außerdem war es inzwischen ohnehin schon später Nachmittag geworden. Deshalb entschloss ich mich, noch eine Nacht zu warten und erst am nächsten Morgen mit den nötigen Vorbereitungen zu beginnen. Ich schaffte es auch ohne Probleme, Jamie dazu zu bringen, sich ins Bett zu legen, nachdem Albert mir geholfen hatte, ihn auszuziehen und einen Pyjama anzuziehen.

„Soll ich nicht doch lieber das Gästezimmer herrichten, Ma'am?", hatte der Diener gefragt, doch ich hatte abgewinkt.

„Nein, mein Mann gehört zu mir!", hatte ich ihm bestimmt geantwortet.

Doch als ich dann auf meiner Seite unseres schönen breiten Bettes mit dem Baldachin darüber unter das Laken kroch, kam mir alles doch etwas seltsam vor. Jamie lag ja wie ein Fremder neben mir. Vor allem war es diese seltsame Kälte, die von mir Besitz zu ergreifen schien, weil ich seine liebevolle Umarmung vermisste. Ich bezweifelte sehr, dass ich so überhaupt ein Auge zutun würde, aber da ich nach all den Ereignissen sehr erschöpft war, schlief ich schließlich doch noch ein.

Aber wenn ich geglaubt hatte, im Schlaf Ruhe und Erholung zu finden, so sollte ich mich getäuscht haben. Die ganze Sache mit meinem Mann, mit dem alten Buch und dem fremden Magier hatte mich wohl so beeinflusst, dass sich mein Unterbewusstsein davon nicht trennen konnte. Wirre Träume mit seltsamen flugfähigen Kreaturen, mit Wesen, die weder Mensch noch Tier waren und einem riesigen Ei, das in seinem Inneren ein weiteres, in Leder gebundenes Buch verbarg, verfolgten mich, sodass ich mich immer wieder unruhig hin und her warf, statt erholsamen Schlaf zu finden. Außerdem hatte ich im Traum gesehen, wie dieses magische Buch, dessen Wissen ich mir angeeignet hatte, entstanden war. Jetzt wusste ich, warum sich das Papier so seltsam angefühlt hatte, denn es war gar kein Papier! Die Seiten waren aus Haut gefertigt worden, aus der Haut von jungen, gerade erst geschlüpften Drachen! Grausam!

Schließlich schreckte ich hoch, weil mich mein eigener Entsetzensschrei aufgeweckt hatte. Viel zu schnell ging mein Atem, und mein Herz pochte wie wild. Ich registrierte, dass ich schweißgebadet war, denn mein Nachthemd, ein Hauch von zarter Seide und Spitze, das ein Geschenk von meinem Mann war, klebte an mir. Allerdings hätte ich auch nicht sagen können, was mich denn so erschreckt hatte. Im Schein des Vollmondes, der durch das hohe Fenster fiel, konnte ich Jamies blass wirkendes Gesicht erkennen. Er hielt die Augen geschlossen und schien tatsächlich zu schlafen. Wenigstens ihn hatte ich nicht geweckt, denn plötzlich klopfte es an der Tür und ich hörte Alberts besorgte Stimme.

„Mrs. Richards, ist etwas passiert? Ist alles in Ordnung?"

Da ich wusste, dass er das Zimmer nur im Notfall unaufgefordert betreten würde, verzichtete ich darauf, das Laken hochzuziehen, um mich besser zu bedecken, aber ich rief laut: „Ja, alles in Ordnung! Ich habe nur schlecht geträumt!"

Damit ließ er sich besänftigen, denn ich hörte sogleich seine sich entfernenden Schritte und legte mich wieder zurück.

Mein Gott, dachte ich, denn ich fühlte mich richtig elend. Du musst deine Gedanken im Zaum halten, sonst bist du morgen früh ein Nervenbündel.

Mein Blick wanderte wieder zurück zu Jamie, dessen Züge so entspannt wirkten, dass er wohl tatsächlich nichts mitbekommen hatte. Aber wie sollte er auch, wo er doch anscheinend zu keinerlei Wahrnehmung mehr fähig war. Diese Erkenntnis trieb mir erneut die Tränen in die Augen, was dazu führte, dass ich mich regelrecht in den Schlaf heulte.

Und so erwachte ich am nächsten Morgen noch vor dem ersten Hahnenschrei, wie man so schön sagt, und fühlte mich auch nur mäßig ausgeruht. Da Jamie noch zu schlafen schien, ließ ich ihn in Ruhe und machte mich auf den Weg ins Bad, das sowohl eine Verbindungstür zu unserem Schlafzimmer als auch zum Gästezimmer besaß. Ein Blick in den Spiegel bewies mir dann auch, dass ich schrecklich aussah, denn meine Augen zeigten dunkle Ränder und waren vom Weinen noch immer verklebt und etwas gerötet, sodass ich mich zu einer schnellen, vor allem aber kalten Dusche entschloss. Als der harte Massagestrahl meinen Körper traf, half das doch zumindest, um meine Lebensgeister wieder etwas zu wecken. Das kalte Wasser erfrischte mich zusehends, und ich fühlte mich danach wesentlich wohler, nur leider noch nicht erholt.

Trotzdem vergaß ich nicht, was mir heute bevorstand. Mein Entschluss stand fest! Ich würde versuchen, dieses Tor zur Drachenwelt zu öffnen! Das war ich Jamie einfach schuldig! Auch wenn ich nicht wusste, ob mir das überhaupt gelingen würde, so musste ich es doch wenigstens versuchen, sonst hätte ich meinem Mann nie wieder in die Augen sehen können. Ich musste doch schließlich jede Chance ergreifen, um ihm zu helfen.

Schließlich wählte ich ein paar Jeans und eine dünne Baumwollbluse sowie Turnschuhe aus. Ich musste ja gut laufen können, und wer konnte schon wissen, was dort am Tor noch auf mich wartete. Für Jamie wählte ich ebenfalls praktische Bekleidung aus und legte alles bereit, damit mir Albert, der bereits kurze Zeit später klopfte, helfen konnte, ihn anzukleiden. Da ich bereits fertig war, rief ich ihn herein, und wir kümmerten uns zusammen um meinen Mann. Nur das Frühstück gestaltete sich etwas schwierig, doch unser Diener ließ es sich nicht nehmen, seinem Dienstherrn mundgerechte Stückchen in den Mund zu stecken, denn von sich aus machte er, wie schon am Abend zuvor, keinerlei Anstalten es selbst zu tun.

Es tat schon verdammt weh, das mit ansehen zu müssen. Es versetzte mir einen Stich nach dem anderen in mein Herz, und ich hoffte umso mehr, dass ich die mir gestellte Aufgabe lösen konnte. Alles hing davon ab, ob ich den Inhalt des Buches richtig verstanden hatte und ob meine Fähigkeiten und mein Wissen ausreichen würden, dieses Tor zur Drachenwelt zu öffnen. Doch wenn es von einer weisen, alten Elfe verschlossen worden war, dann musste ich damit rechnen, noch auf erhebliche Schwierigkeiten zu stoßen. Es würde ganz sicher nicht einfach werden, dessen konnte ich mir sicher sein!

Unser Weg führte uns etwa drei Stunden von Londons Außenbezirken entfernt in nördlicher Richtung. Ich hatte mich für meinen kleinen Sportflitzer entschieden, mit dem ich mich sicherer fühlte, als es mit dem großen, doch etwas behäbigen Bentley der Fall gewesen wäre, den ich so gut wie nie fuhr. Jamie saß anscheinend teilnahmslos und bewegungslos neben mir auf dem Beifahrersitz – noch genauso, wie Albert ihn dort angeschnallt hatte. Ich sprach fast ununterbrochen auf ihn ein, hoffte ich doch so, seine Aufmerksamkeit zu behalten, sofern man überhaupt davon sprechen konnte, aber ich wollte damit verhindern, dass der Magier erneut auf ihn einwirken konnte.

Es war eine wirklich schöne Landschaft, durch die wir fuhren, allerdings hatte ich kaum ein Auge dafür, denn dafür plagten mich schon jetzt Gewissensbisse wegen des großen Verrats, den ich zu begehen bereit war. Da konnte mich auch die Sonne nicht aufheitern, die heute ausnahmsweise einmal von einem wolkenlos blauen Himmel schien. Schließlich lenkte ich meinen Wagen von der Straße in einen wenig befahrenen Feldweg, der mich weg vom Verkehr und weg von den nächsten Ansiedlungen brachte. Sportler kannten diese Gegend als kleines Kletterparadies, doch nur wenige Eingeweihte wussten von der eigentlichen Bedeutung der Felsengruppe, die mitten in einer Ebene lag, als habe sie ein Riese aus der Urzeit achtlos dahingeworfen.

Auch ich gehörte zu dieser Gruppe Auserwählter und kannte die glatte Felswand inmitten der Steinformation als magischen Ort. Noch nie zuvor hatte ich den Platz betreten, kannte ihn nur aus den Erzählungen meiner Großmutter und aus dem Lageplan, den mir das magische Buch übermittelt hatte. Trotzdem fand ich

mich erstaunlich gut zurecht und stellte das Auto auf einem Parkplatz, der gerne von Sportlern als Ausgangspunkt für Touren genutzt wurde, ab. Dann packte ich meinen kleinen Einsatzkoffer,
wie ich ihn gern nannte, in dem ich viele Dinge aufbewahrte, die
mir bei meiner Arbeit bereits hilfreich gewesen waren, so zum
Beispiel magische Kreide, einen aus Silber gefertigten Druden-
fuß, Weihwasser, Totmannasche aus einem Krematorium und die
kleine Neun-Millimeter-Pistole, die mir Jamie besorgt hatte, und
die ich mit geweihten Silberkugeln geladen hatte, falls ich mich
einmal schwarzmagischer Wesen erwehren musste.

Jetzt musste mir mein Mann nur noch folgen, denn allein
im Auto lassen wollte ich ihn auf keinen Fall, um nicht das bisschen Kontrolle, das ich über ihn besaß, auch noch zu verlieren.
Die Beifahrertür öffnend, ergriff ich sofort seine Hand und zog
ihn vom Sitz, den Gurt hatte ich bereits im Auto gelöst. Als ich
die Tür wieder ins Schloss drückte, hatte das Geräusch für mich
schon fast etwas Endgültiges und Unabänderliches an sich, fast
so, als wolle es mir klarmachen, dass es von nun an keinen Weg
zurück mehr geben würde. Aber ich hatte mich ja auch schon
entschieden, packte Jamies rechte Hand fester und zog ihn hinter
mir her zwischen die mannshohen Felsen hinein.

Einen Weg gab es eigentlich nicht, aber das gedanklich über-
mittelte Wissen des Buches leitete mich immer weiter, als könne
ich den Plan des Weges direkt vor mir sehen und alles ablesen,
obwohl wir eigentlich über Stock und Stein gingen, wie man
so schön sagt. Dabei schien Jamie, obwohl er ja keinen Blick auf
den Boden warf, wie von unsichtbarer Hand geleitet zu werden
und folgte mir einfach.

Schließlich blieb ich vor einer relativ flachen, aber hoch aufragenden Felswand stehen. Sie wirkte schon fast glatt geschliffen,
so wenige Vorsprünge zeigte das Gestein. Nur wenige Eingeweihte
vermochten in dieser Wand das zu erkennen, was sie wirklich
war: ein magischer Ort, ein Platz, von dem aus man die Magie
gezielt in bestimmte Richtungen lenken konnte. Von hier aus
wollte ich das Tor zur Drachenwelt öffnen. Hier, und nur hier
würde dies überhaupt möglich sein!

Da ich angehalten hatte, war auch Jamie zwangsläufig stehen geblieben, sodass ich mir die Zeit nehmen konnte, an der Wand hinaufzusehen, die etwa doppelte Manneshöhe besaß. Auf ihr zeichneten sich zahllose ineinander verschlungene und übereinander liegende Zeichen ab, Zeichen, die ebenfalls nur für magisch begabte Wesen wie zum Beispiel für eine Elfe, wie ich eine war, überhaupt zu erkennen waren. Den Menschen, die hingegen hierher zum Klettern kamen, zeigte sich nur eine ganz gewöhnliche Felswand. Doch diese Wand stellte für mich auch gleich das erste Problem dar, denn wie sollte ich jene Zeichen, die ganz oben aufleuchteten, erreichen, gesetzt den Fall, sie gehörten zu dem Bannspruch, den ich zu lösen hatte?

Nun, es war müßig, sich darüber Gedanken zu machen, solange ich nicht einmal wusste, ob dies der Fall sein würde. Also schob ich Jamie zu einem in der Nähe liegenden Gesteinsbrocken und setzte ihn darauf. Jetzt konnte ich ihn doch wenigstens im Auge behalten, wenn ich erst einmal begann, das Tor zur Drachenwelt zu öffnen. Aber leicht würde diese Aufgabe ganz sicher nicht werden, dessen war ich mir sicher!

Meinen kleinen Einsatzkoffer stellte ich neben meinem Mann ab, denn noch wusste ich nicht, ob ich ihn überhaupt benötigen würde. Um zu verhindern, dass andere Wanderer oder kletterbegeisterte Sportler mich bei meinem Tun überraschen konnten, verschleierte ich den Ort kurzerhand mit einem kleinen Zauberspruch mit einer dicken Nebelwand, ohne dass diese mich selbst beeinträchtigt hätte. So gerüstet trat ich dicht vor den glatten Fels und ließ meine Blicke über all die verschlungenen Zeichen gleiten. Das Problem war, dass von dieser magischen Wand viele Wege zu verschiedenen Orten führten und damit ineinanderliefen. Welche aber bildeten nun den Bann für das Tor zur Drachenwelt?

Ziemlich ratlos starrte ich auf das Wirrwarr, das sich mir zeigte. Eigentlich musste ich die richtigen Zeichen nur der Reihenfolge entsprechend mit den Fingern nachzeichnen, doch genau darin bestand mein Problem. So sehr ich mich auch bemühte, ich geriet immer wieder in andere Zeichen, die nicht zu dem entsprechenden Verschlüsselungsspruch gehörten, sodass ich wieder von vorne beginnen musste, da das Leuchten des bisher gezeichneten Teilstücks wieder verlöschte und mir damit meine offensichtliche Unfähigkeit vor Augen führte. Als einzig positives Ergebnis konnte ich es ansehen, dass alle Zeichen anscheinend tatsächlich vom Boden aus zu erreichen waren.

Nachdem ich zum x-ten Mal in einer Sackgasse gelandet war, wenn mir der Vergleich hierbei erlaubt sei, wollte ich bereits entmutigt aufgeben. Diese weise Elfe hatte wirklich ganze Arbeit geleistet. Sie musste eine der besten Bannwirkerinnen überhaupt gewesen sein. Noch nie zuvor war mir ein derartiger Zauberspruch untergekommen. Niedergeschlagen trat ich ein Stück zurück und neben Jamie, um die Sache aus etwas größerer Entfernung zu betrachten, aber es nutzte einfach nichts. Die Verschlüsselung blieb mir ein Rätsel!

Über die Maßen enttäuscht ließ ich mich schließlich neben meinen Mann auf den Stein sacken. Wie hilfreich und tröstend wäre jetzt ein liebes und aufmunterndes Wort von ihm gewesen, doch er reagierte nicht, noch nicht, wie ich mir immer wieder selbst sagte. Ich musste doch nur diese Aufgabe lösen, und alles würde wieder gut werden. Es musste einfach wieder gut werden! Das versuchte ich mir zumindest einzuhämmern, an eine andere Möglichkeit durfte ich doch gar nicht denken!

Wut erfasste mich, Wut auf diesen Zauberer, der das alles angerichtet hatte, und meine Hände ballten sich unwillkürlich zu Fäusten. Nur gut, dass dieser Kerl jetzt nicht da war, sonst wäre ich ihm möglicherweise an die Gurgel gesprungen. Sacht berührte ich Jamies Arm und wollte mir wohl unbewusst etwas von seiner Kraft borgen, als ich wieder dieses magische Kribbeln unter meinen Fingern verspürte, das mich diesmal auf eine Idee brachte. Warum sollte ich nicht die Kraft unserer Liebe zueinander nutzen? War es mir möglich, diese Kraft anzuzapfen? Sie war doch so unwahrscheinlich stark und hatte sich schon mehr als einmal bewiesen!

Nachdenklich starrte ich mit zusammengekniffenen Augen auf die Zeichen, mit denen das Gestein übersät war, und dann auf meinen geliebten Jamie. Es musste einfach funktionieren! Es war die letzte Möglichkeit, die uns noch blieb! Wenn das nicht klappte, war wirklich alles verloren!

Entschlossen stand ich wieder auf, packte Jamies Hand und zog ihn ebenfalls hoch, um mit ihm zusammen vor die Wand zu treten, so dicht, dass ich sie mit dem ausgestreckten rechten Arm berühren konnte. Mit der linken Hand behielt ich seine Hand umklammert, während er ruhig und teilnahmslos neben mir stand. Dann schloss ich die Augen und versuchte, mich nur auf uns und unsere Gefühle zueinander zu konzentrieren, versuchte die Liebe zwischen uns mit jeder Faser meines Körpers zu erspüren. Und wie von selbst bewegte sich meine rechte Hand über die Felswand, zog mit dem Zeigefinger Linien und Verschnörkelungen nach, löste Knoten und festigte Verbindungen, wo zuvor keine gewesen waren, die ich aber jetzt ganz deutlich fühlen konnte. Minutenlang ging das anscheinend so, bis ich plötzlich ein jähes Ende spürte. Meine Hand geriet ins Stocken. Es gab keine Kraft mehr, die mich führen konnte. Da war plötzlich nichts mehr!

Entsetzt darüber, es wieder nicht geschafft zu haben, riss ich die Augen auf. Vor mir auf der Felswand leuchtete ein verwirrendes Muster, ein Muster, das ich selbst gezeichnet hatte und unter dem alle anderen Zeichen verblasst waren. Doch genau in der Mitte war ein kleiner freier Platz übrig geblieben, ein Fleckchen nacktes Gestein, das mir in seinen Umrissen irgendwie vertraut vorkam. Und auf einmal glaubte ich zu wissen, was da noch fehlte, denn die Umrisse bildeten genau mein Amulett nach, das ich einst von meiner Großmutter erhalten hatte, dasselbe Amulett, das schon einmal ein magisches Muster vervollkommnet und uns damit das Tor aus der Dämonendimension geöffnet hatte, in der Jamie und ich gefangen gewesen waren, noch bevor wir ein Paar geworden waren.

Ich zog das Amulett unter der Bluse hervor und betrachtete das Muster darauf, verglich es mit dem Teil auf dem Gestein, das noch nicht gefüllt war. Es konnte keinen Zweifel geben, der Platz war für das Amulett bestimmt! Doch gleichzeitig mit dieser Erkenntnis durchzuckte mich ein anderer Gedanke. Die Elfe, die das Tor verschlossen hatte, musste dafür außer dem komplizierten Zauber und einem Teil von sich selbst auch ein Stück aus dem Besitz der damaligen

Verräterin verwendet haben. Die angegraute Haarsträhne, die ich gefunden hatte, konnte nur der alten Elfe gehört haben. Doch das bedeutete im Umkehrschluss, dass das Amulett der Verräterin gehört haben musste. Und wenn das stimmte, und da das Schmuckstück seit ewigen Zeiten in dem Besitz meiner Familie von Ahnin zu Ahnin weitergereicht worden war, bedeutete doch dies, dass die damalige Verräterin aus meiner Familie gestammt haben musste.

Deshalb war wohl wieder ein Mitglied meiner Familie ausersehen, diesen Fehler, von dem ich noch immer hoffte, dass es kein schwerwiegender sein würde, erneut zu begehen. Diese Erkenntnis jagte mir einen kalten Schauder über den Rücken. Unwillkürlich begann meine Hand mit dem Amulett zu zittern. Schon fast verzweifelt warf ich einen letzten Blick auf meinen Mann und schluckte hart.

„Ich tue es für dich, Geliebter", hauchte ich über die Lippen und stieß meine Hand nach vorn gegen die Wand, dabei das Schmuckstück passgenau in die Lücke drückend.

Kaum hatte es den Fels berührt und das von mir gezeichnete Muster geschlossen, entlud sich die frei werdende Magie in einer grellen Lichtexplosion. Völlig geblendet wurde ich von einer immensen Kraft getroffen, die mich brutal zurückschleuderte. Jamies Hand wurde aus der meinen gerissen, und ich stürzte gut fünf Yards weiter hinten auf den steinigen, harten Untergrund. Der Aufprall war brutal, schüttelte mich durch, und ich schrie entsetzt auf, wurde von Angst übermannt, als mein Kopf auch noch mit dem Felsen Bekanntschaft machte. Urplötzlich verwandelte sich die gleisende Helligkeit in abgrundtiefe Finsternis, die mich zu verschlucken schien und alle meine Empfindungen auslöschte!

Ich fühlte mich wie in Watte gepackt und schien einfach dahinzutreiben. Was immer ich auch hörte und fühlte, es war irgendwie unwirklich, fern der Realität. Ich glaubte, mich zu wiegen, spürte sanfte Berührungen und streichelnde Hände. Aber wieso? Wo befand ich mich? Was war geschehen?

Eine vertraute Stimme sprach zu mir, ganz liebevoll, aber ich verstand nicht, was sie mir sagte. Dann begriff ich plötzlich, dass mich starke Arme gepackt hielten und hin und her wiegten. Aber wer …? Es fiel mir so unendlich schwer, die Lider zu heben, dabei wollte ich doch sehen, wollte begreifen, aber ich schien wie gelähmt. Rief da nicht jemand nach mir? Verzweifelt? Eine von Trauer erfüllte Stimme?

„Sandy! Bitte, wach auf! Sandy!"

Ja, die Stimme meinte mich. Noch einmal nahm ich alle Kraft zusammen und schaffte es endlich, die Augen zu öffnen. Auch wenn ich nur wallende Schleier wahrnehmen konnte, hörte ich die Stimme plötzlich lauter und klarer.

„Ja, Sandy, gut so! Komm zu dir!"

Wieder strich eine Hand sanft über meine Wange, Lippen berührten plötzlich die meinen und holten mich liebevoll in die Gegenwart zurück. Ich blinzelte überrascht, erkannte Jamies Gesicht über mir und fühlte einfach, dass mir jetzt nichts mehr passieren konnte. Er war ja bei mir, er …

„Jamie?"

„Ja, Darling, ich bin bei dir! Komm zu dir!"

„Jamie, du … du kannst mich hören? Du … du bist wieder bei mir …?"

„Natürlich bin ich bei dir!"

Ich seufzte erleichtert auf und flüsterte: „Es hat geklappt, es hat wirklich geklappt."

Mühsam versuchte ich, mich aufzurichten und fühlte mich von Jamie sofort dabei gestützt, sodass ich jetzt aufrecht auf seinem Schoß saß, noch immer gehalten von seinen Armen, da er wohl fürchtete, ich könnte erneut umkippen. Was wahrscheinlich auch prompt der Fall gewesen wäre, denn in meinem Kopf drehte sich ein Karussell und hämmernde Kopfschmerzen wollten ihn anscheinend augenblicklich sprengen, sodass ich laut aufstöhnte. Sofort begegnete mir sein überaus besorgter Blick.

„Du hast eine ziemliche Beule am Hinterkopf, Darling. Ich würde dir ja gerne helfen, wenn ich erst einmal wüsste, wo wir hier sind und wie wir hierhergekommen sind."

Jetzt versuchte ich doch, mich zusammenzureißen und erklärte ihm: „Das erzähle ich dir gleich. Halte mich einfach nur, halte mich bitte ganz fest!"

Sofort verstärkte sich der Griff seiner Arme um meinen Körper. Oh, es tat so gut, ihn wieder bei mir zu wissen und seine Nähe und auch seine Liebe zu spüren.

„Sag mir erst einmal, woran du dich als Letztes erinnern kannst?", verlangte ich schließlich.

„Ich? Hier geht es doch um dich!", gab er sichtlich entrüstet zurück.

Ich wollte den Kopf schütteln, unterließ es aber sogleich, weil mir fast augenblicklich schwindlig wurde. Mir an den Kopf fassend, ließ ich mich an seine Schulter sacken.

„Nein, Sandy! Bleib wach!", forderte er sofort.

Trotzdem schloss ich einen Moment die Augen und murmelte: „Ich bin ja wach. Aber sag schon, woran erinnerst du dich noch?"

„Ich … ich hatte einen Einsatz in einem Einkaufszentrum, glaube ich, aber ich …"

Er stockte kurz, als ihm etwas klar wurde.

„Moment mal, ich hatte doch gedanklichen Kontakt mit dir! Wieso warst du da?"

Ich lächelte in mich hinein und meinte: „Weil du dich von den Geiselnehmern hast austauschen lassen. Ich hatte so viel Angst um dich und dann …"

„Du warst dort?"

„Ja, ich hatte von der Sache im Radio erfahren und bin sofort hingefahren. Ich habe dich gerade noch in dem Gebäude verschwinden sehen. Das war sehr heldenhaft von dir", seufzte ich.

„Dieser Kerl mit seinen stechenden Augen hat mich in eine Abstellkammer gesperrt. Der war richtig unheimlich, aber was er eigentlich erreichen wollte, weiß ich nicht, weil er kein einziges Wort mit mir gesprochen hat."

„Er wollte mich, Darling", warf ich ganz ruhig ein.

„Wie bitte? Wie soll ich das verstehen? Ich weiß noch, dass ich deine Gedanken gefühlt habe, und von da an ist Schluss! Absolut nichts mehr! Da habe ich einen Filmriss!"

„Da kann ich dir weiterhelfen."

Und so begann ich langsam und stockend zu berichten, erzählte ihm mit Unterbrechungen, in denen ich erst wieder gegen die Kopfschmerzen ankämpfen musste, alles aus meiner Sicht, sodass er mich immer verwunderter ansah.

„Wie? Ich war eine Marionette, sagst du? Wann war das denn?", wollte er schließlich wissen.

„Vor drei Tagen, Darling."

Jamie presste die Lippen aufeinander. Nachdem er nun Bescheid wusste, begriff er langsam, was ich durchgemacht und welche Ängste ich um ihn ausgestanden hatte. Dann lenkte er meine Aufmerksamkeit auf die Felswand in meinem Rücken, die ich bisher nicht sehen konnte, da ich in die entgegengesetzte Richtung blickte.

„Wenn ich das richtig verstehe, dann ist dieser Wirbel dort wohl das Dimensionstor, nicht wahr?"

„Wirbel?"

Ich drehte mich langsam um und erschrak zutiefst.

„Das Tor zur Drachenwelt ist noch offen!", stieß ich entgeistert hervor, als ich sah, was er gemeint hatte.

In der Tat rotierte mitten in der Felswand, auf der sich der komplizierte Bannspruch befunden hatte, eine Art Wirbel, der Farben und auch Materie lautlos durcheinandermischte wie in einer sich rasend schnell drehenden Wäschetrommel. Zum Glück befanden wir uns weit genug davon entfernt, um nicht von diesem Sog erfasst werden zu können, den das Tor zweifellos auf seine Umgebung ausübte. Doch gleichzeitig mit dieser Erkenntnis wusste ich auch, was ich zu tun hatte.

„Das ist meine Chance", flüsterte ich mehr zu mir selbst.

„Was für eine Chance? Was meinst du damit?"

Jamie sah mich fragend an, und ich konnte seine derzeitige Verwirrung wegen all dieser Geschehnisse ja auch verstehen. Würde er mir beistehen? Würde er auch an meiner Seite bleiben, wenn ich ihm jetzt verkündete, was ich tun wollte? Ich kannte schließlich seine Abneigung gegen solche Dimensionsreisen, nachdem wir das schon ein paarmal unfreiwillig miteinander durchgestanden hatten. Beschämt wegen meiner Zweifel blickte ich zu Boden und schwieg. Doch Jamie packte mit einer Hand mein Kinn und hob meinen Kopf an, um mir in die Augen sehen zu können. In ihnen sah ich so viel Liebe und Verständnis für mich, dass ich es kaum glauben konnte, und ich begriff, dass er längst verstanden hatte, was er mit seiner nächsten Frage auch bestätigte.

„Warum willst du unbedingt in diese andere Welt?"

„Weil ... weil ich schuldig bin. Weil ich den ... den erneuten Verrat begangen habe", stammelte ich mit Tränen in den Augen. „Du hast die Verwüstungen im Land der Drachen nicht gesehen. Es ... es war einfach schrecklich! Mit dieser Schuld kann und will ich nicht weiterleben! Das Tor bietet mir die Chance zu retten, was zu retten ist! Kannst du das nicht verstehen?"

Mit einem langen Blick betrachtete mich mein Mann. Er musste mehrmals heftig schlucken, was seinen Adamsapfel hoch und runter hüpfen ließ. Auf seinem Gesicht spiegelten sich die widerstreitendsten Gefühle. Seine Augen verrieten die Angst und die Sorge um mich, als er mich plötzlich heftig an sich zog und so fest drückte, dass mir fast die Luft wegblieb. Sein dann fordernder Kuss tat sein Übriges, um mich nach Luft schnappen zu lassen, als er seinen Griff lockerte.

„Gut", meinte er schließlich, „aber du wirst dieses Tor nicht allein durchschreiten! Ich komme mit dir!"

Da war es wieder dieses grenzenlos große Gefühl der Liebe zu ihm. Deshalb hatte ich das alles auf mich genommen.

„Danke", hauchte ich und küsste ihn nun meinerseits.

Wir erhoben uns und traten vor das Tor, unsere Hände fest ineinander verschlungen. Ich hatte lediglich noch meinen kleinen Kastenkoffer ergriffen. Noch einmal sahen wir uns an, und ich registrierte das leichte Nicken von ihm. Dann machten wir gemeinsam den entscheidenden Schritt nach vorn. Und schon wurde für uns beide alles ganz anders!

Ungeheure Kräfte packten uns fast augenblicklich, rissen, zerrten und stießen uns hinein in eine vollkommen andere Welt, in eine Welt, die wir noch nicht kannten, die wir uns bisher nicht einmal in unseren kühnsten Träumen ausgemalt hatten. Wir konnten uns nicht mehr festhalten, unsere Finger rutschten aneinander ab, und ich hatte den Eindruck abgetrieben zu werden. Wie lange diese Reise gedauert hatte, wussten wir am Ende beide nicht, dafür war alles viel zu unwirklich und zu fremd. Waren Dimensionsreisen ohnehin schon meist unsanft bei der Landung, wie ich es noch gut von einem der letzten Male her in Erinnerung hatte, bei dem ich mir den Fuß verstaucht hatte, so nahm mich die Sache diesmal besonders mit.

Wo war oben? Wo war unten? Ich wusste es nicht. Alles drehte sich, und ich schwankte plötzlich wie auf einem Schiff bei zu starkem Seegang. Meine Beine fühlten sich wie mit Pudding gefüllt an, doch schuld daran war wohl eher die Beule an meinem Hinterkopf, die ich mir zuvor zugezogen hatte. Vielleicht war es ja auch eine ausgewachsene Gehirnerschütterung, denn als sich vor meinen Augen wieder ein bleibendes Bild festigte, schien der Boden rasend schnell auf mich zuzukommen und ich schrie unwillkürlich in Erwartung eines harten Aufpralls auf. Doch kurz vorher wurde ich bereits sanft aufgefangen und festgehalten, wurde liebevoll an eine breite Brust gedrückt und wohlbehütet gehalten.

Ich hörte noch immer ein Rauschen in meinen Ohren, doch über all dem gewann schließlich Jamies Stimme die Oberhand. Obwohl ich mich in einer aufrechten Haltung befand, wagte ich noch nicht, meine Augen zu öffnen. Nein, ich wollte sie nicht öffnen, wollte einfach noch das Gefühl bewahren, von ihm gehalten zu werden.

„Sandy! Kleines, wach auf!"

Dann strich er meine Haare zurück und küsste mich auf die Stirn, ganz sacht nur, aber ich wollte augenblicklich mehr, wollte nicht, dass er aufhörte. Also riss ich schon fast in Panik die Augen auf, sah sein Gesicht vor mir und klammerte mich an ihn, um nun selbst seine Lippen zu suchen. Schon schloss ich die Augen wieder.

„Bleib bei mir", stöhnte ich auf, da ich noch immer nicht kapiert hatte, dass wir uns bereits auf der anderen Seite dieses Dimensionstunnels befanden.

„Wir haben es geschafft", beruhigte er mich, streichelte mir über die Wange und verlangte noch einmal, dass ich die Augen öffnen sollte, was ich schließlich, wenn auch widerwillig, tat.

Zunächst sah ich nur Jamies liebes Gesicht vor mir. Ein Lächeln stand in seinen Augen, sodass ich begriff, dass wir diesmal weitaus sanfter gelandet waren, als das in der Vergangenheit bisher der Fall gewesen war. Vor ihm stehend, hielt er mich mit seinen Armen umfangen und schien sich nicht sicher zu sein, ob er mich denn loslassen konnte, ohne dass es mich gleich wieder von den Beinen riss. In meinem Kopf summte zwar noch immer ein mittlerer Bienenschwarm umher, aber an sich fühlte ich mich schon wesentlich besser.

Also lächelte ich zurück und meinte so gelassen wie nur möglich: „Alles okay. Du musst mich nicht mehr stützen."

Einen Moment sah er mich noch etwas skeptisch an, dann löste er langsam seinen Griff, damit ich auf eigenen Beinen stehen konnte. Jetzt sah ich mich erst einmal interessiert um und blickte verblüfft in ein großes weites Tal, das mir zunächst wie eine Savanne in Afrika erschien, und doch war es irgendwie anders. Hier gab es keine großen Herden an Weidetieren, und plötzlich glaubte ich auch zu wissen wieso. Wenn das wirklich das Land der Drachen war, hielten sich ihre Beutetiere sicher gut versteckt und zogen nicht einfach durch eine offene Ebene, wo sie von den Flugdrachen ohne Weiteres entdeckt und gepackt werden konnten.

Doch dann fiel mir noch etwas anderes auf. Ich kannte dieses Tal, ich sah es nicht zum ersten Mal, denn es war genau das Tal aus meiner Vision, die ich im Buchladen gehabt hatte, das Tal, in dem sich das eine Nest befunden hatte. Doch wenn dem so war, wo befanden sich dann diese Giganten, die hier eigentlich hätten versammelt sein müssen? War ich zu spät gekommen? Hatte der Magier bereits seinen wie auch immer gearteten Plan in die Tat umsetzen können und die Drachen vertrieben oder ihnen etwas angetan? Warum war er überhaupt so scharf darauf gewesen, dass ich ihm das Tor in diese Welt öffnete? Alles Fragen, auf die ich noch keine Antworten hatte, doch ich war fest entschlossen, sie mir zu holen!

„Das sieht hier zwar alles ganz nett und ruhig aus", kommentierte Jamie in diesem Moment, „doch wie geht es jetzt weiter? Was hast du vor?"

„Das weiß ich selbst noch nicht so recht", musste ich zugeben. „Aber ich denke mal, wir müssen diesen Magier finden. Da er denselben Weg genommen hat, muss er sich auch irgendwo hier aufhalten. Wir müssen verhindern, dass er den Drachen etwas antut!"

„Entschuldige bitte, Sandy, aber ich habe hier noch keinen Drachen gesehen. Du wirst verstehen, wenn ich noch meine Zweifel habe, was ihre Existenz …"

Weiter kam mein Gatte nicht, da sich unten in der Ebene plötzlich lautes Gebrüll erhob und wir beide zu dem Waldrand starrten, der das Tal an seiner linken Seite begrenzte. Es dröhnte in unseren Ohren und stammte von einem wahren Giganten, der unter den Bäumen hervorbrach, zwischen denen wir ihn erst gar nicht gesehen hatten, da er so gut getarnt gewesen war. Doch jetzt gab er sein Versteckspiel plötzlich auf und stapfte auf vier mächtigen Beinen, vergleichbar mit den Stämmen von Bäumen, auf die freie Fläche hinaus. Sein dunkelgrüner, mit Schuppen bedeckter mächtiger Körper riss dabei Zweige ab und walzte alles nieder, was ihm in den Weg kam. Ein langer Hals, der einen relativ kleinen Kopf trug, schnellte nach vorn. Er stieß dieses infernalische Gebrüll aus, während sich zwischen seinem aufgerissenen Maul eine gespaltene Zunge hervorschlängelte. Und so klein sein Kopf im Verhältnis zum Körper auch sein mochte, die spitzen Zähne in seinem Maul erschienen dagegen schon fast riesig.

Wir erschraken beide zutiefst, doch konnten wir beruhigt sein, weil wir uns weit genug weg befanden und der Wind gegen uns stand. Wenn wir uns ganz still verhielten, würde dieser Drache, der mir doch sehr stark nach einem Dinosaurier aus der Urzeit aussah, uns gar nicht bemerken. Das Einzige, was ihn von diesen ausgestorbenen Tieren unterschied, waren die beiden lederartigen

Schwingen, die seitlich an seinem riesigen Körper angelegt waren. Aber er interessierte sich auch für etwas ganz anderes, das wohl vor ihm im hohen Gras versteckt sein musste. Der mindestens zehn Yards messende Schwanz, auf dem sich ein spitzer Kamm aus Hornplatten entlangstreckte, der über den gesamten Rücken bis hin zum Nacken reichte, peitschte mit heftigen Hieben den Boden.

Sein Brüllen ging in eine Art Wimmern über, das gar nicht zu diesem Riesenvieh passen wollte. Irgendetwas musste dort unten in der Senke geschehen sein, was wir von hier aus nicht erkennen konnten, weil uns das wogende Gras die Sicht versperrte. Jamie hatte mich unwillkürlich beim Auftauchen des Drachen fester an sich gezogen, als wolle er mich vor dem Untier beschützen, von dem ich aber einen ganz anderen Eindruck hatte, auch wenn es ohne Zweifel sicher sehr gefährlich werden konnte. Jetzt blickte er mich, doch etwas blass um die Nase geworden, an.

„Diesen Riesen willst du helfen? Die sind doch nie und nimmer in Gefahr! Wenn sich hier jemand fürchten muss, sind das doch wohl wir!"

Oh, ich konnte seine Aufregung sehr gut verstehen, aber ich hielt trotzdem dagegen.

„Ich glaube, das siehst du falsch. Da unten ist irgendetwas passiert, was den Drachen so in Aufruhr versetzt hat. Vielleicht hat dieser Magier schon zugeschlagen und ihnen etwas angetan."

„Einer solchen Riesenbestie etwas antun? Wie soll das denn gehen?", wollte er beinah entrüstet wissen.

„Schau, er ist wieder weg", sagte ich so ruhig wie möglich. „Jetzt können wir hinuntergehen und nachsehen."

„Aber, Sandy!"

Doch ich ging bereits los und bahnte mir meinen Weg durch das hohe Gras. Er würde mir folgen, da war ich mir ganz sicher! Doch so forsch ich auch voranging, so wurden meine Schritte doch unwillkürlich langsamer und zögernder, je mehr ich mich dem Platz des Geschehens näherte. Was würde mich dort vorn wohl erwarten?

Schon zeigte sich niedergetrampeltes, platt gewalztes Gras, dort wo der Koloss gewütet hatte. Ich hörte Jamies Schritte hinter mir und war mir bewusst, dass er die Umgebung genau im Auge behielt, damit wir einer Gefahr noch rechtzeitig ausweichen könnten. Trotzdem hatte ich Angst vor dem, was ich dort im Gras finden würde, denn mir stand noch immer meine Vision vor Augen, die ich in dem Buchladen gehabt hatte. Fast traute ich mich nicht, die beiden letzten Schritte zu machen, teilte dann aber doch das Gras direkt vor mir mit den Händen und warf einen Blick dahinter. Im nächsten Moment stand ich wie erstarrt. Das Bild, das ich vor mir sah, brannte sich in mein Gedächtnis ein, so schrecklich war es, und es war mir auch schon bekannt, denn es entsprach tatsächlich meiner Vision. Zwischen den Resten eines aus Erde und Gras geformten, wohl fünf Yards im Durchmesser erreichenden Nestes lagen die zerbrochenen Schalen von mehreren großen Eiern, Eiern, die einmal die Nachkommen des Drachen beherbergt hatten. Doch jetzt lagen die etwa katzengroßen, zum Teil bereits voll entwickelten Jungen tot zwischen den Überresten. Ihre im Vergleich zu dem großen Drachen winzigen Körper waren verstümmelt und viel zu früh aus den Schalen gezerrt worden. Hier hatte irgendetwas mit geballter Gewalt gewütet und ein Massaker verursacht. Aber es war ganz sicher nicht aus Hunger eines anderen Drachen geschehen, denn die toten kleinen Körper waren nicht angefressen, lagen aber trotzdem verstreut umher, als habe sie jemand wütend in die Gegend geschleudert.

„Oh nein", stieß ich entsetzt hervor. „Was habe ich nur getan? Ich hätte dieses Tor nicht öffnen dürfen!"

Jamie war hinter mich getreten und zog mich in seine Arme. Er wollte mich trösten, da ihm klar war, dass ich mir die Schuld an diesem Massaker gab. Und ich schaffte es auch nicht mehr, meine Tränen über so viel Grausamkeit zurückzuhalten. Mindestens sechs kleine Leben waren hier zerstört worden, ohne ihnen die Chance zu geben, überhaupt einen Blick in diese Welt zu tun. Selbst diese riesigen und sicher auch mächtigen Geschöpfe waren über ihre Eier verwundbar. Der Drachen, den wir gesehen hatten, war wohl die Mutter gewesen, die ihre Trauer über den herben Verlust herausgebrüllt hatte. Was mochte sie wohl im Angesicht ihrer toten Kinder empfunden haben? Konnte sie genauso empfinden, fühlen und leiden wie ein Mensch? Es musste schrecklich für sie gewesen sein!

Ich heulte, als würde es mich selbst betreffen, sodass mein Mann mich schließlich zum Waldrand zog, damit wir von der freien Fläche wegkamen, wo man uns doch allzu leicht entdecken konnte. Dort setzten wir uns unter einen sehr hohen Baum, der mich an einen Urwaldriesen erinnerte, einfach auf den Boden.

„Das ist meine Schuld", stieß ich mit leiser Stimme hervor. „Hätte ich das Tor nicht geöffnet, würden die kleinen Drachen noch leben."

„Aber, Sandy, Schuld hat nur der, der es getan und uns beide dazu benutzt hat."

Ich blickte mit tränenverschleiertem Blick zu ihm auf und seufzte: „Glaubst du? Aber ich wusste doch, dass dieser Magier etwas im Schilde führt. Ich hatte es doch in meiner Vision gesehen."

„Laste dir das nicht an, Darling. Du warst nur das ausführende Werkzeug. Und wenn dir so viel daran liegt, dann werden wir versuchen, die anderen Gelege zu retten."

Der Gute versuchte mich natürlich zu trösten, doch meine Schuldgefühle konnte er mir damit nicht nehmen. Ich war mir dessen, was ich getan hatte, voll und ganz bewusst. Auch wenn man mich dazu gezwungen hatte, so war ich die Einzige gewesen, die dieses Tor überhaupt öffnen konnte, also war ich auch für das, was hier geschehen war, verantwortlich. Und diese Erkenntnis schmerzte sehr. Ich hatte bereits einmal einen Drachen kennengelernt, damals, bei meiner Großmutter, die seinen Geist heraufbeschworen hatte, zu einer Zeit, als ich meine Elfenkräfte erst noch in allen Einzelheiten entdecken und lernen musste, mit ihnen richtig umzugehen. Damals hatte ich die liebenswerte Art dieser Giganten schätzen gelernt und es wäre mir nie in den Sinn gekommen, ihnen irgendwie zu schaden. Aber nun war es doch passiert. Wenn ich doch nur eine andere Möglichkeit gehabt hätte, aber so war mir doch gar nichts anderes übrig geblieben!

Ich musste auf Jamie, der sich eher über unsere Sicherheit Gedanken zu machen schien, wohl einen sehr deprimierten Eindruck machen, da er jetzt vorschlug: „Es scheint auch in dieser Welt bald dunkel zu werden, Darling, aber morgen früh machen wir uns gleich auf die Suche nach diesem Magier. Weißt du denn, wie er heißt? Und was bezweckt er mit der Zerstörung der Dracheneier?"

Ich schüttelte leicht den Kopf: „Ich weiß es doch auch nicht. Aber wenn der Kerl so weitermacht, was ich nicht hoffen will, stellt er eine ernst zu nehmende Gefahr für die Drachen da."

„Wie meinst du das?"

„Drachen legen nur sehr, sehr selten Eier. Und sie brauchen auch sehr lange, um zu reifen. Mitunter kann es Jahre dauern, bis ein Ei sich entwickelt hat."

„Jahre?"

Ich nickte: „Das ist ja das Schlimme an der Sache. Deshalb wollte ich auch unbedingt hierher, um zu retten, was noch zu retten ist. Denn dass dieser Magier nichts Gutes im Schilde führt, war mir ja klar."

„Und trotz dieses Wissens hast du es für mich getan."

Mein Seufzer hätte wohl in diesem Moment einen Stein zum Erweichen gebracht, doch Jamie beugte sich zu mir herüber und küsste mich nur.

„Danke", flüsterte er mir zu. „Dafür liebe ich dich noch mehr."

In der aufkommenden Dunkelheit, die sich hier unter den Bäumen noch schneller verdichtete, konnte ich seine Augen leuchten sehen, und sie verhießen mir kostbare Freuden, wenn wir nur erst wieder zu Hause sein würden. Wenn …? Ja, wenn!

Es war weiß Gott nicht das erste Mal, dass ich im Freien übernachtete, aber die mögliche Nähe eines Drachen, der uns für Feinde halten mochte, und die vielen Geräusche von knarrenden Ästen und raschelnden Blättern in diesem Dschungel, denn als etwas anderes konnte man diesen Wald kaum bezeichnen mit all seinen fremdartigen Pflanzen und wohl noch unbekannteren Bewohnern, sorgten dafür, dass der Schlaf bei mir lange nicht kommen wollte, obwohl ich mich von Jamies Armen gehalten und beschützt fühlte. Da er selbst keine Waffe getragen hatte, als wir diese Dimensionsreise angetreten hatten, nahm er zumindest meine kleine mit Silberkugeln bestückte Pistole an sich, um uns wenigstens etwas verteidigen zu können. Trotzdem schien er damit nicht besonders glücklich zu sein, auch wenn er sich dazu nicht äußerte. Schließlich wusste er ja, dass moderne Waffen und Technik allgemein in einer Anderswelt nicht funktionierten, sie konnten sich sogar gegen den Benutzer wenden und diesem schaden, was die Sache für ihn auch nicht leichter machte.

Während ich versuchte, etwas Ruhe zu finden, blieb Jamie aus Gründen der Sicherheit wach. Ich spürte nur hin und wieder eine leichte Bewegung von ihm, und einmal strich seine Hand zärtlich über mein Haar. Inzwischen war es wirklich stockdunkel geworden. Es schien mir zwar so, als ob sich über uns derselbe Himmel spannte, wie er das immer tat, doch kannte ich mich mit der Konstellation der Sterne nicht aus und konnte es deshalb nicht mit Bestimmtheit sagen, und einen Mond sah ich überhaupt nicht. Nun, es konnte ja durchaus gerade Neumond sein.

Zumindest benötigten wir kein Feuer, denn es war hier genauso warm, wie man es in einem Tropenwald erwarten würde. Was uns am meisten fehlte, war jedoch Wasser. Meine Zunge hatte abends bereits am Gaumen geklebt, und auch dieser Umstand trug dazu bei, dass ich kaum schlafen konnte. Hoffentlich würden wir am nächsten Morgen auf einen Wasserlauf stoßen. Seltsamerweise war mein knurrender Magen viel leichter zu ertragen, auch wenn ich auf eine Fastenkur ganz und gar nicht angewiesen war. Irgendwann musste ich dann doch eingenickt sein, denn ich kam erst wieder richtig zu mir, als ich Jamies flüsternde Stimme dicht an meinem einen Ohr vernahm und sich seine eine Hand sanft auf meinen Mund legte. Trotzdem erschrak ich, doch er beruhigte mich sogleich.

„Richte dich ganz langsam auf. Wir haben Besuch."

Welcher Art dieser Besuch war, konnte ich mir lebhaft denken, und auch dieser Umstand trug dazu bei, dass ich auf der Stelle hellwach war. Trotzdem staunte ich dann nicht schlecht, als ich kaum fünf Schritte entfernt einen weiteren Drachen sah, dem von gestern sehr ähnlich, nur längst nicht so groß. Vielleicht war es noch ein Jungtier. Kaum dass es den schützenden, aber auch beengenden Wald verlassen hatte, spreizte es seine gewaltigen lederartigen Schwingen und erschien damit gleich doppelt so groß. Noch schien es uns nicht bemerkt zu haben und fühlte sich wohl auch recht sicher. Trotzdem reckte es den Hals nach oben und zog prüfend die Luft ein, witterte nach rechts und links und bewies damit eine große Vorsicht.

Doch wieso tat der Drache das, denn soviel ich wusste, hatten sie in dieser ihrer Welt keine Feinde, wenn man von dem kürzlich eingedrungenen Magier einmal absah. Dieses Tier hier aber tat gerade so, als sei es selbst ein Beutetier, etwas was ich bisher eigentlich für unmöglich gehalten hätte. Witterte der Drache vielleicht doch unsere Anwesenheit? Nein, jetzt reckte er seinen langen Hals in die andere Richtung und stieß ein lautes Prusten durch die geblähten Nasenlöcher aus, tat zwei schnelle Sprünge und erhob sich in die Luft. Das war ein wahrhaft grandioser Anblick! Demnach hatte das Tier wohl nur die Windrichtung geprüft, um sicher starten zu können. In Spiralen schraubte sich der Jungdrache höher in den Himmel und kreiste über dem Tal.

„Wow, was für ein Anblick", sagte ich leise und erschrak heftig, als ich plötzlich hinter uns eine fremde Stimme vernahm.

„Ja, mein Sohn kann bald genauso gut fliegen wie sein Vater."

Nur ganz langsam wagte ich es, den Kopf zu wenden, sah hinter uns aber nur einen gewaltigen dunklen Riesen stehen, dessen Kopf mit einem Furcht einflößenden Maul über unseren Köpfen pendelte. Ich vergaß fast zu atmen und begann am ganzen Körper zu zittern. Am liebsten wäre ich ins nächste Mauseloch gekrochen. Jamie hatte sich da schneller gefangen, trotzdem spürte ich auch bei ihm Überraschung und Unglauben. Hatte dieser Drachen eben zu uns gesprochen? Hatte ich die Worte tatsächlich gehört?

„Träume ich?", fragte mein Mann in diesem Moment.

„Ich glaube nicht."

Jetzt traf uns ein verwunderter Blick aus den kleinen Drachenaugen mit den schlitzförmigen Pupillen.

„Warum solltest du träumen, Mensch?"

„Du … du kannst sprechen?", fragte ich nun meinerseits zu diesem Wesen hoch, dessen Augen mich sofort ins Visier nahmen.

„Du sprichst doch auch, Elfenfrau."

Jetzt musste ich schlucken. Dieser Drache, anscheinend ein Weibchen, wie die Stimme verriet, machte nun gar keinen gefährlichen Eindruck mehr auf mich. Und sie hatte recht gut erkannt, dass ich nicht nur ein Mensch war. Wieso?

„Ich … ich bin ein bisschen verwirrt", geriet ich ins Stottern.

„Das habe … das habe ich nicht erwartet, weißt du."

„Hm." Der Ton ging in ein tiefes Brummen über, bevor dieser Drachen weitersprach und anscheinend erst überlegte: „Aber wenn du in der Lage bist, in unser Land zu kommen, musst du doch auch Bescheid wissen."

„Nicht unbedingt", schüttelte ich den Kopf. Da ich meine anfängliche Scheu inzwischen überwunden hatte, stand ich auf und erklärte ihr: „Es stimmt, dass ich das Tor zu dieser Welt öffnen konnte, aber ich weiß nicht viel von eurer Welt. Vielleicht kannst du mir helfen?"

Fragend hatte ich die letzten Worte auseinandergezogen und schaute scheu zu ihr auf.

„Vor allem brauchen wir beide Wasser. Wir haben seit gestern Mittag nichts mehr getrunken."

„So unwissend bist du? Dann verstehe ich nicht, wieso du hier bist."

Das klang recht überheblich, aber ich musste dieser riesigen Kreatur jetzt einfach vertrauen, weshalb ich ihr reinen Wein einschenken wollte. Jamie stand inzwischen direkt hinter mir. Ich empfand seine Nähe als tröstlich, aber im Ernstfall waren wir wohl beide verloren, wenn der Drache sich auf einen Angriff besinnen sollte. Er konnte uns mit einem einzigen Tritt seiner Beine in den Boden stampfen. Und ich mochte gar nicht daran denken, was der lange, mit dornigen Auswüchsen besetzte Schwanz anrichten konnte, wenn er damit zuschlug.

„Ich bin gekommen, um ein großes Leid von dem Reich der Drachen abzuwenden. Ich weiß noch nicht genau warum, aber ein Magier ist hier eingedrungen und führt nichts Gutes im Schilde."

Der Kopf des Drachenweibchens zuckte etwas hoch, die Augen zeigten so etwas wie Erschrecken, doch dann sagte sie relativ ruhig: „Gut, ich glaube dir. Elfen lügen doch nicht, oder? Magier sind nie gut, deshalb werde ich dir helfen. Folgt mir, dann führe ich euch zu einer Quelle nicht weit von hier."

Sie hob den Kopf und stieß einen schrillen Laut aus, der von hoch oben am Himmel beantwortet wurde, anscheinend hatte sie ihren Sohn zu sich gerufen. Und in der Tat rauschten die Lederschwingen des Jungdrachen schon Sekunden später über uns, und dieses Wesen landete nur wenige Yards entfernt. Ich stand mit offenem Mund da, denn es war in der Tat ein grandioses Schauspiel, den Drachen so beobachten und aus der Nähe anschauen zu können. Obwohl er noch nicht ausgewachsen war, arbeiteten sehr große und starke Muskeln unter der schuppigen Haut, die einen Tick brauner wirkte, als die seiner Mutter. Neugierig betrachteten uns seine Augen mit den Pupillenschlitzen. Ich hatte zumindest die Hoffnung, dass er genauso friedfertig wäre wie seine Mutter, obwohl uns das riesige Maul jetzt doch sehr nahe kam. Aber er sog nur prüfend die Luft in seine Nüstern, schließlich hatte er in seinem noch jungen Leben bisher keine Menschen zu Gesicht bekommen.

„Ja, Danjal, präge dir die Gerüche ein", sprach der Mutterdrache weiter. „So riechen Menschen und Elfen, damit du sie in Zukunft gleich erkennst."

„Wir riechen für euch unterschiedlich?", hakte Jamie jetzt nach, der den beiden nun auch zu vertrauen schien.

„Aber ja, und mein Sohn Danjal ist zuvor noch nie einem Menschen oder einem Elfenwesen begegnet. Das kann er jetzt gleich lernen."

Ohne Scheu streckte ich nun dem Jungdrachen meine Hand entgegen, ließ sie von ihm eingehend beschnüffeln und fragte: „Wir heißen Sandy und Jamie. Und wie ist dein Name?"

„Ich heiße Narami", erwiderte die freundliche Drachenmutter. „Aber ich vergaß, dass ihr nicht so schnell laufen könnt. So werden wir viel länger bis zum Wasserlauf brauchen, da ist es wohl besser, ihr beide steigt auf meinen Rücken und wir fliegen."

Ich riss ob dieses Angebotes entsetzt die Augen auf. Auf einem Drachen fliegen? Wie sollten wir uns denn da festhalten? Nein, nie und nimmer würde ich das tun, doch konnte ich ihr das ja nicht sagen, ohne sie zu beleidigen. Dafür kam Jamie mir zu Hilfe, der meinen verzweifelten Gesichtsausdruck bemerkt hatte.

„Das ist lieb gemeint von dir, Narami, aber ich glaube kaum, dass wir uns auf deinem Rücken halten können."

Sie verzog die hornigen Lippen ihres großen, nach vorne etwas spitz zulaufenden Mauls, und es sah tatsächlich so aus, als ob sie grinsen würde.

„Du brauchst keine Angst zu haben, Mensch. Sieh dir meine Rückendornen an, da können du und die Elfe ganz bequem dazwischen sitzen und euch festhalten. Außerdem fliege ich immer vorsichtig."

Es war uns zwar beiden nicht recht, aber was sollten wir machen. Narami ließ sich bereits auf den Boden nieder und winkelte ein Vorderbein an, gewissermaßen eine Einladung, auf diese Weise aufzusteigen.

„Ich mache den Anfang, Darling, und helfe dir dann hoch."

Trotz dieser Versicherung von meinem Mann war ich wohl etwas blass im Gesicht, denn der Drachen grinste schon wieder.

„Du nennst die Elfe Darling", wollte Narami wissen, „dann seid ihr wohl ein Paar?"

„Wir sind sogar verheiratet, wenn dir das etwas sagt", antwortete ich an Jamies Stelle, da er sich gerade auf den Rücken des Weibchens hochzog, um sich dort einen sicheren Halt zu suchen.

„Sicher, das heißt, ihr gehört zusammen, bis einer von euch beiden in die Unendlichkeit der Dimensionen eingeht."

Ich stutzte, als ich diese Umschreibung des Todes hörte, aber es traf ja wohl den Kern der Sache.

„Wir sagen zwar, bis dass der Tod uns scheidet, aber du hast mit deiner Erklärung natürlich völlig recht", gab ich zu und streckte meinem Mann die rechte Hand entgegen, damit er mir hinaufhelfen konnte, nachdem ich ebenfalls auf das Vorderbein geklettert war.

Schließlich hatte ich es geschafft und saß, nur durch einen Rückendorn von ihm getrennt, hinter Jamie. Tatsächlich war es gar nicht so unbequem hier oben, und auch wenn ich vor dem Flug etwas Angst hatte und mich mit beiden Händen an dem dreieckigen Dorn festklammerte, war es wohl die beste Möglichkeit, von hier wegzukommen.

„Ich werde so ruhig wie möglich fliegen, aber haltet euch gerade beim Start gut fest!", rief Narami.

Dann breitete sie die Schwingen aus, machte ebenfalls ein paar schnelle Schritte, wie wir es bei ihrem Sohn bereits gesehen hatten, und hob auch schon vom Boden ab. Da sie viel größer und wuchtiger war als ihr Sohn Danjal, wirkte der Start bei ihr wahrscheinlich nicht so elegant, aber wir glitten schon bald in einer ganz ruhigen Lage durch die Luft und überquerten Hügel, Wälder und Täler. Auch wenn ich beim Start die Augen geschlossen und mich voller Angst an den Dorn vor mir geklammert hatte, so entspannte ich mich jetzt wieder, riskierte es sogar, nach unten zu sehen und die wunderbare Aussicht von hier oben zu genießen. Vielleicht war es doch kein so schlechter Vorschlag gewesen, auf diese Art und Weise zu reisen. Danjal folgte uns dabei in einem gewissen Abstand.

Als uns die Drachenmutter darauf aufmerksam machte, dass wir unser Ziel gleich erreichen würden, hatte ich meine Angst so weit überwunden, dass ich nicht einmal die Augen schloss, sondern nur voller Spannung die kleinen Flugmanöver beobachtete, mit denen sie immer tiefer dem festen Boden entgegenglitt, um schließlich ein lang gestrecktes Tal mit einem Bachlauf anzusteuern. Bäume wuchsen hier kaum, sodass sie nicht Gefahr lief, mit den breiten Schwingen anzustoßen und hängen zu bleiben. Sie bremste ihren Flug immer weiter ab, ging noch in der Luft in eine Laufbewegung über und setzte so sanft auf, dass wir kaum durchgeschüttelt wurden. Der kurze Ruck nach vorn und hinten war geradezu bedeutungslos.

Trotzdem atmete ich erleichtert auf, nachdem mich Jamie, an einer Hand haltend, nach unten rutschen ließ und ich endlich wieder festen Boden unter meinen Füßen fühlte. Mein Mann kam direkt neben mir auf, stolperte noch einen Schritt vorn, konnte sich aber halten und wir gingen gemeinsam an das Ufer des Flüsschens.

„Sieht sehr sauber aus", meinte er, kniete sich hin und schöpfte mit der hohlen Hand, um es zu probieren. Dann wandte er sich mir zu, lächelte und sagte: „Komm, das ist bestimmt in Ordnung. Schmeckt wirklich gut!"

Ich ließ mich einfach neben ihm ins Gras sinken, tauchte beide Hände in das kühle Nass und trank in gierigen Zügen. Selten hatte mir blankes Wasser so gut geschmeckt, wo ich es doch meistens mit Kohlensäure versetzt trank. Doch in diesem Fall erschien es mir als das köstlichste Getränk überhaupt. Außerdem erfrischte es mich, sodass ich noch ein paar Hände voll davon in mein Gesicht spritzte. Wassertropfen perlten von meiner Nase und meinem Kinn, als ich mich wieder aufrichtete, aber ich fühlte mich eindeutig besser. Jamie grinste mich von der Seite an, er musste gleich den ganzen Kopf ins Wasser gesteckt haben, da seine Haare klatschnass waren.

„Danke, Narami, dass du uns hergebracht hast", wandte ich mich an die Drachenmutter, die nur einen Yard neben mir stand und ihr Maul ebenfalls ins Wasser hielt.

Es tropfte ihr noch von den hornigen Lippen, als sie jetzt den Kopf hob, mich mit ihren dunklen Augen fixierte und erklärte: „Gern geschehen."

Erst jetzt bemerkte ich so richtig, dass sie beim Sprechen ihr Maul gar nicht bewegte. Aber wieso konnte ich sie dann hören? Verwundert starrte ich auf diese Lippen, die noch feucht glitzerten, ohne dabei aber zu einer Lösung zu kommen.

„Narami, wieso höre ich dich sprechen? Dein Maul ist doch geschlossen. Ich verstehe das nicht."

Sie blinzelte mich irgendwie schelmisch an und antwortete mir dann schon fast belustigt: „Du nutzt deine Elfenkräfte nicht, sonst würdest du es wissen. Du kannst lediglich meine Gedanken hören, Sandy. Und da du weißt, was ich denke, kannst du mich auch verstehen, ohne dass du meine Sprache sprechen kannst. Nimm es als kleines Wunder dieses Landes hin und nutze deine Kräfte!"

„Aber ich bin doch nur zu einem Viertel eine Elfe, meine Kräfte sind nicht so groß, wie du denkst."

„Da irrst du aber gewaltig, Sandy. Hier im Land der Drachen bist du eine vollwertige Elfe, das habe ich sofort gespürt. Du vermagst mehr zu tun, als du denkst. Du musst nur daran glauben!"

Ich blickte verwundert dieser vertrauenerweckenden Drachenfrau entgegen und hatte trotz allem meine Zweifel, als Jamie belustigt meinte: „Ich will nur nicht hoffen, dass dir jetzt spitze Ohren wachsen. Ich weiß nicht, ob mir das gefallen würde. Ich möchte dich nämlich gerne so behalten, wie du bist."

Erschrocken griff ich automatisch an meine Ohren, als ich ihn lachen sah, ein Lachen, in das ich gerne mit einstimmte, doch da nahm er mich schon in die Arme und küsste mich zärtlich.

„Keine Sorge, Darling, du bist genauso hübsch wie immer. Das sollte nur ein Scherz sein!" Und dann setzte er noch direkt an meinem Ohr hinzu, sodass nur ich es hören konnte: „Ich möchte doch auch weiterhin an deinen Ohrläppchen knabbern können."

In gespielter Empörung boxte ich ihn gegen die Schulter, als wir erneut Naramis Stimme hörten: „Ich störe euch nur ungern, aber da kommen bereits die anderen. Das hier ist eine Wasserstelle, die von vielen Drachen aufgesucht wird. Auch sie werden spüren, dass du eine Elfe bist."

Ich schaute in die von ihr mit dem Kopf gewiesene Richtung und konnte meinen Augen kaum trauen, denn von dort kam eine Gruppe von etwa zwanzig Drachen auf den Wasserlauf zu. Riesige Vierbeiner mit langen Hälsen und Schwänzen stampften auf stämmigen Beinen und klauenbewehrten Füßen heran, neugierig die Köpfe erhoben und in der Luft witternd.

„Habt keine Angst", beruhigte uns die Drachenmutter, „sie sind nur neugierig und wollen euch kennenlernen. Wir bekommen sonst nie Besuch aus der Welt der Menschen."

Trotz dieser Worte klammerte ich mich unwillkürlich etwas fester an Jamie, obwohl er mir in diesem Fall auch nicht hätte helfen können, denn gegen solche Riesen waren wir doch ganz und gar machtlos. Also erhoben wir uns schließlich und sahen den Ankömmlingen tapfer entgegen. Narami stellte sich direkt neben uns, als wolle sie demonstrieren, dass wir unter ihrem besonderen Schutz standen, und Danjal tat es ihr auf der anderen Seite gleich. Jetzt kam ich mir erst recht winzig und unbedeutend vor.

Ohne zu zögern kamen die Neuankömmlinge nun heran, allen voran der größte unter ihnen, der sogar Narami ein gutes Stück überragte, aber unverkennbar von der gleichen Drachenart war wie sie. Denn noch weiter im Hintergrund hatte ich, soweit mir der Blick von den Riesenkörpern nicht verdeckt wurde, auch zweibeinige Wesen entdeckt, die mich schon mehr an Vögel erinnerten, zweifellos aber ebenfalls zu den Drachen gehörten mit ihren langen Hälsen und Schwänzen, ähnlich den Raptoren der Urzeit.

Aber auch unter den Vierbeinern vermochte ich unterschiedliche Arten auszumachen, da sie sich nicht nur in der Größe, sondern auch im Körperbau stark voneinander unterschieden. Es gab welche mit hornigen Zacken und Dornen auf Rücken und Schwanz, andere trugen eher spitze Stacheln, was ein Reiten auf ihnen wohl unmöglich machte. Manche von ihnen besaßen aber auch einen glatten Rücken. Und mit den mächtigen Schädeln verhielt es sich nicht anders. Während die einen reißzahnbewehrte Mäuler besaßen, die sich zum einen in rundliche Schnauzen formten, so besaßen die anderen eher spitz zulaufende Köpfe, die mich schon wieder an Schnäbel erinnerten. Und doch war sicher jeder Einzelne so gefährlich wie der andere, wenn man sie provozierte, denn ihre Körpermasse alleine machte sie wohl schon unüberwindlich, wenn man es aus der Sicht des Menschen betrachtete. Also wagte ich mir besser gar nicht erst vorzustellen, was passieren würde, wenn ich ihnen reinen Wein einschenkte und von der Gefahr berichtete, die dank meines Verrats nun ihrer Welt drohte. Unwillkürlich schloss sich meine Hand noch fester um die von Jamie, der den Druck Trost spendend erwiderte.

Der riesige Drache, der die anderen anzuführen schien, blieb nur wenige Schritte vor uns stehen und brachte damit die ganze Gruppe zum Halten. Er senkte uns neugierig seinen mächtigen Schädel entgegen, schnüffelte und fixierte uns mit seinen kleinen Augen. Dann dröhnte uns seine tiefe, befehlsgewohnte Stimme entgegen, doch waren die Worte an das Drachenweibchen gerichtet.

„Warum gibst du dich mit menschlichen Wesen ab? Noch dazu eine Elfe! Was haben sie hier zu suchen?"

Ohne zu zögern richtete sich Narami zu ihrer vollen Größe auf und erklärte mit ruhigen Worten: „Alvaro, darf ich dir die Elfe Sandy und ihren Partner, den Menschen Jamie vorstellen? Dieser unhöfliche Klotz ist im übrigen Danjals Vater", setzte sie an uns gewandt noch hinzu.

Ihre Stimme hatte einen etwas belustigten Tonfall angenommen, da sie ihn ja eigentlich beleidigt hatte, Alvaro schien ihr das aber absolut nicht zu verübeln, sondern übersah diese Tatsache geflissentlich und hakte dafür nach: „Gut, nun hast du uns vorgestellt. Aber was wollen die beiden hier? Das würde doch bedeuten, dass das Tor zu unserer Welt geöffnet worden ist, nicht wahr?"

Spätestens jetzt sah ich mich gezwungen, selbst eine Erklärung abzugeben und nicht alles Narami zu überlassen, sodass ich tapfer einen Schritt vortrat, meinen Blick zu dem Koloss emporhob und mit fester Stimme, soweit mir das nur möglich war, erklärte: „Ja, Alvaro, es stimmt! Das Tor zu eurer Welt wurde geöffnet, und zwar durch mich. Ich habe es aufgestoßen, und ich bin mir dessen voll bewusst, was ich damit angestellt habe!"

Prustend stieß der Drache seinen warmen Atem in meine Richtung, und ich fragte mich unwillkürlich, ob er wohl auch Feuer speien konnte. Die anderen der Gruppe verhielten sich derweil abwartend und überließen das Reden ihrem Anführer, der in seiner Größe tatsächlich alle anderen noch überragte. Kein Wunder, dass er das Sagen hatte, denn er war ganz sicher auch der Stärkste von ihnen.

„Warum hast du es dann getan?", donnerte er mir jetzt entgegen. „Du weißt doch dann auch sicher, dass es schon einmal eine verräterische Elfe gegeben hat."

„Natürlich weiß ich das, denn sie stammte sogar aus meiner Familie. Sie war eine meiner Urahninnen."

Jetzt sah mich Jamie von der Seite entgeistert an, denn diesen Zusammenhang hatte ich ihm noch nicht erklärt. Trotzdem schwieg er auch jetzt und überließ es mir zu reden.

„Und getan habe ich es", fuhr ich in meiner Schilderung der Dinge fort, „weil ich von einem Magier dazu gezwungen worden bin. Er hat mir gedroht, ansonsten meinen Partner auf immer und ewig mit einem verwirrten Geist zurückzulassen. Das konnte ich nicht verantworten!"

„Aber du konntest es verantworten, das Land der Drachen ins Chaos zu stürzen? Da hattest du wohl keine Gewissensbisse?"

„Doch, die hatte ich sehr wohl", gab ich kleinlaut zu und senkte meinen Blick. „Aber ich liebe Jamie über alles! Ich konnte nicht anders handeln! Und da ich weiß, welche Schuld ich damit auf mich geladen habe, bin ich ebenfalls in euer Reich gekommen, um den Magier aufzuhalten, bevor es zu spät ist."

Hatte ich nur den Eindruck oder schien der Blick seiner Augen tatsächlich etwas sanfter zu werden? Leider konnte ich die Wirkung meiner Worte auf ihn nicht abwarten, denn von der Seite kam ein anderer Drache mit raschen Schritten näher, und ich erkannte mit Schrecken, dass es sich wohl um das Muttertier handeln musste, dessen Gelege zerstört worden war.

„Es ist bereits zu spät, Alvaro!", brüllte sie mit lauter, schmerzerfüllter Stimme. „Mein gesamtes Gelege wurde zerstört und alle meine Kleinen dabei getötet! Frag die Elfe doch, ob sie auch dafür die Verantwortung übernimmt? Kann sie mir meine sechs Kinder wiedergeben?"

Oh, verdammt!, dachte ich bei mir, denn die Stimmung schien auf einmal zu kippen.

Jetzt musste ich handeln und verschaffte mir auch sofort Gehör: „Ja, auch dafür übernehme ich die Verantwortung! Doch wenn ihr mich dafür zur Rechenschaft ziehen wollt, so bedenkt, dass ich wahrscheinlich die Einzige bin, die den Magier aufhalten und das Tor zu eurer Welt wieder verschließen kann! Um das zu tun, muss ich aber in Erfahrung bringen, was er damit bezweckt, die Eier zu zerstören. Und dazu benötige ich eure Hilfe!"

Jetzt war es heraus, und ich fühlte mich verdammt schlecht dabei. Ich wagte es auch nicht, einen der Drachen, schon gar nicht die trauernde Mutter, anzusehen. Ich ließ mich lediglich von Jamie wieder dichter an sich heranziehen, womit er mir wohl seine Unterstützung signalisieren wollte. Aber im Ernstfall hätte auch er nichts anderes tun können, als mit mir zusammen in den Tod zu gehen, denn auch wenn ich als Viertel-Elfe ganz sicher eine etwas längere Lebensspanne besaß, so war ich doch auf keinen Fall unsterblich!

Es herrschte in diesen schrecklichen Sekunden eine geradezu bedrohliche Stille, denn alle schwiegen und schienen mit dem Drachenweibchen zu trauern. Außerdem warteten wohl alle auf ein Wort von Alvaro, doch nicht er war es, der sich jetzt vernehmen ließ. Völlig verblüfft schaute ich auf, als ich Jamies Stimme hörte.

„Ich kann eure Trauer, eure Wut und euren Zorn über das, was geschehen ist, sehr wohl verstehen. Ich bin zwar nur ein Mensch und gehöre nicht in eure Welt, aber ich kann euch Sandys Aufrichtigkeit nur bestätigen. Sie hat das alles nur aus Liebe und Verzweiflung getan, und sie wird versuchen, euch und eurer Welt zu helfen. Ihr müsst ihr nur die Chance dazu geben. Vielleicht könnt ihr euch ja dann an dem wirklich Schuldigen rächen für das, was er getan hat und vielleicht noch tun wird, bevor es uns allen gelingt, ihn zu stoppen!"

Mit diesen Worten hatte er der Situation nicht nur die Schärfe genommen, sondern die Drachen mit uns zusammen auch als Gemeinschaft eingeschworen. Mir wurden regelrecht die Augen feucht. Er stand wirklich bedingungslos zu mir, so wie ich es auch getan hatte. Alvaro ließ sich mit einem tiefen Brummen, das sich seiner Kehle entrang, vernehmen, bevor er seine Entscheidung allen kundtat.

„Also gut, ich will euch glauben, auch wenn es mir schwerfällt, da du ja erst das Tor geöffnet und dem Magier den Weg geebnet hast. Wie weit wir euch wirklich vertrauen können, wird sich zeigen. Und um deine Frage zu beantworten, was dieser Missetäter damit bezweckt, so geht es ihm nicht um uns, sondern nur um die Eier. Das Gelege von Widana", er nickte in die Richtung der trauernden Mutter, „war wohl schon zu weit entwickelt. Der Magier benötigt den noch flüssigen Inhalt der Eier, soweit ich vermute."

„Den flüssigen Inhalt?", fragte ich forschend nach. „Aber wofür denn?"

Doch noch während ich diese Frage stellte, erfüllte bereits die Antwort mein Gehirn, das dieses Wissen, das ich mir mithilfe des magischen Buches angeeignet hatte, anscheinend aus einem Speicher zog und mir zur Verfügung stellte.

„Nein, du brauchst nicht zu antworten, ich weiß es auch so", sagte ich deshalb schnell. „Der Magier will sich einen Trank brauen, der ihm zu unendlicher Macht und zur Unsterblichkeit verhilft. Er will sich zum Herrscher über die Menschen, über die Drachen und über alle anderen magischen Wesen aufschwingen, um ihnen seinen Willen diktieren zu können. Ist es nicht so, Alvaro?"

Wieder ließ er dieses tiefe, aus seiner Kehle kommende Brummen hören, womit er aber seine Zustimmung gab, setzte jedoch noch hinzu: „Ich sehe, dein Wissen ist wirklich groß, Elfe. Aber wird es groß genug sein, den Schaden, den du angerichtet hast, wieder zu beheben? Glaubst du wirklich, diesen Magier, von dem ich annehme, dass es sich um Galfur, den Großen handelt, besiegen zu können? Denn nur wenn du ihn tötest, bevor er die Unsterblichkeit erlangt, hast du überhaupt eine Chance gegen ihn. Kleine Elfen haben im Normalfall nicht solch eine große Macht."

„Ich kann dir und allen anderen nur versprechen, dass ich mein Möglichstes tun und alles versuchen werde!", sagte ich mit einer Bestimmtheit, die mich selbst überraschte.

Aber was hätte ich auch anderes tun oder erwidern können?

„Gut, Elfe, so warte, bis wir alle getrunken haben, dann bringe ich euch beide zum größten unserer Brutplätze, denn nur dort hat Galfur die Chance, genügend frische Eier zu finden. Wahrscheinlich ist er nur zufällig auf Widanas Gelege gestoßen und ist ohnehin auf der Suche nach der Brutstätte."

Alle Drachen schienen seine Entscheidung zu respektieren, alle bis auf Widana! Die Trauer in ihren Augen schien blanker Wut gewichen zu sein. Ihr Kopf mit dem Maul, das riesengroß vor meinem Gesicht auftauchte, fauchte mir die nächsten Worte entgegen.

„Warum? Warum hast du das nur getan?"

Mein Tagtraum in der Bücherei kam mir sofort in den Sinn. Jetzt erfüllte er sich anscheinend, denn es waren dieselben Worte, dieselbe Situation.

„Warum hast du uns verraten?"

Hatte sie meine Erklärung nicht gehört? Wollte sie nicht begreifen, dass ich aus Liebe gehandelt hatte? Oder war ihr Schmerz einfach zu groß? Wahrscheinlich war Letzteres der Fall, so glaubte ich wenigstens. Ich wollte ihr ein paar tröstende Worte sagen, ihr mein Mitgefühl zeigen, aber mit einem wütenden Brüllen machte sie auf der Hinterhand kehrt und rannte davon, dass der Boden unter ihren wuchtigen Schritten bebte.

Betreten schaute ich ihr nach. Gerne hätte ich mit ihr geredet, wollte ihr schon hinterherlaufen, doch da richtete Alvaro wieder das Wort an mich.

„Lass sie in Ruhe, Elfe. Sie wird darüber hinwegkommen. Sie braucht nur etwas Zeit."

Er hatte gut reden, wo ich doch die Schuld an dem ganzen Dilemma mit mir herumschleppte. Diese Tatsache lastete ziemlich schwer auf meinem Gewissen, obwohl mir aus meiner Sicht der Dinge doch gar nichts anderes übrig geblieben war. Irgendwann musste ich auf jeden Fall mit Widana darüber reden und versuchen, ihr die Sache eben aus diesem Blickwinkel begreiflich zu machen.

Und so kam es dann, dass Jamie und ich uns schon bald wieder auf dem Rücken eines Drachen, zwischen den dornenartigen Fortsätzen sitzend, wiederfanden, und hoch oben durch die Luft getragen wurden, was sicherlich in diesem Fall die schnellste und praktischste Alternative für die Überwindung großer Strecken darstellte. Und Schnelligkeit benötigten wir auf jeden Fall, wenn wir diesem Magier zuvorkommen wollten, um seinen Plan zu vereiteln.

Während des gesamten Fluges, der wohl eine halbe Stunde unserer Zeitrechnung in Anspruch nahm, zermarterte ich mir den Kopf, woher ich den Namen Galfur kannte. Hatte mir das magische Buch dieses Wissen vermittelt? Hatte ich ihn irgendwann einmal gehört? Oder war er mir sogar schon einmal begegnet? Ich konnte mich nicht besinnen, bis ich daran dachte, was mir meine Großmutter einmal über Magier beibringen wollte. Sie hatte den Namen eines wirklich mächtigen Zauberers erwähnt. War das Galfur gewesen? Möglich war es, warum kam mir der Name sonst so bekannt vor?

Außerdem versuchte ich, alles Wissen über den magischen Trank aus meinem Gehirn zusammenzutragen. Was würde dieser Galfur noch dazu benötigen? Oder besaß er bereits alle Zutaten außer frischen Dracheneiern? In diesem Fall war natürlich Eile geboten, diesen Kerl zu finden, zu stellen und hoffentlich zu besiegen. Die Frage war nur wie! Wie sollte es mir mit meinen geringen magischen Kräften nur gelingen, gegen einen so starken Magier zu bestehen?

Schließlich ging Alvaro in einen Sinkflug über und ich konzentrierte mich wieder auf die Umgebung, allerdings vermied ich es, dabei nach unten zu blicken. Ich sah auch so, dass wir uns einem sehr großen Talkessel zwischen steilen Felswänden näherten, der dadurch vor den Wettereinflüssen recht gut geschützt war. Schon von Weitem ließen sich auf seinem Boden zahlreiche rundliche Gebilde aus Lehm und Gras erkennen, wahrscheinlich die seit Jahren immer wieder genutzten Nester der Drachenweibchen.

„Die meisten von uns brüten hier in diesem Tal", ließ sich in diesem Moment Naramis Stimme vernehmen, die neben uns flog und dichter herangekommen war. „Nur einige wenige bevorzugen es, ihr Nest außerhalb anzulegen, so wie es Widana getan hat. Jetzt wird sie ihren Entschluss bitter bereuen."

Ja, das konnte ich mir denken, aber trotzdem barg auch ein solcher gemeinsamer Brutplatz eine nicht zu unterschätzende Gefahr. Was würde passieren, wenn Galfur diesen Platz, der ja offensichtlich sein Ziel war, tatsächlich fand? Dann wären alle Eier der Drachen in Gefahr, und man konnte ja offensichtlich von außen nicht feststellen, wie weit die Jungtiere schon entwickelt waren. Das hatte Widanas Gelege doch bewiesen! Wir benötigten also einen Verteidigungsplan, ein Vorgehen, um die Eier zu schützen und Galfur unschädlich zu machen. Nur – wie sollten wir das schaffen? Eine Lösung hatte auch ich nicht parat. Alvaro landete nicht ganz so sanft wie seine Frau, doch Narami war ja auch um einiges kleiner und leichter. Trotzdem kamen wir gut wieder auf der Erde an, worauf Jamie diesmal zuerst herunterkletterte, sodass ich mich rutschend ihm entgegenfallen lassen konnte. Sicher fing er mich auf und hielt mich noch einen Moment länger fest in seinen Armen, bevor er mich wieder losließ. Unsere Blicke begegneten sich, und ich glaubte, dass er mir damit Mut machen wollte, Mut für die Aufgabe, die vor mir lag. Doch wie groß diese Aufgabe wirklich sein und wie sehr sie auch unsere Liebe zueinander auf die Probe stellen würde, das ahnten wir beiden noch nicht.

Neugierig ließ ich zunächst meine Blicke über das weite Tal gleiten, wo die Nester, die Eier enthielten, in der heißen Sonne brüteten. Die Mütter dieser zukünftigen Jungdrachen mussten nur hin und wieder die Eier wenden und ab und zu die Nester etwas ausbessern und neu mit Gras polstern. Alles machte einen friedlichen und freundlichen Eindruck auf uns. Aber irgendwo verborgen musste die Gefahr wohl schon lauern, das war mir nur zu gut bewusst.

„Darf ich mir so ein Nest mal aus der Nähe anschauen?", fragte ich vorsichtig nach, da ich auf keinen Fall etwas tun wollte, womit ich vielleicht gegen ein Gesetz dieser Drachengemeinschaft verstieß oder gar einem der Muttertiere zu nahe trat.

„Aber sicher doch", antworte mir Narami, die inzwischen auch gelandet und herangekommen war. „Komm nur mit. Das erste Nest hier vorne gehört Kaïtara. Sie ist noch sehr jung und hat das erste Mal Eier gelegt. Sie hat sicher nichts dagegen."

So trat ich denn näher an das erste Nest heran, dessen Rand aus Lehm so hoch aufgeschichtet war, dass ich gerade noch hinüberschauen konnte. Drei Eier lagen in einer sicherlich weich gepolsterten Kuhle aus dürrem Gras und wurden eingehend von der Sonne beschienen. Da Widana, das Weibchen mit dem zerstörten Gelege, gleich sechs Eier gehabt hatte, musste das wohl bedeuten, dass sie mehr Eier legten, je älter sie wurden.

„Darf ich mal eines berühren", fragte ich mit vorsichtigem Blick auf die zukünftige Drachenmutter, die mich genau im Auge behielt.

Einen kleinen Moment zögerte sie noch, dann nickte sie mir zu. Vorsichtig streckte ich die rechte Hand nach dem nächstgelegenen Ei aus und ließ meine Fingerspitzen über die aufgewärmte, sehr glatte Schale streichen. Meine Elfenkräfte ließen mich sofort das schwache Pulsieren im Inneren spüren, das von dem wachsenden Leben kommen musste. Ein Lächeln legte sich um meine Mundwinkel, doch auch ich konnte nicht sagen, wie lange dieses Ei schon bebrütet wurde oder wie weit das Jungtier bereits entwickelt war.

„Ja, es ist Leben in diesem Ei! Ich kann es deutlich spüren!"

Eigentlich sagte ich die Worte mehr zu allen, aber Kaïtara machte ich damit anscheinend sehr stolz.

„Sag mir bitte, Elfe, ob du auch in den anderen Eiern Leben fühlen kannst. Ich selbst weiß es nicht, und ich möchte so gerne wissen, wie viele Kinder ich haben werde."

Ich nickte, beugte mich weiter über den Rand des Nestes, um auch das zweite Ei, das sie mir mit ihrer Schnauze vertrauensvoll entgegenschob, berühren zu können. Mein Lächeln sagte ihr wohl genug, denn sie seufzte erleichtert auf. Das dritte Ei konnte ich so leider nicht erreichen, als ich mich von hinten auch schon gepackt und hochgehoben fühlte. Narami hatte mich trotz ihres riesigen Mauls mit den dolchartigen Zähnen so vorsichtig gepackt, dass ich keinen Kratzer davontrug. Sie hob mich einfach hoch und setzte mich zwischen die Eier in das Nest.

„Sandy!"

Jamie rief erschrocken meinen Namen, doch ich winkte sofort ab: „Alles okay! Mach dir keine Sorgen!"

Dann hockte ich mich neben das dritte Ei, das so groß war, dass gut und gerne ein dreijähriges Kind darin Platz gefunden hätte. Und auch dieses Mal konnte ich Kaïtara mit einer guten Nachricht erfreuen.

„Ich fühle in allen drei Eiern Leben", erklärte ich der stolzen Mutter.

„Oh, das ist aber eine sehr gute Neuigkeit", lobte nun auch Narami, packte mich erneut und setzte mich wieder neben Jamie, der sofort meine Hand ergriff, auf den Boden.

Doch inzwischen war mir auch klar geworden, dass dieser Platz hier, wenn Galfur ihn wirklich entdecken sollte, zu einer riesigen Todesfalle werden konnte. Der Magier würde ein Nest nach dem anderen verwüsten und die Eier aufbrechen, nur um an den Inhalt eines noch flüssigen, nicht entwickelten Eies zu kommen. Das durfte aber auf keinen Fall geschehen! Deshalb wandte ich mich jetzt an Alvaro.

„Habt ihr Vorsorge getroffen, diesen Platz hier zu bewachen? Habt ihr Wachen aufgestellt, damit niemand in dieses Tal eindringen und euch Böses antun kann?"

Ein lauernder Ausdruck legte sich in seine kleinen Augen, da er mir noch immer nicht zu trauen schien. Trotzdem glaubte ich an seinem Blick zu erkennen, dass er sich zum ersten Mal darum Gedanken machte, und seine folgenden Worte bestätigten meinen Eindruck noch.

„Warum sollten wir Wachen aufstellen? Wir haben in dieser Welt keine Feinde! Und da es kein jagdbares Wild gibt, haben wir schon vor Generationen damit aufgehört Fleisch zu fressen und dafür zu jagen. Die Bäume geben uns genügend Früchte, um davon zu leben. Also konkurrieren wir auch nicht untereinander."

„Das ist alles gut und schön, und es freut mich für euch, dass ihr einen solch friedlichen Weg gefunden habt, um hier zusammen leben zu können. Aber jetzt habt ihr alle einen gemeinsamen Feind, einen Feind, der äußerst skrupellos ist und sich einen Dreck darum scheren wird, wie und nach welchen Regeln ihr bisher gelebt habt! Glaube mir nur, Alvaro, jetzt werdet ihr Wachen brauchen, die eure Gelege schützen und euch vor dem einen Feind und seinen möglichen Helfern warnen!"

„Als Helfer habe ich bisher nur einen Menschen und eine Elfe identifizieren können", fauchte er mir geradezu entgegen, da er meine guten Ratschläge wohl als Einmischung empfand, wobei ich ihm diese Einstellung nicht einmal verübeln konnte, denn schließlich war ja tatsächlich ich es gewesen, die dafür gesorgt hatte, dass das Gleichgewicht in dieser Welt aus den Fugen geraten war und sich das Geschehen zum Schlechteren hin verschoben hatte.

Darum lenkte ich auch ein und sagte aufrichtig: „Ich gebe dir vollkommen recht mit dem, was du sagst. Aber ich habe euch auch erklärt, warum ich es getan habe und warum ich dann selbst den Weg in eure Welt gewählt habe, nämlich um das Unrecht so weit wie möglich zu verhindern."

„Und das soll ich dir glauben, nachdem schon einmal eine Elfe aus deiner Familie, wie du ja selbst zugegeben hast, uns verraten hat?"

„Ja, auch das ist wahr. Aber Narami, die ja wohl die Mutter deines prächtigen Sohnes ist, glaubt mir ja auch. Sie sieht es eben mit den Augen einer Frau. Sie sieht in mein Herz, Alvaro! Das solltest du vielleicht auch tun!"

Wahrscheinlich konnte ich von Glück sagen, dass uns bei diesem kleinen Disput keiner der anderen zugehört hatte, sonst hätte er es als Affront gegen seine Autorität werten und mich wohl in meine Schranken verweisen müssen. Doch so bedachte er mich nur mit einem flammenden Blick seiner kleinen Augen. Vielleicht hatte ich ihn ja auch zum Nachdenken angeregt und ihm begreiflich gemacht, dass nicht Jamie und ich seine Feinde waren, sondern dieser Magier Galfur.

Er stieß ein undefinierbares Brummen aus, das sowohl Zustimmung als auch Unmut über meine Einmischung bedeuten konnte. Immerhin war ich nur eine kleine Elfe, die in dieser drachenbeherrschten Welt gar nichts zu suchen hatte, die sich anmaßte, es mit einem Magier aufzunehmen, dessen Kräfte sie nicht einmal kannte, aber durchaus schon zu spüren bekommen hatte. Wie konnte ich also erwarten, dass ein solch großer und mächtiger Drache, dem alle anderen gehorchten, mit mir zusammenarbeiten würde? Das war doch nun wirklich ein unsinniger Gedanke! Unwillkürlich hatte ich die Luft angehalten, während ich zu Alvaro hinaufsah, der den Kopf hoch erhoben hielt, als wolle er seine Größe und Macht damit noch betonen. Zustimmend und Trost spendend hatte Jamie seine Hand in meine geschoben. Ich sollte mich wohl nicht so alleine fühlen. Und ich schloss auch sofort meine Finger um die seinen.

Doch dann geschah das, was ich nicht im Traume zu hoffen gewagt hatte. Alvaro senkte den Kopf zu mir herunter, dass er übergroß vor meinem Gesicht erschien. Vor Schreck wäre ich fast zurückgewichen, doch im letzten Moment beherrschte ich mich und bot ihm kühl die Stirn. Schon glaubte ich, er wolle mir drohen, da er auch seine mächtigen Hauer entblößte, als er die Lippen etwas hochzog, was schon wie ein ironisches Grinsen aussah. Aber er zischte mir nur ein paar Worte zu, die wohl nicht jeder hören sollte und die ich trotzdem nur gedanklich übermittelt bekam.

„Und was erwartest du jetzt von mir, Elfe?"

Ich musste mich schon sehr zusammenreißen, um nicht doch noch vor ihm zurückzuschrecken, und schluckte erst zweimal, bevor ich ihm ebenfalls leise antwortete: „Lass Wachen rund um den Brutplatz aufstellen, damit die Eier nicht unbeaufsichtigt bleiben. Und vor allem solltest du nach Galfur suchen lassen. Er wird sich irgendwo verbergen, wo er sich sicher glaubt, um seinen magischen Trank zu brauen. Er darf ihn auf keinen Fall fertigstellen, sonst ist eure Welt dem Untergang geweiht!"

Alvaros Augen verengten sich zu Schlitzen, sein Blick schien bis in meine Seele vordringen zu wollen, doch wenn er angenommen hatte, ich würde ihm jetzt ausweichen und mich abwenden, so hatte er sich getäuscht. Ich hielt ihm stand und konnte es kaum glauben, als er jetzt wieder den Kopf hob und seine Entscheidung kundtat.

„Margo, Funaro!", rief er laut zwei Drachen heran, die ihm an Körpergröße und Kraft wohl fast gleichkamen, sich aber dadurch unterschieden, dass ihre kräftigen Schwänze nicht mit Dornen, sondern mit Stacheln besetzt waren, die dem einen Drachen sogar bis zum Nacken hinauf standen, was ihn quasi unangreifbar machte. „Holt euch Hilfe von den anderen und umstellt den Brutplatz. Außer den Drachenmüttern darf sich niemand den Eiern nähern! Wendet notfalls Gewalt an, um Eindringlinge fernzuhalten!"

Kommentarlos nahmen die beiden den Auftrag entgegen, und ich war mir sicher, dass die Eier keinen besseren Schutz bekommen konnten. Davon ausgenommen waren jetzt wohl nur noch die Gelege, die sich außerhalb des Brutplatzes befanden, so wie es bei der bemitleidenswerten Widana der Fall gewesen war.

Deshalb fragte ich vorsichtig: „Und was ist mit den anderen Nestern? Ich meine die, die sich nicht hier in diesem Tal befinden? Können wir für sie denn nichts tun?"

„Wie stellst du dir das vor, Elfe? Ich werde die Muttertiere warnen lassen, aber für ihre Eier sind sie schon selbst verantwortlich. Wir können nicht für jedes vereinzelte Nest eine Wache abstellen. Widana wusste, welches Risiko sie mit ihrer Entscheidung eingegangen ist, nicht hier zu brüten, wie es die meisten Drachenmütter tun. Aber ich werde meinen Sohn ausschicken, damit er nach dem Rechten sieht und alle Weibchen warnen kann, damit sie ihr Gelege nicht zu lang verlassen."

Damit wandte er sich endgültig ab. Das Gespräch schien für ihn beendet, sodass Jamie mich jetzt wieder losließ.

„Komm", meinte er, „du kannst nichts weiter tun. Du hast schon mehr erreicht, als du erhoffen konntest. Und bis dieser Galfur nicht gefunden ist, oder bis er wieder zuschlägt, was ich nicht hoffen will, kannst du nur abwarten, Darling."

Nur widerwillig ließ ich mich von ihm von den Nestern weg zum Waldrand ziehen, wo er wohl einen Lagerplatz für uns herrichten wollte. Schließlich würden wir auch die nächste Nacht im Freien verbringen müssen. Nachdem er es uns dort gemütlich gemacht hatte, tauchte auch Narami wieder bei uns auf und brachte Äste voller Früchte heran, die mir zwar unbekannt waren, die aber wirklich gut aussahen. Wir brauchten sie nur noch abzupflücken, und ein erster vorsichtiger Biss in die kleine Frucht, die einer Aprikose gar nicht unähnlich war, bewies mir auch einen ähnlichen Geschmack.

„Danke, Narami, das ist sehr nett von dir", bedankte ich mich bei ihr. „Weißt du nicht, wie man die Eier aus den entfernteren Nestern hierher bringen könnte?"

Doch die Drachendame verneinte mit trauriger Stimme: „Nein, Elfe, ich weiß, du willst uns helfen, aber keine Drachenmutter wird ihren Nistplatz, den sie einmal gewählt hat, wieder aufgeben. Er ist für sie wie ein Heiligtum. Aber Danjal ist bereits unterwegs, um alle zu warnen und dabei auch Ausschau nach dem Magier zu halten. Und sieh nach oben, dort kreisen bereits drei weitere Flugdrachen, die so jede Annäherung an den Nistplatz frühzeitig bemerken werden."

„Dann hat Alvaro also auf mich gehört?"

„Ja, das hat er. Und ich muss sagen, es überrascht mich sogar! Ich hätte nicht gedacht, dass er auf deine Vorschläge so einfach eingeht, denn eigentlich ist ja er derjenige, der hier das Sagen hat. Nun ja, wenn man von mir mal absieht", senkte sie ihre Stimme zu einem Flüstern, „denn meistens tut er das, was ich will."

Sie schien wieder zu grinsen, und mir wurde klar, dass es in der Drachengemeinschaft wohl ähnlich zuging wie bei den Menschen, sodass ich mich doch zu ihnen hingezogen fühlte und ihr Wesen immer besser verstand.

Auch wenn ich in der nächsten Nacht besser schlafen konnte und auch Jamie seine wohlverdiente Ruhe bekam, da er nicht wachen musste, so drehten sich meine Gedanken dann doch noch lange Zeit um Galfur und sein schändliches Vorgehen. Gewissenlos und ohne Rücksicht auf die kleinen Drachen hatte er Widanas Gelege zerstört, hatte sechs neue Leben einfach so ausgelöscht!

Es war einfach schrecklich, denn indirekt war ich dafür verantwortlich! Das Wissen darum ließ mich zunächst nur in einen unruhigen Schlummer fallen, der wohl daran schuld war, dass ich weder richtig einschlief noch träumen konnte, um das am Tag Erlebte zu verarbeiten. Dafür aber holte mein Unterbewusstsein das Wissen des magischen Buches an die Oberfläche meiner Gedanken, wühlte es auf, warf es durcheinander und führte schließlich zu einer dieser Visionen, die sich bisher immer in mehr oder minder guter Wiedergabe in der Gegenwart erfüllt hatten.

Es waren diese stechend blickenden, eiskalten Augen des Magiers Galfur, die ich in dieser Nacht immer wieder vor mir sah und die mich in Angst und Schrecken versetzten. Ich lief ziellos durch den dichten Dschungel der Drachenwelt, verfolgt von diesen Augen, die immer dort auftauchten, wo ich sie nicht erwartete. Ich suchte verzweifelt Schutz vor seinen magischen Angriffen aus eisigen Pfeilen, die seine Augen abzuschießen schienen, doch plötzlich umgaben mich von allen Seiten Flammen, ein wahres Meer von tödlich lodernden Flammen. Ich wollte mich zwischen eine Gruppe Drachen retten, die mir als Zuflucht erschien, doch kaum, dass ich sie erreichte, senkte sich einer dieser großen Köpfe mit weit aufgerissenem Maul über mir herab. Dunkelheit umfing mich und ein Entsetzensschrei drang aus meiner Kehle, zerriss die Stille der Nacht. Ich glaubte die Zähne zu spüren, die mich jetzt gepackt hielten, die gleich in meinen Körper eindringen und meinem Leben in einer Welle unsäglichen Schmerzes ein jähes Ende bereiten mussten.

Es war mir unmöglich, mich noch zu bewegen, so fest wurde ich in das Maul gepresst, aber ich wartete vergebens darauf, dass mich die Zähne, diese riesigen Hauer, durchbohrten. Und seltsamerweise konnte ich noch immer hören. Erschrockene Rufe waren es, besorgt und schon fast leidend. Da endlich schaffte ich es, die Augen, die ich voller Angst vor dem Unvermeidlichen fest geschlossen hatte, wieder zu öffnen. Hätte mich nicht abgrundtiefe Dunkelheit umgeben müssen? Die Finsternis des Drachenmauls? Die Düsternis des Todes?

Wieso konnte ich dann noch sehen? Eine von Sternenlicht erhellte Umgebung, ein blasses, besorgtes Gesicht vor mir vermochte ich zu erkennen. Ich konnte fühlen und empfinden, spürte eine Hand, die mich sanft streichelte. Und dann wurde mir bewusst, dass ich auch hören konnte, und es war eine vertraute Stimme, die da zu mir sprach, eine Stimme, die ich wohl immer erkannt hätte, egal wie tief die Trance auch sein mochte, in die ich da hineingeraten war. Denn diese Stimme gehörte Jamie, meinem Jamie!

„Sandy! Wach auf, Darling! Du träumst nur, es ist alles in Ordnung!"

„In Ordnung?"

Ich erkannte meine eigene Stimme kaum wieder, so kratzig und fremd hörte sie sich an. Ich hatte noch immer Schwierigkeiten, mich zurechtzufinden und zu begreifen, was eigentlich los war. „Ja, du hast geträumt. Komm zu dir!"

„Nein, nein", stieß ich hervor. „Galfur, er ..."

„Er ist nicht hier, Sandy! Glaub mir, bitte!"

Jamie gab sich alle Mühe, um mich zu beruhigen. Trotzdem fühlte ich mich entsetzlich und war in Schweiß gebadet, so schrecklich war der Traum oder die Vision für mich gewesen. Ängstlich sah ich mich um und erschrak fast zu Tode, als ich den riesigen Drachenkopf vor mir sah, der mir seinen warmen Atem ins Gesicht blies. Erneut schrie ich auf. Gleich musste sich dieses Maul öffnen, um mich zu verschlingen, doch ganz im Gegenteil zog sich der Kopf vor mir zurück.

„Entschuldige bitte, Elfe. Ich habe dich wohl erschreckt."

Dieser Drachenkopf sprach zu mir. Das Maul wurde nicht aufgerissen, denn es war Narami. Ich sah keine gefährlichen Reißzähne. Da war einfach nichts, was mich hätte ängstigen müssen. Dafür war Jamie da und versuchte, mich zu trösten. Er gab mir Schutz, aber wovor? Was war eigentlich geschehen? Verwirrt sah ich ihn an.

„Was ... was ist denn eigentlich los?", wollte ich von ihm wissen. „Wieso liege ich hier?"

„Du hast nur geträumt, Sandy. Du hattest wahrscheinlich einen Albtraum und ..."

„Nein", wehrte ich ab und schüttelte heftig den Kopf. „Das war die Zukunft, die ich gesehen habe! Und sie war schrecklich! Galfur, er ... er wird uns jagen und ..."

Ich klammerte mich an meinen Mann und verbarg mein Gesicht an seiner Schulter. Nur seine Nähe und Zuneigung schienen mir noch helfen zu können, denn ich wurde den Anblick dieser stechenden Augen nicht mehr los, Augen, die eisige Splitter auszusenden schienen, die jede Regung von Leben erstarren lassen konnten. Es schien, als müsse ich mich davon erst erholen. Nur langsam beruhigten sich mein hämmernder Herzschlag und mein keuchender Atem.

Jamie hielt mich, da konnte mir doch eigentlich nichts passieren. Sicher, das hätte ich gerne geglaubt, doch mein Bewusstsein wusste, dass es nicht so war. Galfur war einfach zu stark, viel zu stark, um ihn aufhalten zu können. Aber irgendein Mittel musste es doch geben? Irgendetwas, das ich tun konnte, um meinen Verrat zu minimieren? Hatte mir das Buch in meinen Traumfantasien nicht vielleicht einen Ausweg gezeigt?

Während ich mich langsam weiter beruhigte und mich Jamie weiter im Arm hielt, wurde es immer heller, weil auch in dieser Welt die Sonne oder sollte ich besser sagen „eine Sonne" am Himmel aufstieg. Erst jetzt, als ich einen Blick in die Umgebung warf, registrierte ich, dass Narami verschwunden war. Sie hatte sich ganz leise zurückgezogen und uns allein gelassen. Wahrscheinlich tat es ihr leid, dass sie mich so erschreckt hatte.

„Geht's wieder, Darling?", fragte mein Mann mit leiser Stimme, aus der Mitgefühl klang.

Langsam hob ich den Kopf, um ihn ansehen zu können. Es tat mir leid, dass ich ihm wieder einmal Sorgen bereitet hatte. Aber was sollte ich denn tun? Es lag nun mal tief in meinem Erbe verankert, dass ich diese Visionen hatte, die mich ja selbst manchmal mehr belasteten, als dass sie mir halfen, etwas zu verstehen. Ich konnte es doch nicht beeinflussen, wann sie kamen und wie stark sie waren.

Da wir nichts tun konnten, als abzuwarten, bis wir aus irgendeiner Richtung etwas erfuhren, wo sich der Magier Galfur aufhielt und was er noch alles plante, blieben wir an unserem Lagerplatz in der Nähe des Tals mit den zahlreichen Brutstätten. Narami hatte uns mit weiterem Obst versorgt, das sie mitsamt den Ästen von den Bäumen gerissen und uns gebracht hatte. Außerdem bat ich sie noch um weiteres Wasser, sodass sie bereitwillig mit meinem Mann zurück zum Wasserlauf flog, wo er ein paar der Plastiktüten, die ich in meinem Koffer dabeihatte, mit dem Flusswasser füllte und zum Lagerplatz transportierte. So hatten wir zwar zu essen und zu trinken, waren aber zum Nichtstun verdammt.

In der Zwischenzeit hatte ich aus Zweigen und Gras ein einigermaßen bequemes Nachtlager für uns beide hergerichtet, denn schließlich mussten wir auch mal erholsam schlafen. Leider wurde ja nicht nur ich durch meine heftigen Träume und Visionen aus der Nachtruhe gerissen, sondern auch mein Mann. Während ich auf seine Rückkehr wartete, suchte ich immer wieder den Himmel nach Danjal ab. Ob er wohl etwas gefunden hatte, was auf den Zauberer und seinen Aufenthaltsort hinwies? Aber der Jungdrache ließ sich den ganzen Tag über nicht blicken.

Also saß ich einfach im Gras, mit dem Rücken an einen Baumstamm gelehnt und wartete, wobei ich aber versuchte, mir den Inhalt des magischen Buches ins Gedächtnis zurückzurufen. Ich hoffte, durch dieses Wissen eine Schwachstelle in Galfurs Plan zu finden. Mit geschlossenen Augen meditierte ich zunächst, um mich geistig so weit von meiner Umwelt zu befreien, damit ich tief genug in mein innerstes Wissen eindringen konnte. Hätte ich dabei nicht im Schneidersitz dagesessen und lautlos die Lippen bewegt, hätte man wahrscheinlich glauben können, dass ich schlafe, doch dem war nicht so.

Nach einiger Zeit gelang es mir dann auch, die Tür zu meinem neuen inneren Wissen zu finden und zu öffnen, sodass ich nun die Worte des Buches hervorholen und vor mich hinsagen konnte, damit sie sich festigten und für mich Gestalt annahmen. So lernte ich, wie diese Welt der Drachen funktionierte, wie ein kleines Rädchen ins andere griff und die Gemeinschaft dieser Wesen im Gleichgewicht hielt. Damit wurde mir aber auch klar, wie empfindlich dieses Gefüge war, und dass es bereits durch den Verlust eines einzigen Geleges wie das von Widana aus diesem Gleichgewicht gerissen werden konnte. Denn jeder dieser Drachen hier hatte seine ganz besondere Aufgabe zu erfüllen. Durch den Tod der jungen Drachen waren andere, vielleicht noch nicht einmal geschlüpfte Jungtiere oder sogar solche aus noch nicht gelegten Eiern ihrer zukünftigen Partner beraubt worden, obwohl ihnen in der Zukunft möglicherweise eine wichtige Rolle zugefallen wäre.

Aber war das nicht auch in unserer eigenen Welt der Menschen so? War denn nicht jeder unserer Schritte schon längst vorherbestimmt? Und durch unser eigenes Handeln veränderten wir ständig unsere eigene Zukunft und ungewollt wahrscheinlich auch die von anderen Menschen? Ich musste Galfur einfach stoppen, bevor er noch mehr Schaden anrichten konnte!

Wenn es nicht nur meinen Fantasien entsprang, dass diese stechend blickenden Augen Pfeile aus Eis verschossen und damit durch Kälte in Sekundenschnelle zu töten vermochten, dann musste es doch möglich sein, den Zauberer mit Feuer zu bekämpfen. Feuer brachte Hitze und Wärme mit sich, also das krasse Gegenteil von Eis. Konnte darin vielleicht die Lösung liegen? War er so zu bekämpfen, und vor allem konnte man ihn so endgültig vernichten? Schade, dass ich darauf keine Antworten in dem Wissen des magischen Buches finden konnte.

Ich war so tief in meine Trance versunken, dass ich von dem, was um mich herum geschah, absolut nichts mehr mitbekam. Ich hörte nicht einmal, dass Narami nur wenige Meter entfernt landete und Jamie mit den gefüllten Wasserbeuteln zurückkehrte. Nichts von dem, was um mich herum geschah, drang noch zu mir durch. Er sagte mir später, dass er zuerst einen gehörigen Schrecken bekommen habe, da ich mit offenen Augen, aber starrem Blick einfach dagesessen habe, ohne irgendeine Regung zu zeigen. Schließlich hätte er geglaubt, dass er ihm nach der langen Wartezeit um den Hals fallen würde. Erst nachdem er mich an den Schultern gerüttelt und mich sogar angeschrien hätte, wäre ich langsam wieder zu mir gekommen. Verständnislos hatte ich ihn angesehen, bis mir endlich klar wurde, wieso ich hier auf dem Boden saß und wo ich mich überhaupt befand.

„Oh, Darling, schon zurück?"

Ich musste wohl einen sehr verstörten Eindruck auf ihn gemacht haben, denn er war wirklich besorgt, als er entgegnete: „Schon ist gut! Ich war mindestens vier Stunden mit Narami unterwegs, weil sie mir noch etwas von der Gegend zeigen wollte."

„Vier Stunden?"

„Mindestens!"

„Ach herrje", gab ich zu, „da muss ich ja ganz und gar weggetreten sein. Ich habe wirklich nicht bemerkt, dass es schon wieder auf den Abend zugeht."

„Ist auch alles in Ordnung mit dir?", hakte er trotzdem noch einmal nach, und bedachte mich bei meinem Nicken mit einem zweifelnden Blick. „Hier trink erst einmal einen Schluck frisches Wasser. Wer weiß, wie lange du hier schon so dagesessen hast." Er hielt mir sogar den Beutel hoch, sodass ich nur noch den Mund aufmachen und schlucken musste. Der Gute dachte wohl, er müsse mich auch hier in dieser Wildnis ohne jeden Komfort verwöhnen. Nach einigen Schlucken, die mich wirklich zu beleben schienen, lehnte ich dann aber dankend ab.

„Das reicht! Das ist mehr als genug!"

„Sicher?"

„Ganz sicher."

„Bist du auch wirklich in Ordnung?"

Er übertrieb seine Fürsorge mal wieder, deshalb erklärte ich ihm: „Ja, das bin ich. Keine Angst, ich bin nur ein bisschen tief in die Trance gerutscht, in die ich mich im Übrigen selbst versetzt habe, um das Wissen des magischen Buches aus meinem Unterbewusstsein zu holen, weil ich danach gesucht habe, wie man Galfur vielleicht Paroli bieten kann. Von einem Sieg über diesen Kerl will ich ja gar nicht erst ausgehen."

Er setzte sich neben mich, legte einen Arm um meine Schultern und zog mich an sich. Jetzt musste ich ihn einfach ansehen, und merkte so auch, dass ich ihm mal wieder Kummer bereitet hatte, denn in seinen haselnussbraunen Augen konnte ich selbst jetzt noch die Angst um mich erkennen.

„Wenn du wieder so etwas tun willst", bat er, „dann sag es mir bitte vorher. Ich habe einen gehörigen Schrecken bekommen, als du starr dagesessen und auf nichts reagiert hast."

„Entschuldige bitte, aber ich habe wirklich nicht geahnt, dass ich so tief wegsacken würde. Wenn ich es nicht besser wüsste, würde ich glauben, dass wir uns hier an einem magischen Ort befinden. Und damit meine ich nicht diese Dimension, sondern genau diesen Platz."

„Wie kommst du denn darauf?"

„Es ist nur so ein Gefühl", erklärte ich ihm, „nichts Konkretes. Es ist gerade so, als ob sich an diesem Platz mehrere magische Linien treffen würden."

„Wie meinst du denn das?"

„Ich glaube dir, Elfe", schaltete sich da Narami in das Gespräch ein, dem sie bisher still zugehört hatte. „Einer alten Überlieferung nach soll die Elfe, deine Ahnin, die damals den Verrat an unserer Welt begangen hat, gerade hier ihre Beschwörungen durchgeführt haben. Viele Generationen an Drachen haben davon berichtet, doch wie weit die Geschichte der Wahrheit entspricht, kann ich euch nicht sagen. Aber wenn Sandy hier – wie sagtest du noch – magische Linien spürt, so wird es wohl stimmen!"

Jetzt waren wir beide verblüfft. Meine Ahnin sollte an diesem Platz Beschwörungen durchgeführt haben? Wenn das stimmte, dann hatte ich doch die Chance, mir diese Magie von damals selbst zunutze zu machen, dann ...

„Nein, Sandy!", unterbrach Jamie meine Gedanken. „Bitte, tu das nicht!"

„Was?"

„Ich sehe dir doch an, was du denkst! Hinter deiner Stirn arbeitet es doch schon! Dein Gesicht spricht Bände!"

„Mein Gesicht spricht? Du siehst, wie es hinter meiner Stirn arbeitet?"

Ich tat etwas entrüstet, doch eigentlich saß mir eher der Schalk im Nacken, weil mir klar wurde, wie gut mich mein Mann doch kannte. Er las tatsächlich meine Gedanken. Oder standen sie mir wirklich so deutlich auf die Stirn geschrieben?

Aber die Möglichkeit, auf diese Art, also mit einer Beschwörung Galfur zu finden, reizte mich natürlich. Nur wusste ich wohl selbst am besten, wie gefährlich das werden konnte. Und Jamie wusste es natürlich auch, das war für mich ja das Problem, denn ich wollte so etwas nicht gegen seinen Willen tun! Schließlich waren wir nach einer solchen Dämonenbeschwörung einmal zusammen in eine schreckliche Dimension geschleudert worden, wo wir um unser Überleben kämpfen mussten. Ich würde nie vergessen, wie er mich geschützt hatte und dabei durch die dämonischen Angriffe so viel hatte einstecken müssen, dass ich schon glaubte, er würde es nicht schaffen, dass er das gar nicht überleben konnte. Kein Wunder, dass er nicht wollte, dass ich wieder eine Beschwörung durchführte.

„Jamie", begann ich leise, „es ist nicht so, dass ich das Risiko unterschätze, aber wenn ich dadurch die Chance habe, Galfur zu finden und vielleicht von seinem Vorhaben abbringen zu können, zumindest die Folgen seines Tuns zu verhindern, dann muss ich diese Chance doch nutzen!"

Ich ergriff seine Hand, blickte in seine Augen und schwieg. Ich sah, dass ich ihm mit meinen Worten wehgetan hatte. Und das wiederum schmerzte mich. Konnte er mich verstehen? Konnte er begreifen, dass ich mich verantwortlich fühlte? Ich hoffte es wenigstens. Trotzdem blieb er sehr lange bei seinem Schweigen, das mich fast noch mehr schmerzte. Narami hatte sich inzwischen leise zurückgezogen. Sie spürte wohl, dass das eine Sache nur zwischen uns beiden war. Vielleicht ging es ihr mit Alvaro manchmal ganz ähnlich, sodass sie mich verstehen konnte.

„Sag doch was", bettelte ich schon fast mit flüsternder Stimme, da mich sein anhaltendes Schweigen quälte.

Sein Gesicht hatte sich in die Länge gezogen, und er schluckte hart, bevor er sich räusperte und noch einmal tief Luft holte. Er schien nach den richtigen Worten zu suchen, weil er mich nicht verletzen wollte, das spürte ich genau. Doch dann sprang er innerlich wohl über seinen eigenen Schatten, sodass mich seine nächsten Worte doch sehr überraschten.

„Also gut, Darling. Tu das, was du für richtig hältst, aber sag mir, wie ich dir helfen kann, oder was vielleicht geschehen könnte. – Bitte."

Das klang ebenfalls nach einem Flehen. Dabei sah er mich an, als würde er es mir am liebsten verbieten. Einem inneren Impuls folgend warf ich mich in seine Arme, und schon küssten wir uns mit so viel Leidenschaft, dass uns beiden die Luft wegblieb. Als wir uns endlich voneinander trennten, atmeten wir beide sehr heftig. Er hatte diesen Liebesbeweis anscheinend genauso dringend benötigt wie ich. Jetzt endlich lag wieder ein Lächeln auf seinem Gesicht, ein Lächeln, wie ich es an ihm liebte.

Also blickte ich ihm tief in seine samtig braunen Augen und flüsterte mit aller Hingabe: „Was immer du möchtest."

Ich glaube, ich brauche erst gar nicht zu erwähnen, dass wir uns an diesem Abend mehr als einmal in den Armen lagen und er mich auch in der Nacht ganz fest an sich zog. Er musste eine schreckliche Angst haben, mich zu verlieren, Angst, dass mir ein Leid widerfahren könne. Aber ich genoss seine Nähe, Liebe und Hingabe ebenfalls in vollen Zügen. Zu Hause in unserem Schlafzimmer hätten wir uns in einer solchen Stimmung wahrscheinlich immer wieder geliebt, um schließlich vor Erschöpfung einzuschlafen. Hier aber im Freien unter dem Sternenhimmel, wo uns jederzeit einer der Drachen überraschen oder beobachten konnte, unterließen wir dergleichen. Ich spürte nur hin und wieder seine streichelnden Hände und seine liebkosenden Lippen.

Seltsamerweise wurde ich am kommenden Morgen als Erste wach, obwohl ich sonst eher der Langschläfer von uns beiden war. Wahrscheinlich war der Gedanke an die bevorstehende Beschwörung daran schuld, der mir sofort wieder in den Sinn kam und der mich schon so früh wieder auf die Beine holte. Ganz vorsichtig, um ihn nicht zu wecken, nahm ich Jamies rechte Hand und ließ sie von meiner Hüfte rutschen. Anscheinend hatte er mich die ganze Nacht über festhalten wollen. Er knurrte zwar etwas Unverständliches und drehte sich auf die andere Seite, schlief aber weiter, sodass ich leise aufstehen konnte.

Als ich mir einen der Wasserbeutel griff, musste ich in mich hineinlächeln, während mein Blick über Jamies zusammengerollten Körper glitt. Ich konnte mich wirklich glücklich schätzen, einen Mann wie ihn gefunden zu haben. Auch wenn unser gemeinsamer Start nicht ganz einfach gewesen war, so war unsere Liebe jetzt noch viel stärker, als ich das je erwartet hätte. Er akzeptierte mich mittlerweile bedingungslos in meiner Art, wie und was ich war. Und dafür liebte ich ihn umso mehr. Deshalb wollte ich mich jetzt auch ganz besonders gut mental auf die Beschwörung vorbereiten und hoffentlich nichts dem Zufall überlassen. Doch wenn ich ehrlich zu mir selbst war: Was war daran eigentlich kein Zufall? In diese Erkenntnis würde ich Jamie natürlich nicht einweihen. Er würde sich sonst nur noch mehr Sorgen machen.

Da es in dieser Welt auch nachts nicht merklich abkühlte, sondern recht tropisch blieb, nutzte ich einen Teil des Wassers, um mir das Gesicht zu erfrischen. Ich brauchte jetzt einen klaren Kopf, um die vor mir liegende Aufgabe lösen zu können. Dann folgte ich meinen Gefühlen, schloss einfach die Augen und versuchte den Punkt zu finden, an dem meine Ahnin einst die Beschwörung durchgeführt hatte. Die Hände von mir gestreckt, nahm ich die leichten Schwingungen der magischen Linien auf, die im Waldboden verliefen. Wer mich so beobachtete, konnte mich leicht für eine Schlafwandlerin halten, weil ich alles mit meinen inneren Augen sah, eben mit meinen Elfensinnen, die in dieser Welt anscheinend wirklich wesentlich stärker ausgeprägt waren, wie ich feststellen konnte.

Ich sah im Geiste doch tatsächlich mehrere sich kreuzende Linien auf dem Boden, die in etwa einen Stern bildeten. Sein Zentrum musste der Platz der stärksten Magie darstellen. Als ich die Augen öffnete und vor mir zu Boden blickte, war nichts Besonderes zu erkennen. Noch wagte ich es nicht, die Stelle zu berühren, doch nahm ich einen kleinen Ast auf, steckte ihn in die Erde, um den Platz zu markieren, und holte dann meinen Einsatzkoffer, um mir Hilfsmittel bereitzulegen. Ich war so in meine Arbeit vertieft, dass ich gar nicht bemerkte, dass mein Mann inzwischen auch aufgewacht und hinter mich getreten war.

„Was machst du da, Darling?"

Erschrocken fuhr ich herum und sah zu ihm auf. Da ich ja am Boden hockte, kam er mir übergroß vor. Seltsam, ich fühlte mich plötzlich schuldig, obwohl ich doch gar nichts getan hatte. Rasch stand ich auf und gab ihm einen Gutenmorgenkuss.

„Ich treffe nur Vorbereitungen für die Beschwörung", erklärte ich ganz ruhig.

„Aber du hast noch nicht damit angefangen, oder?"

Da war sie wieder, diese Besorgnis in seiner Stimme.

„Nein, das habe ich dir doch versprochen! Ich habe lediglich den richtigen Platz gesucht und markiert."

„Du willst es also wirklich tun?"

Ich nickte stumm, setzte dann aber hinzu: „Ich muss es einfach tun, Darling! Bitte, versuch mich zu verstehen."

Da ich direkt vor ihm stand, nahm er mein Gesicht ganz sacht zwischen seine Hände, sah mir tief in die Augen und meinte: „Dann tu es.“

Und dann küsste er mich voller Hingabe, sodass ich seine Liebe zu mir deutlich spüren konnte. Ich schlang meine Arme um seinen Hals und erwiderte seinen Kuss auf dieselbe Weise. Weitere Worte waren jetzt überflüssig.

Erst nach einer ganzen Weile wollte er wissen: „Und was kommt als Nächstes?“

Ich überging die zweideutige Bemerkung und sein schelmisches Grinsen mit Absicht. Schließlich hatte ich eine Mission zu erfüllen.

„Ich werde jetzt meine Ahnin beschwören – in der Hoffnung, an diesem Platz noch genügend von ihrer Magie zu finden, um mit ihrem Geist Kontakt aufnehmen zu können“, erklärte ich ganz sachlich. „Das Problem ist nämlich, dass ich ihren Namen nicht kenne. Den hat mir auch das Buch nicht verraten, sonst könnte ich sie direkt anrufen.“

Sein Lächeln war augenblicklich verschwunden, da ich auf seinen Joke nicht eingegangen war. Er wusste nur zu gut, dass ich meinen Entschluss nicht mehr ändern würde, ganz bestimmt nicht.

Da ich dabei auf den Ast im Boden gezeigt hatte, wollte er lediglich noch wissen: „Und was ist das?“

„Da habe ich die Stelle markiert, an der sich die meisten magischen Linien treffen. Sie wird das Zentrum der Beschwörung werden.“

„Und du willst es wirklich gleich tun?“

Bei dieser Frage musste er dann doch hart schlucken, aber ich bestätigte schlicht mit einem Kopfnicken.

„Und ich soll mich wahrscheinlich wieder fernhalten und dich nicht berühren oder dergleichen. Sehe ich das richtig?“

„Ganz richtig.“

Er tat mir in diesem Moment richtig leid, so gedrückt klang seine Stimme. Aber was getan werden musste, das musste ich eben tun. Schon entnahm ich aus meinem Köfferchen einen kleinen Beutel mit Sand und begann um die markierte Stelle einen Kreis ins Gras zu streuen.

„Sand?", fragte Jamie jedoch. „Du nimmst Sand, keine Asche?"

Jetzt legte sich um meine Mundwinkel ein Lächeln, als ich ihm erklärte: „Die Totmannasche aus dem Krematorium habe ich damals benutzt, weil ich einen Dämon beschwören wollte, also ein schwarzmagisches Wesen. Dieser Sand stammt vom Strand einer Insel, die früher von Feen für ihre mitternächtlichen Tänze genutzt wurde. Man kann ihn sogar als Feenstaub bezeichnen, denn der Sand ist so fein wie Staub, weil die Füße der Feen die Körnchen beim Tanzen immer wieder zermahlen und zerrieben haben. Ich habe ihn mir vor ein paar Jahren beim Licht des Vollmondes besorgt, um weißmagische Wesen wie eben meine Ahnin beschwören zu können."

Als ich den Kreis geschlossen hatte, setzte ich mich im Schneidersitz direkt davor, nahm mein Amulett ab, das ja einmal meiner Vorfahrin gehört haben musste, und legte es ins Zentrum des Kreises, aus dem ich das Hölzchen wieder entfernt hatte. Noch einmal wandte ich meinen Blick zu meinem Mann hinauf. Er machte gar keinen glücklichen Eindruck, fand ich. Er würde mich nicht daran hindern, das zu tun, was ich gerade vorbereitete, aber er hätte es gern getan. Das sah ich seinem Gesicht und vor allem seinen unruhig mahlenden Kiefern nur allzu deutlich an.

„Bitte, tritt einen Schritt zurück, und denk daran, was du mir versprochen hast! Du darfst dich nicht einmischen, egal, was geschieht oder was du sehen wirst beziehungsweise, was du zu sehen glaubst. Nicht alles davon muss auch der Realität entsprechen!"

„Bitte sei vorsichtig, Darling! – Ich liebe dich!"

Damit nahm er seine Hand von meiner Schulter und trat zurück, was ihm sicher nicht gerade leichtfiel, und ich konnte mich endlich an diese schwere Aufgabe heranwagen. Dazu hob ich zunächst meine Hände über den Kreis aus Sand in eine Höhe, aus der ich die magischen Strahlen gerade noch erfühlen konnte. Damit war unter meinen Händen und innerhalb des Kreises ein Raum geschaffen, in dem der Geist meiner Ahnin erscheinen konnte, quasi eine Art Schutzraum für sie. Nun musste ich nur noch die richtigen Worte finden.

Ich konnte Jamies Blicke richtiggehend in meinem Rücken fühlen, so intensiv waren sie, während ich meine eigenen Augen zunächst geschlossen hielt, um mich besser konzentrieren zu können. Normalerweise brauchte ich immer ein paar Minuten, bis ich so viel Ruhe gefunden hatte, dass ich mich von äußeren Einflüssen nicht mehr gestört fühlte, aber anscheinend behielt Narami recht, dass ich hier in der Drachenwelt tatsächlich einen wesentlich ausgeprägteren Elfensinn besaß, als das sonst üblich war. Es gelang mir fast augenblicklich, einzutauchen in die Welt der Geistwesen, die wir Menschen im Normalfall zwar nicht sehen oder fühlen können, die uns aber trotzdem umgeben. Mit meinen Elfensensoren war es mir bisher zwar trotzdem möglich gewesen, sie in bestimmten Situationen zu bemerken, doch dass ich es jetzt so schnell schaffte und mich quasi mitten unter ihnen befand, war auch für mich eine gänzlich neue Erfahrung.

Jetzt musste ich nur noch den Geist meiner Ahnin ausfindig machen, wobei mir hoffentlich das Amulett helfen würde. Da es einmal in ihrem Besitz gewesen sein musste, würde sie davon automatisch angezogen werden und sich damit von den anderen abheben, so hoffte ich zumindest. Leise begann ich damit, die Beschwörungsworte vor mich hin zu sagen, wobei ich die Augen noch immer geschlossen hielt. Ich würde es ja spüren, wenn sich das Geistwesen innerhalb des von mir geschaffenen Schutzraumes materialisieren würde. Das heißt nicht etwa, dass es eine feste Gestalt annehmen konnte, schließlich war es ja nur noch ein Geist, aber seine Konturen sollten deutlich sichtbar werden, so hoffte ich zumindest.

Das Kribbeln in meinen Handflächen, die ich über die magisch aufgeladene Stelle des Bodens hielt, nahm deutlich zu, sodass ich in einer Art allzu menschlicher Regung geneigt war, meine Hände aneinander zu reiben, doch es gelang mir, dieses Gefühl zu unterdrücken. Stattdessen intensivierte ich meine gedanklichen Bemühungen noch, konzentrierte mich ganz fest auf diese Elfe aus meiner Ahnenreihe und versuchte, sie zu rufen, sie darauf aufmerksam zu machen, dass ich mit ihr in Kontakt zu treten wünschte. Würde sie antworten? Würde sie sich mir zeigen?

Schweißperlen sammelten sich auf meiner Stirn, so stark musste ich mich psychisch anstrengen, aber ich hatte den festen Willen, durchzuhalten und es zu schaffen. Dabei hatte ich das Gefühl, dass mich zahllose Geistwesen umgaben, ohne dass ich sie näher hätte beschreiben oder benennen können, und eines davon musste die gesuchte Elfe sein. Meine Hände begannen bereits zu zittern, da ich die Arme so lange nach vorn gestreckt hielt, bis ich plötzlich die Veränderung spürte. Irgendetwas war da! Etwas anderes, etwas Neues!

Langsam hob ich die Augenlider und blickte in den Schutzraum des Kreises. Die Luft darin flimmerte leicht, schien sich zu verdichten. Schlieren tanzten darin und wollten Formen bilden, ohne dass ich sie bereits als Bild hätte erkennen können. Es war der entscheidende Moment!

„Zeige dich mir, Ahnin!", stieß ich laut hervor.

Und mein Ruf blieb nicht ungehört. Plötzlich entstand tatsächlich ein Bild, das Bild einer jungen Frau, einer Frau, die mir nur allzu bekannt war, denn es kam mir so vor, als schaute ich meinem eigenen Spiegelbild entgegen. Zunächst war ich sehr überrascht, doch nur eine Sekunde später wurde mir so einiges klar. Ich sah meiner Ahnin zum Verwechseln ähnlich, deshalb hatte mich das Schicksal getroffen, ihren Verrat von damals zu wiederholen und vielleicht auch wiedergutzumachen. Lediglich ihre Haare hatte sie viel länger und in zwei geflochtenen Zöpfen getragen. Sie sah mich genauso überrascht an wie ich sie, fing sich jedoch recht schnell und stellte an mich die Frage, die sie unbedingt beantwortet wissen wollte.

„Warum hast du mich gerufen? Wer bist du, dass du mir so ähnlich bist, wie ein Ei dem anderen? Ich kenne dich nicht!"

Ihre Stimme klang ein wenig tiefer als die meine, war aber nicht unangenehm. Und ihren etwas barschen Tonfall schrieb ich der Tatsache zu, dass ich sie in ihrer Geisterwelt gestört und sie dort herausgerissen hatte. Deshalb schickte ich mich an, ihr alles zu erklären.

„Ich heiße Sandy und habe dich gerufen, weil du eine Ahnin von mir bist."

„Und deshalb störst mich?"

„Nein, nicht deshalb, sondern weil ich dazu ausersehen war, denselben Fehler zu begehen wie du einst, als du den Verrat an den Drachen begangen hast."

Jetzt sah mich ihr Bild regelrecht geschockt an, als sie fragte: „Du weißt davon?"

„Ja", gab ich zu. „Ein magisches Buch hat mir die Geschichte übermittelt."

„Dann weißt du auch, warum ich es getan habe?"

„Ja, aus Liebe zu einem menschlichen Mann", bestätigte ich.

„Nun", begann sie gedehnt, „dann weißt du ja auch, dass es nicht gut ist, sich in einen Menschen zu verlieben. Dieser Mann ist es nicht wert gewesen! Aber meinen Verrat konnte ich nicht wiedergutmachen. Dafür war es zu spät! Das Leid, das ich den Drachen zugefügt hatte, war zu groß und konnte nicht mehr rückgängig gemacht werden, sodass ich lieber den Freitod gewählt habe, weil ich meine Schande nicht mehr ertragen konnte!"

„Aber hast du denn nicht dafür gesorgt, dass der Bösewicht sein gerechtes Ende gefunden hat?"

„Doch, das habe ich. Im selben Moment, da ich starb, hat der Tod auch diesen Zauberer ereilt, denn ich lockte ihn unter einen Vorwand auf den Kraterrand des Vulkans und riss ihn mit mir in die Tiefe. Ich sehe noch heute das Entsetzen in seinen Augen, als er begriff, dass ich mich rächen würde. Er hatte mich zu etwas gezwungen, dass ich nur aus Liebe zu ihm getan hatte, aber er hatte nur die Macht und nicht meine bedingungslose Liebe haben wollen. Dafür hat er gebüßt! Es war nicht schade um ihn!"

„Du hast diesen Mann in den Tod gerissen?", fragte ich entsetzt.

„Ja, denn nur durch seinen Tod konnte verhindert werden, dass er noch mehr Drachenwesen vernichtete. Er war ja ein Mensch, der durch die Drachenopfer Unsterblichkeit erlangen wollte, wie ich später erfahren hatte. Allein für diesen Zweck hatte er meine Liebe missbraucht. Noch ein einziges weiteres Opfer, und er hätte sein Ziel erreicht gehabt, das musste ich unbedingt verhindern. Als er mir zum Rand des Vulkans folgte, wusste er nicht, dass ich seine Machenschaften längst durchschaut hatte. Und so ließ ich ihn in dem Glauben, dass ich mir nur mit ihm zusammen das brodelnde Schauspiel im Inneren ansehen wollte. Und dann war es für ihn zu spät! Da hat ihm all seine Zauberei nichts mehr genützt! Er starb einen grausamen, aber verdienten Tod in den Flammen der Gluthölle, während sich meine Elfenseele schon zuvor vom Körper getrennt hatte und in die Ewigkeit einging."

Mein Gott, dachte ich, welche Überwindung musste sie das gekostet haben? Laut jedoch sagte ich zu ihr: „Ich bin deine Nachfahrin, die zu einem ähnlichen Schicksal getrieben worden ist, wie einst du selbst. Verrätst du mir deinen Namen?"

„Sicher, ich trug zu meinen Lebenszeiten den Namen Valeria. Aber deshalb hast du mich nicht gerufen. Du sprachst von einem ähnlichen Schicksal. Was willst du also wissen?"

Ich holte noch einmal tief Luft und begann damit, ihr mein Problem zu schildern: „Auch ich habe mich in einen Menschen verliebt, Ahnin. Aber er ist nicht das Problem", setzte ich schnell hinzu, da ich den mitleidigen Blick in ihren Augen sah. „Ein mächtiger Magier hat mich mit dem Wissen um meine Liebe erpresst, das Tor zur Drachenwelt erneut zu öffnen. Auch er will anscheinend über die Eier der Drachen die Unsterblichkeit erlangen, doch ich bin ihm in diese Welt gefolgt, um ihn an weiteren Gräueltaten zu hindern. Aber dazu muss ich ihn erst einmal finden. Deshalb wollte ich dich um deine Hilfe bitten und habe deinen Geist beschworen, nachdem ich diesen magisch aufgeladenen Platz gefunden hatte. Kannst du mir helfen, Valeria?"

Ihre Augen fixierten mich mit einem Funkeln darin. Sie schien zu überlegen, während ich spürte, wie meine Kräfte langsam schwächer wurden. Ich würde es nicht mehr lange schaffen, den Kontakt aufrechtzuerhalten, dann würde ihr Geist wieder verschwinden. Meine Hände und Arme zitterten immer stärker, was zur Folge hatte, dass Valerias Bild so stark hin und her zuckte, dass ihre Konturen bereits verschwammen.

„Bitte, sag mir, was du weißt, Ahnin! Hilf mir!"

Ich schrie die Worte fast, und der Geist von Valeria ließ sich tatsächlich dazu hinreißen, mir eine Antwort zu geben.

„Biete dem Magier das an, was er will", rief ihr bereits verblassendes Gesicht, „dann wird er dich finden, nicht du ihn!"

Aus! Die Verbindung war abgerissen, ihr Bild verschwunden! Ich zitterte am ganzen Körper. Mein Atem ging heftig. Ich wollte die Arme senken, doch nicht einmal das schaffte ich mehr bewusst. Ich hatte alle Kraft verbraucht, sodass mein Körper einfach in sich zusammensackte und mich nur noch Dunkelheit umfing.

Etwas tropfte auf meinen Mund, bahnte sich seinen Weg zwischen meine Lippen und verschaffte mir durch seine Süße neue Kräfte. Ein starker Arm hielt mich dabei, und auf einmal hörte ich auch jemanden sprechen, eindringlich und flehentlich.

„Sandy", rief diese Stimme. „Sandy, bitte, komm wieder zu dir! Komm zu mir zurück!"

Die Stimme meinte mich, soviel war mir klar. Aber wohin sollte ich zurück und zu wem? Ich fühlte mich so schwach, dass ich ganz sicher nirgendwohin gehen würde, so glaubte ich wenigstens. Aber da war diese süße Flüssigkeit in meinem Mund, süß und köstlich. Ich schluckte automatisch, spürte die belebende Wirkung von Zucker und leckte mir das Zeug von den Lippen.

„Ja, Darling, gut so!"

Wer sprach da bloß? Meinte er mich? Oder träumte ich etwa? Was war hier überhaupt los? Nur ganz langsam schaffte ich es, meine Gedanken zu ordnen. Selbst dazu schien mir die nötige Kraft zu fehlen. Erneut lief Flüssigkeit in meinen Mund, süß und belebend. Ja, genau das brauchte ich jetzt.

„Mehr", stieß ich hervor, schluckte erneut und schaffte es endlich, auch die Augen zu öffnen, doch sah ich nur verschwommene Bilder, als erneut das süße Zeug in meinen Mund lief und ich gierig trank.

Verwirrt blinzelte ich, erkannte plötzlich Jamie, der mich mal wieder im Arm hielt, während ich noch auf dem Boden lag. Aus seiner Hand tropfte diese süße Flüssigkeit direkt in meinen Mund, und ich leckte mir erneut die Lippen. Jetzt sah ich sein erleichtertes und glückliches Lächeln über mir, obwohl er gerade noch so sorgenvoll geschaut hatte. Er griff erneut neben sich, hob etwas auf und zerdrückte es zwischen seinen Fingern, bis mir wieder dieser belebende

Saft zwischen die Lippen drang. Da endlich begriff ich, dass er in Ermangelung von Schokoriegeln immer wieder eine der kleinen gelben Früchte, die sehr an Aprikosen erinnerten, ergriffen und zerdrückt hatte, damit der Zucker in dem Saft meine Sinne wiederbeleben konnte. Er hatte genau das Richtige getan, mein Göttergatte! Er war wirklich immer für mich da, wenn ich ihn brauchte.

„Geht es wieder?", wollte er fürsorglich wissen, und ich signalisierte ihm durch mein Blinzeln ein ‚Ja'.

Nach und nach machte sich die belebende Wirkung des Fruchtzuckers bemerkbar, und ich ließ mir von ihm noch eine ganze Frucht geben, die ich genüsslich kaute und herunterschluckte.

„Danke, du hast … hast mir wirklich sehr geholfen. Eine so anstrengende Beschwörung habe ich noch nicht erlebt. Wie lange war ich denn ohnmächtig?"

Bei diesen Worten ließ ich mir von ihm in eine sitzende Stellung aufhelfen, doch behielt er nach wie vor einen Arm um mich gelegt, als habe er Angst, dass ich gleich wieder umkippen könnte.

„Du hast fast eine halbe Stunde in meinen Armen gelegen und keinen Mucks von dir gegeben, Darling. Zum Glück hatte Narami uns genügend von diesen gelben Früchten gebracht, sie waren die einzige Möglichkeit, die ich hatte, dir genügend Zucker zuzuführen. Denn den hast du ja wohl gebraucht. Du hast, kurz bevor du ohnmächtig geworden bist, gezittert wie Espenlaub. Fühlst du dich denn jetzt wieder besser?"

„Besser ja, aber noch nicht wieder gut", gab ich wahrheitsgemäß zu.

„Kannst du mir trotzdem sagen, warum bei der Beschwörung quasi dein Spiegelbild zu sehen war? Ich dachte schon, ich sehe doppelt."

„Ich kann deine Verwunderung verstehen", erklärte ich ihm. „Die Familienähnlichkeit war bei uns schon immer sehr groß, aber diesmal war auch ich überrascht. Ich nehme an, dass das der Grund dafür ist, dass ausgerechnet ich das Schicksal meiner Ahnin teile, ich meine, dass auch ich einen Verrat begangen habe …"

„Du bist keine Verräterin!", fuhr mir Jamie in die Parade.

„Du wurdest immerhin erpresst, während diese Valeria es aus freien Stücken getan hat …"

„… und hintergangen wurde", nahm ich sie in Schutz.

Mein Mann schwieg einen Moment, dann hakte er nach: „Und was hat sie mit ihren letzten Worten gemeint, dass er dich finden werde und nicht du ihn? Diesen Magier, meine ich?"

Ich antwortete ihm nicht gleich und starrte vor mir ins Gras, obwohl ich sehr gut begriffen hatte, was meine Ahnin mit ihren Worten gemeint hatte. Und ich war der Überzeugung, dass auch Jamie es sehr gut wusste. Aber ich spürte, dass er darüber mit mir reden wollte, dass er bereits genau wusste, was ich zu tun beabsichtigte und es mir ausreden wollte. Deshalb ging ich schließlich darauf ein und drehte mich ihm direkt zu. Ich versuchte, all meine Liebe und Zuneigung zu ihm in meinen Blick zu legen, ergriff seine Hand und erklärte mein Vorhaben, wobei meine Stimme allerdings alles andere als besonders fest und überzeugend klang, da ich es auch gar nicht war, sondern mir nur den Anschein gab.

„Jamie, ich … ich werde mir eines der Dracheneier gewissermaßen ausleihen und so tun, als wolle ich es Galfur übergeben."

„Nein!"

Er ließ mich erst gar nicht ausreden, hoffte wohl, meine Pläne sofort durchkreuzen zu können, da er sie bestimmt für zu gefährlich hielt.

„Nein, Sandy! Das lasse ich nicht zu! Du wirst dich diesem Magier nicht stellen! Du hast ihm bereits diese Welt geöffnet und dich damit in Gefahr gebracht. Das reicht!"

So entschieden und bevormundend kannte ich ihn gar nicht. Schließlich war er normalerweise ein sehr kompromissbereiter Mann. Aber wenn es um mich und meine Sicherheit ging, verlor er gerne einmal jedes Maß aus den Augen. Oder hatte er diesmal recht damit, dass es zu gefährlich für mich sei? Das wollte ich nicht recht glauben, denn ich musste meinen einmal eingeschlagenen Weg doch zu Ende gehen und retten, was noch zu retten war, bevor Galfur möglicherweise die Drachenwelt zerstörte. Deshalb erzählte ich meinem Mann auch nicht, was ich in meiner Trance gesehen hatte, nichts von den eisigen Pfeilen und von dem Flammenmeer, das ich mittlerweile mit dem Vulkan in Verbindung brachte.

Wir wussten beide, dass das letzte Wort in dieser Angelegenheit noch nicht gesprochen war, aber wir waren auch beide klug genug, zunächst einmal den Mund zu halten, schließlich wollten wir uns nicht gegenseitig wehtun. Im Moment waren unsere Gemüter viel zu erregt. Und dann wurden wir auch schon von anderer Seite her abgelenkt, als über uns ein großer Schatten kreiste, der seine Bahnen langsam tiefer zog und sich schließlich als der Jungdrache Danjal entpuppte, der neben uns zur Landung ansetzte. Er musste uns wohl schon aus großer Höhe gesehen haben.

Kaum dass er seine beiden kräftigen Schwingen an den Körper angelegt hatte, trat er auch schon zu uns, senkte den langen Hals mit dem immer noch riesig anmutenden Kopf herab und begann zu berichten. Und obwohl wir sie zuvor nicht bemerkt hatten, umstanden uns plötzlich außer Narami, Alvaro und Kaïtara noch weitere Drachen, die seinem Bericht lauschen wollten und an dem Geschehen Anteil nahmen.

„Ich habe diesen Magier nicht selbst gesehen, Elfe", begann Danjal, „aber ich bin mir recht sicher, dass er sich in einer Höhle hinter dem großen Wasserfall aufhält."

„Wie kommst du darauf?", fragte Alvaro dazwischen, der alles ganz genau wissen wollte.

„Ich habe vor allem die Wasserläufe abgesucht, da auch der Magier Wasser benötigt, dabei sind mir zweimal Stellen aufgefallen, an denen wohl jemand gelagert hat, so wie es die Elfe und ihr Partner tun. Dann fand ich einen gefällten Baum, dessen Früchte für einen Menschen wohl sonst nicht zu erreichen waren, alles entlang des oberen Flusslaufs. Also bin ich diesem im Tiefflug gefolgt bis zum Wasserfall. Während ich darüber kreiste, entdeckte ich auch dort Spuren im hohen Gras, die allesamt direkt auf den Wasserfall zuführten. Und da habe ich mich dann daran erinnert, dass Funaro dort einmal eine Höhle entdeckt hat. Deshalb möchte ich wetten, dass der Magier sich dort versteckt hält!"

„Da könntest du recht haben, mein Sohn", stimmte Narami zu. „Und wenn die Höhle groß genug ist, hat er nicht nur Wasser und Früchte, sondern auch Schutz vor Entdeckung und wahrscheinlich alle Zeit der Welt, um nach geeigneten Eiern zu suchen."

„Hm", brummte Alvaro, als sich die Blicke jetzt wieder ihm zuwandten, „alles spricht dafür, da stimme ich dir zu, Danjal. Aber du hast den Magier Galfur nicht gesehen. Also fehlt der letzte Beweis!"

„Dann müssen wir uns die Höhle eben ansehen", schaltete sich jetzt sogar Jamie in das Gespräch ein.

Aber Alvaro wiegte seinen großen Schädel, als wolle er ihn schütteln, um seine Bedenken anzudeuten, die er dann auch sofort kundtat: „Das geht nicht so einfach, Mensch. Wir Drachen sind zu groß für diese Höhle. Einer von uns kann allenfalls den Kopf durch den Wasservorhang stecken, um dahinter zu sehen, aber keiner kann die Höhle betreten."

Jamie, der mir wohl unbedingt helfen wollte, stellte sich jedoch sofort zur Verfügung, damit ich nicht wieder auf die Idee kommen sollte, Galfur eines der Eier anzubieten, weil er das für zu gefährlich hielt.

„Dann werde ich eben in die Höhle eindringen! Ihr müsst mir nur zeigen, wo ich sie finden kann."

Alle Blicke wandten sich meinem Mann zu, und ich selbst sah ihn auch mit offenem Mund an.

„Nein!", sagte ich sogleich bestimmt. „Vorhin hast du meinen Vorschlag rigoros abgelehnt, weil diese Möglichkeit zu gefährlich sei, und jetzt willst du dich selbst in Gefahr bringen? Nein, das lasse ich nicht zu!"

„Du kannst es ja schließlich nicht selbst tun, Darling. Du darfst Galfur auf keinen Fall in die Hände fallen, denn du bist die Einzige, die ihm Paroli bieten kann."

„Damit magst du recht haben", lenkte ich ein, „aber du gehst ein zu großes Risiko ein, wenn du die Höhle betrittst! Galfur hat dich schon einmal in seiner Gewalt gehabt, das muss dir doch reichen!"

Meine Stimme klang direkt etwas schrill, aber ich hatte einfach Angst um ihn, das musste er doch verstehen. Stattdessen legte sich ein Lächeln um seine Mundwinkel und er sah mich mit einem seltsamen Blick an.

„Wir machen es uns gegenseitig schwer, Darling, weißt du das eigentlich?", fragte er mich dann. „Du wolltest dem Kerl einen

Handel anbieten, aber ich hielt es für zu riskant. Jetzt will ich für dich die Höhle auskundschaften, aber du denkst, es sei zu gefährlich. So kommen wir nicht weiter. Wir müssen ein Risiko eingehen, aber im Prinzip tun wir das ja schon, seitdem wir diese Welt betreten haben."

Sein Lächeln hatte sich bei diesen Worten noch etwas verstärkt, und auch in meinen Augen musste wohl ein Leuchten stehen, als ich jetzt direkt vor ihn trat, meine Arme um seinen Hals legte und ihn einfach küssen musste, ganz egal wie viele Zuschauer wir gerade haben mochten.

„Okay", flüsterte ich leise. „Geh in diese Höhle, aber ich werde dich auf meine Weise begleiten."

„Auf deine Weise?" Er runzelte etwas die Stirn und fragte: „Was meinst du damit?"

„Ich glaube, Narami hat recht, meine Elfenkräfte sind hier in dieser Welt viel stärker ausgeprägt, deshalb kann ich dich nicht nur in deinen Gedanken begleiten. Ich werde es wohl auch schaffen, mit deinen Augen zu sehen. Deshalb möchte ich dich bitten, dass ich in deine Gedanken eindringen darf, damit ich dich wenigstens mental begleiten und im Notfall bei dir sein kann."

Er musste das Zittern in meiner Stimme und das Zucken meiner Schultern, da ich ein Schluchzen zu unterdrücken versuchte, bemerkt haben. Ich spürte es an der Art, wie er mir über die Wangen strich, sah es in dem Blick seiner haselnussbraunen Augen, die mich so sanft und liebevoll ansahen.

„Gut, dann versuch es, wenn du glaubst, uns damit helfen zu können."

Er hatte „uns" und nicht „mir" gesagt. Damit bereitete er mir unbewusst eine Freude, und ein angenehm warmes Gefühl durchdrang meinen Körper, dann nickte ich.

„Dann soll Danjal uns morgen zu diesem Wasserfall bringen. Heute schaffe ich das nach dem intensiven Kontakt dieser Beschwörung leider nicht mehr."

Im Grunde hätte ich mich ja schon daran gewöhnt haben müssen, auf dem Rücken eines Drachen fliegend zu reisen, aber an diesem Morgen kam es mir besonders schlimm vor. Ich schaffte es einfach nicht, nach unten zu sehen, und mir wurde richtig übel. Verzweifelt klammerte ich mich an dem vor mir aufragenden Rückendorn fest, bis ich plötzlich Jamies Arm fühlte, der mich von hinten umfasste, da er wohl bemerkt hatte, dass es mir nicht gerade gut ging. Dankbar für seine Hilfe, versuchte ich, mich zusammenzureißen, was alles andere als leicht für mich war. Jedenfalls war ich heilfroh, als wir endlich landeten und ich wieder festen Boden unter den Füßen verspürte. Dass meine Übelkeit beim Fliegen auch einen anderen Grund haben konnte, wies ich zu diesem Zeitpunkt noch weit von mir. Schließlich hatten wir doch schon genügend andere Probleme!

Es war ein wirklich abgelegenes Tal, in dem wir hier gelandet waren. Zwar schlängelte sich auch hier ein Fluss durch sein gewundenes Bett, doch das Tal wurde von hohen Bergwänden umgeben, die ein seitliches Eindringen wohl unmöglich machten, und der Fluss kam noch von viel weiter oben herunter, denn etwa eine Meile entfernt konnte man hinter einem Vorhang aus Nebel und feinem Sprüh den Wasserfall erahnen, seine ins Tal donnernden Wassermassen aber schon deutlich hören. Das Sonnenlicht brach sich in den feinen Tropfen millionenmal und erzeugte einen funkelnden Regenbogen, der bunt über dem Tal hing. Es war ein wunderschönes Bild, das die Schönheit dieser von Menschenhand unberührten Natur wiedergab.

Danjal wandte seinen Kopf bergauf und wies auf den Wasserfall: „Dahinter befindet sich die Höhle. Ich musste hier unten landen, da oben habe ich zu wenig Platz dazu. Dorthin zu laufen, ist hingegen kein Problem."

„Dann lasst es uns mal angehen", meinte mein Mann leichthin, dem die Kletterei den Berg hinauf wohl nichts ausmachen würde, wohingegen ich mir da bei mir selbst gar nicht so sicher war.

Dass ich auf seine Unterstützung zählen konnte, wusste ich ja, aber trotzdem hatte ich bei mir zurzeit Bedenken. Ich spürte nur zu deutlich, dass mein Körper hier einfach nicht so konnte, wie ich das gern gehabt hätte. Jamie packte immer wieder meine Hand und zog mich den Berg schon fast hinauf, als dass ich von mir aus gelaufen wäre, bis wir dem Wasserfall schließlich so nahe gekommen waren, dass sein überlautes Donnern ein Gespräch schon fast unmöglich machte. Das bedeutete aber auch, dass Galfur, wenn er denn hier irgendwo stecken sollte, uns wohl auch nicht kommen hören konnte, es sei denn, er wurde zufällig auf uns aufmerksam. Mit uns meine ich in diesem Fall außer Jamie und mir auch Danjal, Alvaro und Narami, denn die anderen Drachen waren am Brutplatz zurückgeblieben, um die Eier zu beschützen.

Noch hielten wir uns vom Wasserfall fern, denn wir wussten ja nicht, wo Galfur zurzeit steckte. Außerdem musste ich mich nach der Kletterei dringend ausruhen, sonst würde ich nicht in der Lage sein, die psychische Kraft aufzubringen, um Jamie zu unterstützen. Auch bat ich in dieser Zeit Narami um noch weitere der gelben Früchte, die mir mit ihrem Fruchtzucker schon einmal wieder auf die Beine geholfen hatten, denn ich musste damit rechnen, dass diese erneute geistige Kontaktaufnahme mich noch wesentlich mehr anstrengen und auslaugen würde als zuvor die Beschwörung meiner Ahnin.

Zum Glück konnte mir die Drachenmutter auch diesmal weiterhelfen, denn sie schwang sich galant in die Lüfte und erschien nur wenig später mit einem weiteren Früchte tragenden Ast, den sie einfach von einem Baum abgerissen hatte, um ihn mir regelrecht zu Füßen zu legen, nachdem sie am Fuße des Hangs wieder gelandet und heraufgestiegen war, was auch für einen Drachen ihrer Größe eine ziemlich Anstrengung sein musste. Aber sie tat es anscheinend gern, denn in ihren grünen Reptilienaugen schien sogar ein Lächeln zu funkeln.

So aß ich schon im Vorfeld drei der süßen Früchte und versuchte mich dann an ein paar Entspannungsübungen, während sich Jamie bereits bis auf die Shorts seiner Kleidung entledigte, da er ja ins Wasser steigen musste und bis auf die Haut durchnässt werden würde. Ich konnte mir gut vorstellen, dass Galfur mit seiner Magie das Wasser zum Stillstand bringen konnte, damit ihm das Bad erspart blieb, wenn er die Höhle betreten oder verlassen wollte. Da ich es mir auf dem Boden bequem gemacht hatte, bereits als Vorsorge, falls ich erneut umkippen sollte, kam er dann zu mir, um seine Sachen neben mir abzulegen. Ich nahm jedoch sein Hemd auf und drückte es an mich, sodass ich noch für einen Moment die Wärme seines Körpers fühlen konnte. Es sollte mir helfen, die Verbindung zu ihm aufrechtzuerhalten.

Sich neben mich kniend, fragte er: „Bist du bereit?"

„Ja", hauchte ich, da mir die Stimme nicht recht gehorchte, dazu machte ich mir viel zu große Sorgen um ihn.

„Dann lass uns beginnen."

Er küsste mich noch einmal, bevor ich meine Hände seitlich an seinen Kopf legte, die Fingerkuppen an seinen Schläfen. Ich konzentrierte mich ganz fest auf den geistigen Kontakt mit ihm. Manchmal konnte so etwas sehr heftig ausfallen, und diesmal wollte ich ja noch einen Schritt weiter gehen und mich sogar seiner Sinne bedienen.

Als er plötzlich zuckte, wusste ich, dass der Kontakt hergestellt war, trotzdem fragte ich rein gedanklich: „Kannst du mich hören?"

„Ja, Darling."

Er hatte laut gesprochen und so machte ich ihn darauf aufmerksam, dass auch er in Gedanken kommunizieren sollte, um sich in der Höhle nicht etwa zu verraten, weil ihn jemand hörte.

„Dann geh jetzt, Jamie."

Ich legte all meine Liebe und Zuneigung in seinen Kosenamen, öffnete die Augen und löste langsam meine Finger von seinen Schläfen. Jetzt musste ich mich unbedingt darauf konzentrieren, dass der Kontakt erhalten blieb.

„Es ist ein seltsames Gefühl, dich so zu spüren", empfing ich seine Gedanken und lächelte.

„Ich bin bei dir."

Langsam stand er auf und ging zum Fluss, während ich bereits versuchte, nicht nur seine Gedanken, sondern auch seine Gefühle zu empfangen. Würde ich es können? Würde ich hier in der Drachenwelt tatsächlich dazu in der Lage sein? Ich schickte einen geballten Gedankenstrahl zu ihm, während ich auf seinen

Rücken blickte und er den ersten Fuß ins Wasser setzte. Erstaunt drehte er sich noch einmal zu mir um. Er hatte den verstärkten Kontakt bemerkt und musste sich erst daran gewöhnen, dass ich ihn auf diese Weise begleitete. Dafür fühlte ich bereits, was er fühlte: kaltes Wasser an seinen Füßen. Oder waren es etwa meine? Die Steine im Flussbett waren rau und glatt zugleich, sie drückten auf die nackten Sohlen. Jetzt musste ich nur noch versuchen, auch mit seinen Augen zu sehen.

Gedanklich tastend suchte ich mir den Weg zu seinen visuellen Wahrnehmungen. Ich konnte kaum glauben, dass mir das alles tatsächlich gelang. Meine Elfenkräfte waren anscheinend wirklich viel stärker, als ich es selbst für möglich gehalten hatte. Die Strömung im Fluss war stark, und sie wurde stärker, je mehr sich mein Mann dem Wasserfall näherte. Das Wasser wurde tiefer, und ich erschrak richtig, als er ganz ins Wasser glitt und sich schwimmend weiterbewegte. Da ich nur seine Empfindungen wahrnehmen konnte, hatte mich die Aktion überrascht. Aber ich konnte immer noch nicht mit seinen Augen sehen. Ich tastete mit meinen Sinnen durch sein Gehirn, ich spürte seine Anstrengung, die Kälte des Wassers, das ihn umgab. Jetzt tauchte er unter und ich mit ihm. Das Wasser prasselte hart auf seinen Kopf, er musste sich unter dem Wasserfall befinden, schloss ich daraus. Dann spürte ich seinen tiefen Atemzug, als er wieder auftauchte und anscheinend zunächst auf allen vieren ans Ufer kroch.

„Öffne die Augen", sandte ich ihm meine Gedanken.

Graue Schlieren waren alles, was ich sehen konnte, bis er sich anscheinend über die Augen wischte und das Wasser herausblinzelte. Ja, ich konnte den felsigen Boden unter seinen nackten Füßen nicht nur fühlen, ich konnte ihn auch sehen. Es funktionierte tatsächlich!

„Ja, gut! Ich kann mit deinen Augen sehen."

„Tatsächlich?"

„Ja, das Licht reicht auch, das durch den Wasservorhang fällt. Geh bitte langsam in die Höhle hinein, sehr langsam, damit ich mir alles vorstellen kann."

„Okay."

Er brummte seine Antwort mehr, als sie zu denken, schritt aber langsam voran, sodass ich das Gefühl hatte, selbst dort zu laufen. Noch nie zuvor war es mir gelungen, eine solch perfekte Einheit mit einer anderen Person zu bilden, dass ich glauben konnte, selbst derjenige zu sein, obwohl ich mich an einem anderen Platz befand. Ich besaß in dieser Welt tatsächlich ungeahnt starke Kräfte. Fast erfüllte es mich schon mit einer gewissen Art von Stolz, aber ich musste mich auch sehr stark konzentrieren, was mich wiederum eine Menge Kraft kostete.

„Vorsicht, Jamie", raunte ich meinem Mann plötzlich zu, obwohl Gedanken doch ohnehin tonlos waren, „da vorne scheint Licht zu flackern."

„Ja, ich sehe es auch. Du reagierst viel schneller als ich. Dort muss ein Feuer brennen."

Jamie zog zwar die richtigen Schlüsse und schob sich weiter durch den schmalen Höhlengang, doch was ihn dann erwartete, überraschte uns beide. Es wurde merklich heller, nur eine vorspringende Felsnase nahm uns noch die Sicht, dann hatte er sie umrundet und blieb abrupt stehen. Die Höhle hatte sich stark verbreitert und bildete schon fast einen rundlichen Raum, jedoch war die Decke dieses Raumes so hoch über seinem Kopf, dass man ihre Existenz allenfalls ahnen konnte. Wichtiger jedoch war das Feuer, das ziemlich in der Mitte dieser Höhle brannte und doch von keinen Holzscheiten genährt wurde. Es musste ein rein magisches Feuer sein. Und über diesem Feuer hing eine Art altmodischer schwarzer Kessel, wobei hängen eigentlich der falsche Ausdruck war, denn er schwebte über dem Feuer. Es gab keinen Ständer, keinen Haken, der ihn gehalten hätte, nur die reine Magie hielt das große Gefäß in der Luft. Mein Mann starrte mit offenem Mund auf dieses Bild, während ich längst begriffen hatte, was ich da durch seine Augen sah. Zur Sicherheit bat ich ihn aber, noch einen Schritt näher zu treten.

„Ich spüre weder Hitze, noch höre ich Holz knacken. Was ist das?", fragte er mich erstaunt.

„Das ist ein magisches Feuer", erklärte ich, da mir diese Tatsachen schließlich auch aufgefallen waren. „Auch der Kessel schwebt durch magische Kräfte. Bitte wirf einen Blick über den Rand, aber berühre ihn nicht."

Er tat, wie ich gewünscht hatte, und jetzt war ich mir ganz sicher.

„Das ist der Zaubertrank, den Galfur zusammenbraut und in dem nur noch das Drachenei fehlt", meinte ich, als ich die gelblichgrüne, zähe Flüssigkeit sah, von deren Oberfläche kleine Dampfwölkchen aufstiegen und sich nach oben kräuselten. „Wir müssen ihn vernichten!"

„Vernichten? Soll ich den Kessel umkippen?"

„Nein!", rief ich erschrocken. „Du darfst mit dem Trank nicht in Berührung kommen! Siehst du die Blasen auf der Oberfläche? Das Zeug wirkt wie eine Säure, es würde dich töten!"

Sofort trat er noch einen Schritt zurück und fragte: „Was dann?"

Noch zögerte ich mit einer Antwort. Mir schwebte zwar eine Lösung vor, doch wusste ich nicht sicher, ob ich das schaffen konnte. Und das sagte ich ihm auch.

„Was meinst du damit, Sandy? Ich verstehe dich nicht."

„Ich, ich muss es probieren", raunte ich ihm zu. „Ich muss es versuchen! Wundere dich jetzt bitte nicht, aber bleib einfach ganz ruhig und locker vor dem Kessel stehen." Ich spürte, dass er ganz und gar nicht wusste, was er davon halten sollte, und so setzte ich noch hinzu: „Bitte vertrau mir, Darling! Ich habe so etwas noch nie getan, aber meine Großmutter hat es noch gekonnt."

„Was gekonnt?"

„Sie hat sich nicht nur der Gedanken und der Sinne einer anderen Person bedienen, sondern auch deren Körper benutzen können. Du musst nur ganz locker bleiben, und sprich jetzt bitte auch nicht mit mir. Ich benötige meine ganze Kraft und Konzentration dafür."

„Aber Sandy, was …"

„Nein!", fuhr ich ihn gedanklich an. „Ruhig und locker, als ob du keine Muskelkraft hättest."

Jetzt endlich gab er nach. Ich spürte, dass sein mentaler Widerstand nachließ, und so versuchte ich mein Glück. Seine Gefühle, Gedanken und auch seine visuellen Sinne hatte ich schon angezapft, nun musste ich seine Motorik übernehmen und durch reine Geisteskraft lenken, etwas, was ich bisher für unmöglich gehalten hatte, und doch wusste ich, dass meine Vorfahren auch diese Fähigkeiten besessen und beherrscht hatten.

Mit äußerster Willenskraft stellte ich mir die Bewegung vor, die seine rechte Hand vollziehen sollte, tat es selbst mit meiner eigenen und versuchte, dies auf ihn zu übertragen. Utopisch, diese Vorstellung, jedenfalls bisher! Und doch ... Verwundert blickte Jamie auf seine rechte Hand, die sich plötzlich ohne sein Zutun langsam hob und nach vorn in Richtung Kessel streckte.

Selbst überrascht von meinem Erfolg flüsterte ich ihm trotzdem zu: „Ganz ruhig, das bin nur ich."

Ich ließ ihn die Hand mit dem Zeigefinger voran strecken und dann ruhig in der Luft halten. Dann begann ich seine Hand zu führen, als wäre es meine eigene. Sein Finger malte Zeichen und Symbole in die Luft vor dem Kessel, als wäre es eine richtige Leinwand, denn die magischen Zeichen leuchteten in der Luft, sodass auch er sie sehen konnte, ohne natürlich deren Sinn zu begreifen.

„Das ist ein Bann", erklärte ich, als ich fast fertig war. „Er wird Galfur nicht stoppen, aber ihn zeitlich zurückwerfen. Vorerst ist der Trank für ihn verloren, denn er kann ihn so nicht fertigstellen, selbst wenn er das frische Drachenei doch noch bekommt. Erst muss er einen Gegenzauber finden."

Jamies Hand begann zu zittern, oder nein, ich zitterte. Meine Kraft ließ merklich nach, das merkte ich nur zu deutlich. In dieser Sekunde griff mich irgendeine andere fremde Macht mental an, machte es mir fast unmöglich, in Jamies Bewusstsein zu bleiben. Ich befahl mir selbst noch einmal äußerste Konzentration, zeichnete die letzten Striche und schloss den Bann ab, markierte ihn so, dass ich ihn gedanklich beherrschen konnte. Dann wurde meine Schwäche auf einmal immer größer, aber Jamie musste doch da noch raus.

„Lauf", hauchte ich gedanklich, „komm zurück. Schnell!"

„Sandy? ... Sandy, was ist mit dir?"

Seine Stimme war von Angst und Sorge geprägt.

„Sandy, rede mit mir!"

„Ich ... ich muss ..."

Eilig griff ich nach einer der gelben Früchte und biss hinein, hoffte auf die stärkende Wirkung des Zuckers.

„Komm zu … zu mir. Bitte, ich … ich brauche …"

Weiter kam ich nicht mehr. Ich brauche dich, hatte ich sagen wollen, aber ich konnte es nicht mehr. Ich wurde zwar nicht ohnmächtig, aber ich konnte die Verbindung zu ihm nicht mehr aufrecht halten. Das Bild, das er sah, verblasste vor meinen Augen, ich fühlte und hörte ihn nicht mehr, gerade so als hätte es nie eine Verbindung gegeben. Meine Hand und damit wohl auch seine sackte haltlos nach unten. Nur schwach kaute ich auf dem Fruchtstück herum, denn nicht einmal meine Kiefer wollten mir noch gehorchen. Hätte ich nicht schon am Boden gelegen, so wäre ich sicher spätestens jetzt umgekippt.

Alles war so seltsam, und ich kam mir vor wie in Watte gepackt. Und trotzdem hörte ich plötzlich nach unendlich langer Zeit, wie es mir zumindest erschien, diese Stimme, Jamies Stimme, die nach mir rief. Wasser platschte. Dann hörte ich eilige Schritte und Keuchen. Unwillkürlich umklammerten meine Finger noch immer Jamies Hemd, als würde es mir Halt geben. Aber ich schaffte es einfach nicht, meine Augen zu öffnen. Das Fruchtstück steckte noch immer in meinem Mund, ohne dass ich fähig gewesen wäre zu kauen. So drang der Zucker wohl nur sehr langsam durch meine Schleimhäute, hatte aber wohl verhindert, dass ich ganz wegtrat. Nur deshalb spürte ich jetzt auch die Hände, die mein Gesicht streichelten, hörte die sorgenvollen Worte und spürte das kalte Wasser, das in mein Gesicht tropfte. Da mein Mann ja gerade erst dem Fluss entstiegen war, musste es ihm wohl aus den Haaren tropfen. Er musste sich wirklich sehr beeilt haben, um zu mir zurückzukommen.

Ich nahm alle Kraft zusammen und hauchte seinen Namen, wollte ihm zeigen, dass ich sehr wohl wusste, dass er es war, der sich um mich bemühte: „Ja…mie."

„Ja, Darling, ich bin bei dir. Komm zu dir!"

Ich wollte den Kopf schütteln, aber ich brachte es nicht fertig. Trotzdem musste ich ihn warnen, denn kurz bevor der Kontakt zu ihm abriss, hatte ich noch diese fremde, aber sehr starke Magie gespürt, die eine Gefahr für uns alle darstellte. Meine Lippen formten zwar Worte, doch sie waren kaum zu hören. Jamie sagte mir später, ich hätte regelrecht gezittert, und erst als er sein Ohr nahe an meinen Mund gebracht hatte, konnte er mein Flüstern verstehen und sich die Bruchstücke zusammenreimen.

„Weg ... Galfur ... Gefahr ... schon nahe ...“

Dann wurde ich doch noch richtig ohnmächtig und bekam absolut nichts mehr mit.

～◦～

Ich sackte weg und mein Geist schwebte in andere Sphären mit Bildern und Szenen, die mich verwirrten. Ich sah zwar immer wieder Jamies besorgtes Gesicht, seine liebevoll blickenden Augen. Dann waren es wieder Drachenaugen mit geschlitzten Pupillen, die mich ansahen. Ich sah die spitzen Zähne vor mir, riesigen Hauern vergleichbar, die mir aber anscheinend nichts taten. Und über all dem schob sich immer wieder Galfurs Gesicht, das mich in Angst und Schrecken versetzte. Ich schrie um Hilfe, rief nach meinem Mann, aber er war nicht da. Dabei brauchte ich ihn doch so sehr!

„Jamie, wo bist du?“

Ich glaubte zumindest, dass ich laut nach ihm rief. Aber tat ich das wirklich? Ich war mir nicht sicher. Alles war so anders und fremd, so unwirklich. Ich glaubte in einer anderen Welt zu versinken, ohne jede Hoffnung an ein Auftauchen wie aus reißenden Fluten. Unwissenheit ließ die Angst in mir aufkeimen, Angst, dass alles nicht mehr so sein würde wie früher, wenn ich es denn irgendwann doch schaffen würde, wieder an die Oberfläche zu kommen. Besaß ich denn überhaupt noch eine Chance? Ich konnte doch nicht bis in alle Ewigkeit so dahintreiben! Das war einfach nur schrecklich!

Aber was sollte ich dagegen tun? Ich hatte ja gar keine Möglichkeit, in dieses Geschehen um mich herum einzugreifen! Ich hatte keinen Halt und kein Ziel! Oder vielleicht doch ...? Irgendetwas schien mich in eine bestimmte Richtung zu ziehen. Was war das nur? Eine Kraft, die ich mir nicht erklären konnte, schien da am

Werk zu sein. Ich trieb plötzlich schneller dahin, die Watte um mich herum teilte sich, gab den Weg frei auf dieses mir noch unbekannte Ziel. Immer rascher glitt ich durch einen undefinierbaren Raum, bis – ja, bis ich plötzlich zum Stillstand kam, so plötzlich und unerwartet, dass ich aufschrie.

„Ganz ruhig, Sandy. Es ist alles in Ordnung. Ich bin bei dir."

Erschrocken riss ich meine Augen auf, glaubte bereits in Galfurs Fängen gelandet zu sein, als ich Jamies besorgtes Gesicht über mir erkannte. Ja, das war seine Stimme. Seine Hand streichelte sanft meine Wange, und ich griff sofort nach ihr. Ich musste ihn unbedingt spüren, musste fühlen, dass er real war, dass ich nicht mehr träumte, halluzinierte oder was auch immer. Ich atmete auf, befreite mich damit von diesem Trauma, das mich gefangen gehalten hatte. Mit aller Kraft hielt ich seine Hand umklammert, seine Hand, die mir Trost und neue Kraft gab.

„Dir kann nichts mehr passieren, Darling."

Ich versuchte verzweifelt, diese Worte zu begreifen. Warum konnte ich es bloß nicht glauben? Was störte mich nur daran? Dann wurde es mir plötzlich klar: Es war Galfur!

„Galfur!"

Ich glaubte, diesen Namen zu schreien, doch in Wahrheit war es nur ein Flüstern, das ich über die Lippen brachte. Wenn ich mich doch nur nicht so schrecklich müde und schlapp gefühlt hätte. Mein Gehirn wollte einfach nicht arbeiten, und obwohl ich es nicht wollte, schlief ich einfach ein.

Von Narami erfuhr ich später, dass sie meinen Mann mehrfach aufgefordert hatte, mich im Gras abzulegen, damit er auch etwas schlafen könne, doch er hatte immer wieder kopfschüttelnd abgelehnt und mich weiterhin in seinen Armen gehalten, um über meinen Schlaf zu wachen. Und dieses Mal war es ein wirklich tiefer und erholsamer Schlaf, der meine Energiespeicher wieder auffüllte und mich Stunden später erholt und erfrischt wieder aufwachen ließ. Jamie hatte es kaum gewagt, sich auch nur leicht zu bewegen, um mich nicht zu früh aufzuwecken.

So war es denn auch sein geliebtes Gesicht, seine haselnussbraunen Augen und sein freundliches Lächeln, die mich als Erstes im Hier und Jetzt willkommen hießen. Er sagte zunächst gar nichts, sondern strich mir nur mit einem Finger über meine Augenbrauen, wie er es schon so oft getan hatte, seitdem wir uns kennen- und lieben gelernt hatten. Ich wusste nur zu gut, was er mir damit sagen wollte – dass er mich liebte, dass er Angst um mich hatte, dass er mich schützen und nicht verlieren wollte!

Mühsam gelang mir ein leichtes Lächeln, und ich ließ es auch zu, dass er mir dabei half, mich aufzusetzen und an den Stamm eines Baumes zu lehnen, in dessen Schatten wir saßen. Dann reichte er mir einen Beutel, den er wohl mit frischem Wasser gefüllt hatte, da es sich noch so kalt anfühlte.

„Komm, Darling, du musst etwas trinken. Es ist Stunden her, dass du etwas zu dir genommen hast."

Erst jetzt wurde mir bewusst, wie ausgedörrt meine Kehle war. Trotzdem sah ich ihn fragend an, während ich nach dem Beutel griff.

„Wieso Stunden?", wollte ich wissen. „Wann war das denn, als du in die Höhle gegangen bist?"

Meine Stimme kratzte tatsächlich, sodass ich schnell einen Schluck Wasser zu mir nahm.

„Das war gestern Nachmittag, Sandy. Und jetzt haben wir schon fast wieder Mittag", erklärte er mir. „Erst warst du nur ohnmächtig, den ganzen Rückweg über. Und dann bist du plötzlich in meinen Armen eingeschlafen. Du warst völlig fertig und brauchtest dringend Erholung."

„Aber wie sind wir denn überhaupt zurückgekommen? Wir befinden uns doch wieder im Tal mit den Gelegen, nicht wahr?"

„Tja, das war schon ein anderes Problem, weil du völlig weggetreten warst", erklärte er mir. „Nach deiner Warnung habe ich nur schnell noch Hemd und Hose gegriffen und bin auf Danjals Rücken gestiegen. Narami hat dich dann mit ihrem Maul gepackt und zu mir hochgehoben wie ein rohes Ei. Nicht einen Kratzer hast du dabei abbekommen. Und dann sind wir so vorsichtig wie nur möglich zurückgeflogen, weil ich dich ja die ganze Zeit über festhalten musste. Alvaro hat währenddessen die Wache aus der Luft übernommen, damit uns der Magier nicht überraschen konnte. Während all der Zeit hatte ich mehr Sorge, dich festzu-halten, als mich selbst festzuklammern."

Mit großen Augen blickte ich ihn an und hauchte dann ein „Danke". Allerdings fiel mein Blick erst jetzt auf seine nackten Füße.

„Und deine Schuhe?"

Doch er zuckte nur mit den Schultern und meinte leichthin: „Die sind bei unserer Flucht leider zurückgeblieben.

„Und Galfur?", fragte ich zaghaft, da ich Angst hatte, doch noch eine Hiobsbotschaft zu bekommen, da er sich doch sicher für den Bann an seinem Kessel rächen würde.

Aber mein Mann konnte mich beruhigen, indem er sagte: „Du hast uns wohl noch rechtzeitig gewarnt. Wir haben ihn weder zu Gesicht bekommen, noch etwas von seiner Magie gespürt."

„Das ist gut." Ich atmete hörbar auf, musste ihn aber trotzdem nochmals warnen: „Galfur wird das nicht auf sich sitzen lassen! Auch wenn alles für dich vielleicht ganz einfach ausgesehen hat, so habe ich ihm einen dicken Strich durch die Rechnung ge-macht. Er wird lange dafür brauchen, meinen Bann zu brechen, obwohl er es bestimmt schaffen wird. Denn die Frage ist nicht ob, sondern wann das der Fall sein wird."

„Genau für diesen Fall hat uns Alvaro bereits rückversichert", erklärte mir Jamie. „Er hat Danjal wieder ein Stück den Berg hinaufgeschickt, damit er den Weg bewacht und uns rechtzeitig warnen kann, falls Galfur uns angreifen will."

Uns angreifen, das war schon eine seltsame Vorstellung. Wer würde es schon wagen, eine Gruppe von Drachen anzugreifen? Aber die Antwort war logisch: nur ein größenwahnsinniger Magier wie dieser Galfur! Trotzdem beruhigte mich die Vor-stellung etwas, dass Danjal Wache hielt.

„Und doch benötigt Galfur noch immer das frische Drachenei", gab ich zu bedenken, „wobei er garantiert noch immer nicht weiß, welches Gelege sich im richtigen Stadium befindet."

„Aber müssen wir dann nicht einfach nur das zuletzt fertig-gestellte und gefüllte Nest bewachen?"

„So einfach ist das leider nicht, Mensch", mischte sich da Narami in unser Gespräch ein, da sie alles mitbekommen hatte.

„Dracheneier entwickeln sich unterschiedlich schnell. Manchmal können sogar große zeitliche Unterschiede in ein und demselben Gelege bestehen. Praktisch könnte jedes Ei infrage kommen."

Ich hätte es ihm nicht besser erklären können, trotzdem sah er mich jetzt überrascht an und hakte nach: „Aber wie kann das denn sein?"

„Dracheneier sind nun mal keine Vogeleier, so wie wir sie kennen. Und auch ich kann mit meinen Elfenkräften nur sagen, ob sich überhaupt Leben in einem Ei befindet oder nicht."

Seine Stirn legte sich fragend in leichte Falten. Er sah von mir zu der Drachenmutter und wieder zu mir.

„Und der Magier kann es auch nicht?"

„Nein", schüttelte ich leicht den Kopf, „deshalb wird er ein Gelege nach dem anderen zerstören – auf der Suche nach einem geeigneten Ei."

„Hm, so langsam verstehe ich dich", gab er brummend zu, warum du unbedingt ebenfalls durch das Tor in diese Welt gehen wolltest. Dieser Mistkerl von einem Zauberer muss einfach gestoppt werden!"

Jetzt musste ich doch wirklich lächeln. Mein Jamie zeigte so viel Gefühl für diese ihm fremden Wesen, an deren Existenz er vor Kurzem noch nicht einmal geglaubt hatte. Ich fasste nach seiner Hand und drückte sie. Er verstand mich tatsächlich! Gleichzeitig musste ich daran denken, was mir meine Ahnin bei der Beschwörung mitgeteilt hatte.

„Biete dem Magier das an, was er will, dann wird er dich finden, nicht du ihn!", hatte sie zu mir gesagt.

Galfur wollte ein Ei im richtigen Reifestadium. Ich hatte aber keines, um es ihm anbieten zu können. Vielleicht konnte ich es durch einen Bluff versuchen. Was wäre, wenn ich so tat, als ob ich ein entsprechendes Drachenei besitzen würde? Konnte ich Galfur damit ködern, damit er sich mir stellte? Doch ich verwarf diesen Gedanken ganz schnell wieder, denn ich hätte eines der Dracheneier einem unnötigen Risiko aussetzen müssen, und das wollte und konnte ich weder vor mir selber noch vor den Drachen verantworten. Nein, dann wäre ich mir erst recht wie eine Verräterin vorgekommen. Zu leicht könnte bei der Sache etwas schiefgehen und das Ei oder der kleine Drachen darin Schaden nehmen. Nein, das konnte ich wirklich nicht tun! Auf gar keinen Fall!

Doch leider ließ mich dieser Gedanke auch in den nächsten Tagen, in denen wir von Galfur noch immer nichts hörten oder sahen, nicht mehr los. So konnte es ja auch nicht weitergehen, schließlich wünschten sich mein Mann und ich nichts sehnlicher, als endlich wieder in unsere Welt zurückkehren zu können, zurück nach London in unser Haus und zurück in unser eigenes Leben. Ich wagte gar nicht daran zu denken, was mein Schweigervater wohl für einen Aufstand gemacht hatte, als ich mit seinem noch immer geistig verwirrten Sohn, wie er nach unserem Telefonat ja glauben musste, einfach verschwunden war. Das würde große Probleme geben, eine vernünftige Erklärung zu finden, ohne das kleine Geheimnis meiner Herkunft und meiner Fähigkeiten zu verraten.

In Gedanken versunken, spazierte ich am Rande der Gelege und zwischen den nahen Bäumen umher, um mir den Kopf über unser Problem zu zerbrechen, als ich plötzlich die Unruhe verspürte, die sich unter den Drachenmüttern am Brutplatz breitmachte. Noch wusste ich nicht, was überhaupt los war, als ich Danjals schmerzverzerrte Stimme in meinem Kopf wahrnahm.

„W…weg da!"

Fast gleichzeitig registrierte ich den großen Schatten, der auf mich zugerast kam. Der Jungdrache schien abzustürzen und konnte wohl nicht mehr manövrieren! Da erhielt ich bereits einen unangenehmen Stoß von einem großen Kopf, der mich aus dem unmittelbaren Gefahrenbereich und zu Boden warf, wo ich zwischen zwei Nester fiel. Ich glaubte sogar, noch Jamies erschrockenen Ausruf zu hören, als ich auf den Rücken rollte. Wie in Zeitlupe nahm ich das Geschehen um mich herum wahr, als Alvaro mit allen Vieren vor die ersten Nester schlitterte und damit in die Lande- oder besser Absturzbahn seines Sohnes hinein, der dadurch gegen ihn und nicht gegen die Nesthügel prallte. Selbst jetzt noch spürte ich die Erschütterung des Bodens, als Danjal unsanft aufkam, aber von den starken Beinen seines Vaters abrupt abgebremst wurde. Hätte dieser nicht so schnell und vorausschauend gehandelt, wäre nicht nur ich unter dem Gewicht des abstürzenden Drachens zermalmt worden, sondern auch noch mehrere Gelege mit ihrem wertvollen Inhalt.

Noch hatte ich nicht richtig begriffen, was soeben geschehen war, als Jamie bereits neben mir auf die Knie fiel, weil er wohl glaubte, mir sei etwas geschehen. Voller Sorge wischte er mir den Staub von den Wangen und begutachtete einen Kratzer auf meinem linken Handrücken, aus dem ein paar Blutstropfen hervortraten.

Aber ich wehrte ihn mit den Worten ab: „Schon gut, mir ist nichts geschehen! Was … was ist mit Danjal?"

Ich hatte ihn kurz vor dem Zusammenstoß mit seinem Vater gerade noch erkannt. Wieso war ein so guter Flieger abgestürzt?

„Oh, bitte! Elfe, du musst ihm helfen!"

Naramis besorgte Stimme machte mir sofort klar, dass ich mit meiner Vermutung recht hatte.

„Komm", bat ich meinen Mann, „hilf mir mal hoch!"

Ich hatte noch etwas Schwierigkeiten, meine Glieder zu ordnen und dann gerade zu stehen, sodass er mich besorgt ansah und auch weiterhin stützte, während er mich um eines der Nester herum zu dem verunglückten Drachen führte. Entsetzt blickte ich auf Danjal, der wie unter Krämpfen zuckte und sich unter Schmerzen zu winden schien. Die vielen Schürfwunden, die er sich bei dem Absturz zugezogen hatte, konnten dafür aber nicht verantwortlich sein, das bemerkte ich auf den ersten Blick. Er lag auf der rechten Seite, wobei ich nur hoffen konnte, dass sein Flügel dort richtig an seinem Körper anlag und nicht etwa gebrochen war, doch er zappelte und trat anscheinend unkontrolliert mit den mächtigen Beinen, sodass Jamie mich rasch wegzog und mich vom Rücken her an ihn herangehen ließ. Damit befanden wir uns auch außer Reichweite des gefährlichen Dornenschwanzes.

„Ganz ruhig, Danjal", sprach ich beruhigend auf ihn ein. „Ich schaue mir jetzt deinen Flügel an. Bitte, versuche ihn ruhig zu halten."

Meine Worte und die ruhige Stimme schienen etwas zu wirken, auch wenn ich den Schmerz in seinem weit aufgerissenen Auge erkennen konnte. Zwischen seinen Rückendornen stehend, lehnte ich mich an ihn, um mir seine Verletzung anzusehen.

„Sei vorsichtig, Sandy!", warnte mich mein Mann, doch Danjal lag jetzt wirklich relativ ruhig, und nur ein Zittern lief noch über seinen mächtigen Körper.

Meine Blicke wanderten über seinen linken Flügel, den er nicht angelegt, sondern über seinen Körper ausgebreitet hatte. So vermochte ich die lange dunkle Wunde zu erkennen, an deren Rändern doch tatsächlich Eiskristalle saßen. Im ersten Moment noch geschockt von diesem Anblick, kam mir in der nächsten Sekunde die Erkenntnis, was das zu bedeuten hatte. Meine Vision von den Eispfeilen schien wahr zu sein! Einer von Galfurs Pfeilen musste ihn gestreift haben! Doch es waren magische Eispfeile, also konnte ich hier wohl auch nur mit Magie weiterkommen.

Ich trat wieder zurück zu meinem Mann, der mich mit deutlicher Sorge im Gesicht beobachtet hatte, bereit, mich sofort wegzuziehen, falls sich der verletzte Drachen wieder heftiger bewegen sollte.

Alle Augen hingen an mir, als ich ihn bat: „Bitte hol meinen Einsatzkoffer vom Lagerplatz. Ich muss einen Gegenzauber aufbauen, wenn ich Danjal helfen soll."

„Aber ..."

„Bitte", unterbrach ich ihn flehentlich, denn der Jungdrachen schien wirklich starke Schmerzen zu haben, die er nur mit Mühe und mir zuliebe unterdrückte. „Ich kann ihm sonst nicht helfen!"

Nur widerstrebend ließ sich mein Gatte dazu hinreißen, meinen Wunsch zu erfüllen, während ich bereits vertrauensvoll zu Danjals Kopf schritt. Sanft legte ich meine Hände zu beiden Seiten des großen Mauls, in dem die gefährlichen Zähne weiß hervorblitzten, und versuchte, mich zu konzentrieren. Ich wollte versuchen, ihm vorerst die Schmerzen zu nehmen, damit ich ihn versorgen konnte. Soviel wie nur möglich wollte ich ihm von meiner geistigen Kraft geben, und er wurde tatsächlich von Sekunde zu Sekunde ruhiger, bis ich schließlich aufhören musste, damit ich meine eigenen Kräfte nicht vollends verbrauchte.

Es war genau der Moment, da Jamie zurückkehrte und mir mein Köfferchen reichte. Erstaunt konnte er feststellen, dass der verletzte Drachen sich jetzt wirklich ganz ruhig verhielt. Ich untersuchte bereits den Inhalt und steckte mir die magische Kreide in die Hosentasche und ein Fläschchen mit Alaun, um mir dann die Schuhe auszuziehen.

Erstaunt wollte Jamie wissen: „Was hast du vor?"

„Ich werde jetzt auf Danjal hinaufklettern und einen Gegenzauber zu der Verletzung aufbauen. Sie wurde magisch verursacht, also muss ich sie auch magisch heilen. Aber er ist zu groß, um anders an ihn heranzukommen. Und da ich dabei auf seinen Flügel klettern muss, habe ich meine Schuhe ausgezogen, um ihn nicht noch mehr zu verletzen. Hilf mir bitte hoch, Darling."

Obwohl er es nicht glauben konnte, was ich da tun wollte, was ich deutlich von seinen Gesichtszügen ablesen konnte, schluckte er seine Entgegnung einfach herunter, packte mich stattdessen an den Hüften und hievte mich hoch, sodass ich auf allen vieren vorsichtig an die Wunde gelangte. Während Alvaro den Himmel und die Umgebung im Auge behielt, verfolgte Narami mein Tun jeden Moment mit ihren geschlitzten Reptilienaugen. Natürlich fühlte auch sie ganz als Mutter und hatte Angst um ihren Sohn, sodass ich ihr beruhigend zulächelte.

Schließlich war ich nahe genug und stellte zu meiner Beruhigung fest, dass die Flügelhaut nur oberflächlich verletzt war, weil der Eispfeil den Flügel wohl nur gestreift hatte. Also legte ich sanft meine Hände um den langen Riss und konzentrierte mich darauf, meine eigene Körperwärme in die dünne, lederartige Haut zu übertragen. Schweißperlen traten auf meine Stirn, so sehr musste ich mich gedanklich anstrengen. Bevor meine Hände selbst zu kalt zu werden drohten, brach ich den Vorgang ab, zog das Alaunfläschchen hervor und streute etwas von dem weißen Pulver auf die schmale Wunde, da mit der Wärme auch sofort Blut aus der Wunde trat. Dann nahm ich die Kreide und malte ganz vorsichtig und so dicht an den Riss heran, wie ich es nur verantworten konnte, einige magische Zeichen auf den Flügel. Beruhigt konnte ich feststellen, dass die letzten Eiskristalle nach und nach verschwanden. Die Gegenmagie schien zu helfen! Erleichtert atmete ich auf und kroch wieder zurück, um mich meinem Mann in die Arme rutschen zu lassen.

Voller Vertrauen senkte sich Naramis Kopf zu mir herunter. In ihren Augen las ich Dankbarkeit, aber auch immer noch Sorge, ohne dass sie etwas gesagt hätte.

Sanft strich ich ihr über die hornigen Lippen und murmelte: „Dein Sohn wird bestimmt wieder gesund, Narami. Wenn der Riss verheilt ist, wird er nur wieder etwas üben müssen, bis er wieder so elegant fliegen kann wie bisher."

Doch nicht die Drachenmutter war es, die auf meine Worte antwortete, sondern Alvaro, dessen Kopf über uns schwebte.

„Wir danken dir, Elfe."

„Ich habe es gern getan. Und ich danke dir, dass du mich vorhin weggestoßen hast. Du hast mir damit wahrscheinlich das Leben gerettet. Aber bitte warne die anderen Wächter, dass sie sich in Acht nehmen. Galfur schießt diese Eispfeile mit seinen Augen ab, wie ich in einer Vision gesehen habe. Und ich befürchte, bei einem richtigen Treffer kann auch ich nichts mehr tun."

Auch wenn das nur meiner Vermutung entsprach, kam es der Wahrheit wahrscheinlich sehr nahe, und ich wollte diesen Fall nun wirklich nicht erleben!

Endlich schien ich es geschafft zu haben. Auch Alvaro vertraute mir jetzt voll und ganz. Aber Jamie bestand nun darauf, dass ich mich erst einmal ausruhen sollte. Und bevor ich mich noch dagegen wehren oder meine Schuhe wieder anziehen konnte, hatte er mich schon gepackt und hochgehoben.

„Ich bringe dich jetzt zu unserem Lagerplatz und du legst dich hin!", befahl er mir geradezu. „Das war für heute genügend an Aufregung und Anstrengung für dich! Ich werde dir noch ein paar Früchte und Wasser bringen, damit du dich stärken kannst, und dann machst du erst einmal ein Nickerchen."

Seufzend ergab ich mich schließlich seiner Fürsorge und ließ meinen Kopf an seiner Schulter ruhen.

„Alles, was du willst, Darling", flüsterte ich ihm dabei ins Ohr, schließlich genoss ich es ja, wie er mich umsorgte.

Er hatte mich schon längst am Lagerplatz abgesetzt, als noch einmal Naramis Kopf zwischen den Ästen auftauchte und ich gedanklich ihre Stimme vernahm: „Darf ich noch mal stören? Du hast etwas vergessen, Elfe."

Ich hatte noch nicht geantwortet, da senkte sich ihr mächtiger Kopf herab und neben ihr der von Inura. Beide hielten etwas zwischen den gewaltigen Zähnen und ließen es ins Gras gleiten.

„Oh, das ist lieb von euch", bedankte ich mich sofort, als ich meine Schuhe und mein Köfferchen erkannte.

Stillschweigend zogen sich die beiden zurück, während Jamie mich fest in seine Arme schloss und meinte: „Weißt du was, Darling? – Du bist einfach die Größte!"

Bevor ich noch zu einer Erwiderung kam, fühlte ich bereits seinen Mund auf dem meinen, da er von meinen Lippen Besitz ergriff. Nur zu gerne ließ ich mir seine Liebkosungen gefallen. Und als wir viel später nach einem kurzen Nachtmahl, bestehend aus den verschiedensten Früchten, an einem kleinen Feuer beisammensaßen und dem Tanz der knisternden Flammen im Wind zusahen, schlief ich genauso gerne in seinen Armen ein.

Am nächsten Morgen waren wir dann auch beide gut ausgeruht und schon bei Sonnenaufgang wieder auf den Beinen. Da wir unser Wasser bis auf einen kleinen Vorrat zum Trinken bereits zum Waschen verbraucht hatten, würde Jamie an diesem Tag wohl erneut mit einem der Drachen zur Wasserstelle fliegen müssen, um unsere Vorräte aufzufüllen. Während mein Mann zunächst unseren Schlafplatz mit frischem Laub und weichem Moos neu polsterte, spazierte ich, ganz in meine Gedanken versunken, durch das Tal mit seinen zahlreichen Brutstellen, um auch nach Danjal zu sehen. Allerdings hatte ich die Hoffnung auch noch nicht aufgegeben, eine annehmbare Lösung für das Eiproblem zu finden.

Alvaro hatte tatsächlich rundherum Wachen postiert, die die Nester bewachen sollten. So kam ich auch an Funaro vorbei, der mit seinen grünlichen Schuppen fast gänzlich in dem Busch- und Blattwerk zu verschwinden schien, so schwer war er zu entdecken. Wahrscheinlich wäre ich achtlos an ihm vorbeigegangen, wenn er sich nicht bemerkbar gemacht und mich begrüßt hätte. Ich erwiderte seinen Gruß und schritt gemächlich weiter auf den Lagerplatz von Danjal zu. Sein Befinden lag mir doch sehr am Herzen.

Meine Freude war groß, als ich Naramis Sohn bereits wieder auf seinem Bauch liegen sah, wie es für Vierbeiner üblich ist, schließlich hatte er gestern noch hilflos auf der Seite gelegen. Als er mich bemerkte, hob er freudig den langen Hals und schwenkte seinen Kopf in meine Richtung. Seine kleinen Reptilienaugen schienen plötzlich aufzuleuchten, als freue er sich auch, mich zu sehen.

Langsam trat ich an seine Seite und besah mir die Wunde, die bereits abgetrocknet war und eine schorfige Schicht auf ihrer Oberfläche zeigte. Hier gab es für mich nichts mehr zu tun. Die Wunde würde wohl von selbst abheilen. Trotzdem fragte ich ihn nach seinem Befinden und was der andere Flügel machte.

„Alles in Ordnung, Elfe. Du hast mir sehr gut geholfen."

Dabei hob er die unversehrte Schwinge an und zeigte mir, wie gut er sie bewegen konnte. Die leichten Schürfwunden auf der ledrigen Haut heilten ebenfalls schon ab. Besser ging es nicht!

„Kannst du mir jetzt erklären, wie es dazu gekommen ist, Danjal?", fragte ich den jungen Drachen. „Wieso bist du dem Magier so nahe gekommen?"

„So nahe war ich ihm gar nicht", verneinte Danjal. „Ich habe ihn nicht einmal gesehen. Ich bin nur noch einmal zur Höhle hinter dem Wasserfall geflogen, um nachzusehen, ob Galfur sie vielleicht inzwischen verlassen hat. Und ich bin auch nicht näher als auf tausend Schritt herangekommen, da verspürte ich plötzlich diesen sengenden Schmerz und konnte meinen Flügel nicht mehr bewegen."

Überrascht sah ich ihn an: „Tausend Schritt sagst du? Bist du dir da sicher?"

„Ganz sicher."

Jetzt musste ich mir wirklich Gedanken um Galfurs Fähigkeiten machen. Wie war es ihm nur möglich, seine Eispfeile aus einer solchen Entfernung abzuschießen und dann auch noch ein bewegliches Ziel zu treffen? Verdammt, wie konnte er das schaffen? Es war mir ein Rätsel, denn allein schon um die magischen Kräfte zu kontrollieren hätte er doch näher dran sein oder besser sogar Sichtkontakt haben müssen.

„Warte noch ein oder zwei Tage, bevor du wieder Flugübungen machst", bat ich den Drachenjungen, „dann ist die Wunde weit genug verheilt."

Mit diesen Worten wand ich mich um, damit ich noch einmal einen Blick in Kaïtaras Nest werfen konnte, das sich gleich nebenan befand. Die werdende Drachenmutter hatte sich etwas von dem Gelege entfernt, um in aller Ruhe Früchte von den nahen Bäumen zu zupfen und in ihrem riesigen Maul verschwinden zu lassen. Sie musste sicherlich Unmengen davon vertilgen, um richtig satt zu werden. Zum Glück trugen die Bäume hier ständig Früchte, während andere in voller Blüte standen oder sich gerade in einer Wachstumspause befanden. Ich blieb an der hohen Lehmumrandung des Nestes stehen und spähte hinüber in die Vertiefung. Interessiert schaute ich auf die drei von der Sonne beschienenen Eier von Kaïtara und fragte mich, wie weit sie wohl entwickelt sein mochten, als ich ein knackendes Geräusch vernahm, das sich rasend schnell in ein Bersten steigerte.

Erschrocken blickte ich nach oben, als ich auch schon einen Baumstamm auf mich zukommen sah. Riesengroß erschien der gewaltige Stamm vor meinem Gesicht, doch anstatt auszuweichen, stand ich wie erstarrt da, konnte mich in diesen schrecklichen Sekunden einfach nicht bewegen, nicht begreifen, was da gerade geschah.

Irgendjemand brüllte mich an: „Weg da!"

Dann erhielt ich einen heftigen Stoß in die Seite und stürzte aufschreiend zu Boden. Schon prasselten Äste und Blätter auf mich, begruben mich wie unter einem grünen Dach, doch die Hauptlast des Baumstammes prallte neben mir auf den Waldboden. Verdattert lag ich da, hörte entsetzte und sorgenvolle Stimmen, ohne sie jedoch zuordnen zu können, dafür war ich viel zu benommen. Ich hätte nicht einmal sagen können, ob mir selbst etwas geschehen war, ich fühlte nur, dass ich mich nicht bewegen konnte, weil mich zahlreiche Äste am Boden festhielten.

Dann hörte ich plötzlich Jamies angstvolle Stimme: „Sandy! Sandy, hörst du mich?"

Ich wollte antworten, aber ich lag mit dem Gesicht auf dem Boden, Gras und Blätter wollten mir in den Mund dringen.

„So helft mir doch, den Stamm wegzuziehen!"

Jamie schrie die Drachen, die zweifellos hinzugeeilt waren, regelrecht an. Es knackte, schabe und krachte um mich herum.

Dann vernahm ich Danjals Gedankenstimme dicht neben mir: „Keine Angst, kleine Elfe, ich habe den Stamm abgelenkt und aufgefangen."

Noch immer begriff ich nicht recht, was überhaupt los war. Dann wurde ich plötzlich von Händen gepackt, Hände, die ich sehr gut kannte, und unter den Ästen hervorgezogen, um auch schon fest an einen Körper gepresst zu werden. Jamies Körper! Seine Hand strich mir Dreck und Haare aus dem Gesicht und tätschelte meine Wange. Unwillkürlich stöhnte ich auf, konnte jetzt wenigstens die Augen öffnen und blickte noch etwas benommen in das besorgte Gesicht meines Mannes.

„Oh, mein Gott, Sandy! Wenn dich der Baum richtig getroffen hätte, dann …"

Er brach von sich aus ab, um das Schreckliche nicht aussprechen zu müssen. Ganz fest hielt er mich.

„Ist dir auch wirklich nichts passiert, Darling?"

Besorgnis und Verzweiflung sprachen nicht nur aus seiner Stimme, sondern auch aus seinem Blick, sodass ich alle Kraft zusammennahm und zu lächeln versuchte.

„Alles … okay, glaube ich zumindest."

„Oh, Sandy!"

Erneut drücke er mich fest an sich und strich mir über den Kopf, der an seiner Brust ruhte. Wieder hörte ich es krachen und bersten, aber da sich Jamie nicht rührte, blieb auch ich ruhig. Doch als ich den Kopf etwas wandte, erkannte ich Danjal, der sich gerade wieder auf seine vier stämmigen Beine aufrichtete, nachdem die anderen Drachen den schweren Baumstamm von ihm heruntergezogen hatten. Ich sah, wie aus einem Riss in seiner rechten vorderen Flanke Blut über sein Vorderbein lief, doch an sich schien es ihm gut zu gehen.

„Danjal, mein Sohn, du hast die Elfe gerettet!"

Narami hatte diese Worte gesprochen, und so langsam begann ich zu begreifen. Er musste mich weggestoßen haben, als der Baum umkippte. Er hatte den Stamm mit seinem Körper abgefangen und mich davor bewahrt, erschlagen zu werden, während ihn das Teil selbst umgeworfen und unter sich begraben hatte. Er war mein Lebensretter! Und das alles, obwohl er selbst noch nicht wieder völlig genesen war. Langsam löste ich mich aus den Armen meines Mannes und sah zu dem halbwüchsigen Drachen auf, der den Kopf in meine Richtung schwenkte.

„Danke, Danjal. Du hast mir das Leben gerettet! Ich werde auf ewig in deiner Schuld stehen."

Alle blickten jetzt auf Naramis Sohn, der sich das Blut vom Bein leckte. Er schien zumindest nicht weiter verletzt zu sein oder gar fremde Hilfe zu benötigen. So ein kleiner Riss brachte einen Drachen wie ihn nicht um.

„Das habe ich gern getan, Elfe", versicherte er heldenhaft. „Ich konnte doch nicht zulassen, dass einer von uns dich umbringt!"

„Einer von uns?", echote Narami fragend. „Was meinst du damit, mein Junge?"

Der Jungdrache hielt sich noch zurück, anscheinend glaubte er, bereits zu viel gesagt zu haben, dann besann er sich doch darauf, bei der Wahrheit zu bleiben.

„Es war Widana, die den Baum umgestoßen hat. Und sie hat es mit voller Absicht getan."

Betroffen blickte er zu Boden, denn er hatte zwar die Wahrheit gesagt, damit aber eine von ihnen verraten. Betretenes Schweigen breitete sich aus. Man blickte sich verstohlen nach der Drachenmutter um, die ihr Gelege verloren hatte. Doch erst ich schaffte es schließlich zu verhindern, dass die Situation kippte, denn ich spürte durchaus, dass sich Wut über ihr Verhalten unter den Drachen breitmachte.

„Ich kann Widana verstehen", erklärte ich laut. „Sie macht mich dafür verantwortlich, dass sie ihre Kinder verloren hat. Sie wollte Genugtuung. Ich verzeihe ihr. Bitte bestraft sie nicht dafür!"

Dabei blickte ich fest auf Alvaro, der ja zu entscheiden hatte und jetzt mit harter Stimme fragte: „Wo ist Widana?"

Doch keiner der anwesenden Drachen konnte ihm eine Antwort geben. Die Drachenfrau war verschwunden. Jamie hatte mich inzwischen auf die Füße gestellt, als er bemerkte, dass ich schmerzlich das Gesicht verzog, und fast wieder zusammengesackt wäre.

Ein heftiger Schmerz war durch meinen Leib gezuckt, und ich rang einen Moment nach Luft und presste dann die Lippen fest aufeinander.

„Sandy, was hast du? Bist du doch verletzt?"

Jamie sah mich schon fast verzweifelt an, doch ich schüttelte rasch den Kopf und verneinte: „Nein, alles in Ordnung."

Allerdings blickte ich ihn dabei nicht an. Ich hatte ihm bisher verschwiegen, dass es mir in den letzten beiden Wochen morgens gar nicht gut gegangen war, und ich wusste nur zu gut, dass ich mit meiner monatlichen Regel bereits ein paar Tage überfällig war. Aber die Ereignisse der letzten Tage hatten mich davon abgehalten, zum Arzt zu gehen oder auch nur einen Test zu kaufen. Schließlich hatte ich mir doch die größten Sorgen um Jamie gemacht. Sollte ich wirklich schwanger sein, so konnte ich nur hoffen, dass dem Kind, Jamies Kind, durch den kleinen Unfall eben nichts passiert war.

Doch weitere Gedanken konnte ich mir nicht machen, da in diesem Moment Kaïtara mit ihrem Maul die letzten Äste von ihrem Nest herunterzog und einen schmerzlichen Schrei ausstieß, ein Schrei, der unendliches Leid ausdrückte. Überrascht wandten sich alle der Drachenmutter zu, die ungläubig auf ihr Gelege starrte, wo zwei ihrer drei Eier durch den umstürzenden Baum zerbrochen und der noch flüssige Inhalt ausgelaufen war. Nur ein einziges ihrer Eier war unbeschadet geblieben!

„Oh, nein, Kaïtara, das tut mir so leid", stieß ich wie betäubt hervor, denn indirekt war ich auch dafür verantwortlich.

Denn hätte ich das Tor zu dieser Welt nicht geöffnet, hätte Widana ihr Gelege nicht verloren, und sich auch nicht an mir rächen wollen, also auch den Baum nicht umgestoßen. Betrübt zog das junge Weibchen ihr verbliebenes Ei mit der Schnauze zu sich heran. Es war jetzt wohl angebrachter, sie allein trauern zu lassen. Jamie schien denselben Eindruck zu haben, ergriff erneut meine Hand und zog mich wortlos unter die Bäume zu unserem alten Lagerplatz. Was heute geschehen war, hätte nicht mehr passieren dürfen, und doch hatte es wieder zwei Opfer gegeben, zwei noch nicht geschlüpfte Drachenbabys. Nie hätte ich gedacht, dass mir so etwas so nahe gehen könnte. Lag es daran, dass ich Kaïtara besonders gern mochte? Oder empfand ich gerade für sie so viel, weil ich vielleicht selbst schwanger war? Ich wusste es nicht und konnte nur hoffen, dass sowohl sie als auch Widana über ihren tragischen Verlust irgendwann hinwegkommen würden.

Erst Stunden nach jenen Ereignissen, Jamie hatte mich die ganze Zeit über nicht mehr allein gelassen, kam mir noch eine andere Idee. In meiner Vision neulich nachts hatte ich ja nicht nur die eisigen Pfeile gesehen, die aus Galfurs Augen schossen, sondern auch Feuer um uns herum. Feuer und Eis vertrugen sich nicht, das war schon von Anbeginn aller Zeiten so, und diese Tatsache würde auch weiterhin Bestand haben. Doch wo war dieses Feuer hergekommen? Wieso hatten mich plötzlich Flammen umgeben? Dafür musste es doch eine Erklärung geben.

Als uns Narami an diesem Abend wieder einen Besuch abstattete, um nachzufragen, ob wir noch etwas brauchen würden, Wasser, Früchte oder Moos, da bat ich sie, noch einen Moment zu bleiben, da ich sie befragen wollte. Schließlich kannte sie sich gut genug in dieser Welt aus.

„Narami, kannst du mir bitte sagen, ob es irgendwo in eurem Land eine Feuerquelle gibt? Irgendeinen Ort mit großen Flammen, eventuell sogar eine Höhle, so wie die hinter dem Wasserfall?"

Nicht nur sie blickte mich überrascht an. Auch mein Mann horchte sofort auf, weil er nicht wusste, was ich mit dieser Frage bezweckte. Das Drachenweibchen stieß dieses Brummen aus, das tief in ihrer Kehle zu entstehen schien und für die Drachen allgemein typisch zu sein schien, wenn sie überlegten. Erst eine Minute später setzte sie zu einer Antwort an.

„Ich weiß zwar nicht, was du mit dieser Information anfangen willst, Elfe, aber ja, es gibt einen solchen Ort. Er liegt tief in der Erde, doch es führen etliche Gänge dorthin. Auch die Höhle, in der dein Partner hinter dem Wasserfall gewesen ist, dürfte eine Verbindung dorthin haben."

Interessiert hatte ich ihr zugehört und hakte nun nach: „Und wo befindet sich dieser Ort?"

„Es ist schon zu dunkel, als dass du den Berg noch sehen könntest, Elfe. Es ist ein Berg, von dem wir uns fernhalten, doch wenn man darüberfliegt, kann man in sein heißes Inneres blicken. Dort drinnen tanzen hohe Flammen, und man kann sogar die heiße Luft spüren, die daraus aufsteigt. In diesen Berg führen mehrere Höhlen hinein, die wohl alle miteinander in Verbindung stehen, das glaube ich zumindest, denn wirklich wissen können wir es nicht, weil sie für uns alle zu klein sind."

„Steigen da manchmal Rauch und Flammen aus dem Berg auf?"

„Ja", Narami nickte, „der Rauch hat einen üblen Geruch. Und des Nachts lässt sich manchmal ein roter Schimmer am Gipfel des Berges sehen. Eine Legende erzählt davon, dass sich der rote Schimmer auch schon ins Tal bewegt hat. Doch das haben wir nie selbst gesehen. Es muss schon sehr, sehr lange her sein."

Ich schluckte, das musste die Lösung für meine Vision sein. Wahrscheinlich stammten diese Gedanken von meiner Ahnin Valeria. Hatte sie mir damit ein Zeichen geben wollen, wie ich Galfur vielleicht besiegen konnte?

„Spricht sie etwa von einem aktiven Vulkan?", fragte mein Mann in die herrschende Stille hinein. „Gibt es hier einen Vulkan?"

„Für mich hört es sich so an", nickte ich zustimmend. „Kannst du uns diesen Berg zeigen?"

„Sicher", gab Narami zurück. „Ich kann euch morgen bei Tageslicht dorthin fliegen."

„Was hast du vor?", wollte Jamie jetzt sofort etwas ungehalten wissen. „Du willst doch nicht etwa in diese Höhlen unter dem Vulkan eindringen? Du bringst dich doch nur wieder in Gefahr!"

Sein Tonfall verriet mir nur allzu deutlich, was er von meinem Plan hielt, den er natürlich sofort durchschaut hatte.

„Wie bist du überhaupt auf die Idee mit dem Vulkan gekommen? Kannst du mir das verraten?"

Beruhigend legte ich meine rechte Hand auf seinen Arm und lächelte ihn an: „Es ist rührend, dass du dir so große Sorgen machst, Darling, aber ich hatte gar nicht vor, diese Höhlen zu erkunden."

„Nein?"

„Nein. Ich möchte mich nur über die Örtlichkeiten informieren, und ich suche nach einer Möglichkeit, Galfur unschädlich zu machen, wenn es zu einer Auseinandersetzung kommt. Und dass es dazu kommen wird, dessen bin ich mir ganz sicher. Die Frage ist nur wann und wo. Meine magischen Kräfte mögen ausreichen, um ihn eine Zeit lang aufzuhalten, aber auf keinen Fall kann ich ihn damit ausschalten. Deshalb suche ich nach Möglichkeiten, wie es mir doch noch gelingen könnte."

„Und da kommt dir einfach so die Frage nach einem Vulkan in den Sinn?", hakte er sofort skeptisch nach.

„Natürlich nicht, aber in meiner Vision hat das Feuer eine große Rolle gespielt. Und wenn es Galfur tatsächlich gelingt, Pfeile aus Eis zu verschießen, dann liegt es doch nahe, ihn mit Feuer zu bekämpfen. Außerdem hat sich meine Ahnin Valeria doch in einen solchen Vulkankrater gestürzt. Es muss ihn also geben!"

Jetzt sah er mich verdutzt an: „Pfeile aus Eis? Davon hast du noch nichts erzählt!"

„Es war ja auch nur wieder eine Vision. Aber wenn sie sich bewahrheiten sollte, dann möchte ich doch lieber gewappnet sein."

Meine Worte mochten ihn überzeugt haben, zumindest zunächst einmal, denn er stimmte mir jetzt zu und meinte: „Gut, dann lass uns morgen zu diesem Vulkan fliegen. Aber du wirst mir nicht in diese Höhlen gehen! Darauf bestehe ich!"

Auch wenn seine Worte sehr bevormundend klangen, so konnte ich ihn doch verstehen. Es sprachen ja schließlich nur seine Sorge und seine Angst um mein Wohlergehen daraus, da war sein Verhalten durchaus zu verstehen. Deshalb stimmte ich lächelnd zu. Hauptsache war, ich bekam erst einmal einen Eindruck von diesem Vulkan und von der Gegend. Vielleicht fiel mir dann auch eine Lösung ein, wie man Galfur in eine Falle locken konnte.

Da es bereits recht dunkel geworden war, unterließ es Narami, sich in die Luft zu erheben, sondern stapfte auf ihren vier stämmigen Beinen davon, um uns jetzt allein zu lassen. Die lederartigen Flügel legte sie dafür dicht an den Körper, damit sie an den Bäumen nicht hängen blieb. Sie war unseren Blicken kaum entschwunden, als Jamie mich an sich zog und mir forschend ins Gesicht blickte.

„Ich hoffe, du hast das eben ernst gemeint, dass du dir den Vulkan nur aus der Nähe ansehen willst und nicht etwa auch die Höhlen."

Ganz offen sah ich ihm jetzt in die Augen. Ich wäre gar nicht fähig gewesen, ihn jetzt anzulügen, nein, ganz sicher nicht.

„Ja, es stimmt, ich möchte mir nur den Vulkan ansehen, in den sich meine Ahnin Valeria gestürzt hat. Vielleicht kann ich dort bereits einen Hinweis entdecken."

„Nun gut, aber ich werde dich begleiten und nicht von deiner Seite weichen!"

Er sagte diese Worte schon fast wie einen Schwur, und ich wusste, dass er es auch so meinte.

Die Sonne war kaum aufgegangen, als uns Narami auch schon abholte. Sie befand sich in Begleitung von Alvaro, dem sie meine Vermutung, wie man Galfur bekämpfen konnte, mitgeteilt hatte. Nun wollte er uns sicherheitshalber begleiten.

Noch so ein Macho, der uns Frauen nichts zutraut, dachte ich bei mir, ohne es jedoch auszusprechen.

Aber mein Blick begegnete dem von Narami, und ich konnte ein belustigtes Aufblitzen in ihren Augen erkennen. Sie schien genauso zu denken wie ich. Mit einem Lächeln um die Mundwinkel bestieg ich Naramis Rücken. Jamie kletterte hinter mich, und sofort spürte ich seinen linken Arm, der sich um meine Taille legte. Obwohl es mir heute Morgen gut ging, wollte er mich wohl der Vorsicht wegen lieber festhalten.

Kaum dass wir sicher saßen, breitete das Drachenweibchen ihre Schwingen aus, tat zwei schnelle Sprünge und schraubte sich in die Lüfte empor. Diesmal schien ich den Flug sogar genießen zu können, denn mir wurde erstaunlicherweise nicht übel. Trotzdem vermittelte mir Jamies Hand ein gewisses Gefühl der Sicherheit. Wir schlugen wieder die Richtung zum Wasserfall ein, überflogen ihn jedoch und näherten uns einer in der Ferne liegenden hohen Bergspitze, die von Wolken umgeben zu sein schien, doch als wir näher kamen, rochen wir eindeutig Rauch und eine Schwefelverbindung. Nicht gerade angenehm. Nach den ersten zwei Atemzügen rebellierte sofort mein Magen, sodass ich nur noch ganz flach durch den Mund zu atmen versuchte. Hauptsache, ich musste das Zeug nicht allzu sehr riechen.

„So muss die Hölle riechen", hörte ich Jamies Worte dicht an meinem linken Ohr, da er sich zu mir vorgebeugt hatte. „Geht es noch?"

Anscheinend hatte er auch diesmal bemerkt, dass ich zu kämpfen hatte, aber ich wollte mich nicht unterkriegen lassen, also nickte ich und stieß zwischen den Zähnen hervor: „Geht schon."

Gespannt schaute ich nach unten, da Narami jetzt den Gipfel anflog, um sehr niedrig darüber hinwegzusegeln. Man schien tatsächlich dort hinaufklettern zu können – bis dicht an den Kraterrand, den wir gerade überflogen. Selbst durch den Rauch hindurch ließ sich die rot glühende Lava in dem Vulkanschlot erkennen. Kein Zweifel, dieser Glutofen war noch sehr aktiv, doch wollte ich mir kein Urteil darüber erlauben, wann es wieder zu einem Ausbruch kommen würde. Da die Luft immer schlechter wurde, was natürlich auch die Drachen bemerkten, Alvaro war uns ja dicht gefolgt, zog Narami ihre Bahn jetzt eilig höher und dann wieder weg von dem direkten Einfluss des Vulkans, worauf die Atemluft sich sofort verbesserte. Trotzdem musste ich husten, und meine Augen tränten vom Rauch. Und obwohl es meinem Mann auch nicht viel besser gehen konnte, hielt er mich jetzt noch fester umklammert. Und das war mein Glück!

Ich hatte durch die Gase aus dem Vulkan so viel mit mir selbst zu tun, dass ich die magische Ausstrahlung von Galfur gar nicht bemerkt hatte. Und diese Unaufmerksamkeit hatte er schamlos ausgenutzt, um einen Angriff zu starten, denn er hielt sich tatsäch lich in den Höhlen des Vulkans auf. Wie aus dem Nichts heraus schoss er seine Magie auf uns ab, einen hell leuchtenden magischen Strahl von solch starker Intensität, dass er mich sicher sofort getötet hätte, wenn er mich direkt und nicht erst mein Amulett getroffen hätte. Allein der Aufprall hätte mich schon vom Rücken des Drachen geworfen. Ich geriet, einen entsetzten Schrei ausstoßend, bedenklich ins Rutschen, doch Jamies Arm hielt mich fest. Er hatte zum Glück im Bruchteil einer Sekunde reagiert, obwohl er sich dabei selbst mit der freien Hand an einen Rückendorn festklammern musste, um nicht gemeinsam mit mir abzurutschen.

Narami ging sofort in einen Sinkflug über, da sie alles mitbekommen hatte. Entsetzt stieß sie einen Feuerstrahl aus ihrem Maul aus, der einen bestimmten Punkt am Boden traf, an dem sie den Magier kurz zuvor noch hatte ausmachen können. Doch nun war er bereits verschwunden. Obwohl ich bei Bewusstsein war, hing ich ziemlich schlaff im Arm meines Mannes und rang um Atem. Das Amulett hatte mich zwar erneut beschützt, aber ich hatte einen sehr starken Schlag gegen die Brust abbekommen. Meine Bluse zeigte an der Aufprallstelle einen Brandfleck. Darunter leuchtete das Amulett hervor, das keinen Schaden genommen, sondern die Magie bekämpft hatte. Trotzdem schaffte ich es kaum, Luft zu holen, und röchelte regelrecht, als ob mir Galfurs Magie die Lungen zusammenpressen würde.

Endlich erreichte Narami wieder die Talsenke und landete auch sofort, worauf Jamie von ihrem Rücken rutschte und ich, seiner haltenden Hand nun beraubt, einfach herunter und in seine Arme fiel, wo er mich zu Boden gleiten ließ. Ich konnte das Entsetzen in seinen Augen sehen, als er den großen Brandfleck entdeckte und sogleich meine Bluse öffnete. Dann lag Erstaunen in seinem Blick, da meine Haut völlig unversehrt war. Die Magie war von dem Amulett gänzlich aufgefangen und absorbiert worden. Mir war außer dem Schlag nichts geschehen, und den würde ich auch noch überwinden. Mein Atem ging jetzt schon wieder etwas tiefer und ruhiger, und ich versuchte, ihm ein zaghaftes Lächeln zu schenken, sodass er mich eilig an seine Brust zog. Er musste unendlich glücklich sein, dass mich der Strahl nicht getötet hatte.

Minutenlang verharrten wir so in inniger Umarmung, bis ich ihn schließlich zaghaft aufs Kinn küsste und damit meinen Dank ausdrückte, meinen Dank dafür, dass er mich festgehalten und gerettet hatte, dass er einfach immer da war, wenn ich ihn brauchte. Inzwischen war auch Alvaro gelandet und herangekommen. Er stand groß und wuchtig neben seiner Partnerin und wartete geduldig, bis er mit uns reden konnte.

„Du hattest recht, Elfe, der Zauberer, der uns so übel mitgespielt hat, hält sich in den Höhlen des Vulkans auf. Was willst du nun tun? Er hat auch dich nur benutzt und fast besiegt! Glaubst du noch immer, dass du etwas gegen ihn ausrichten kannst?"

Ich hatte mich mit Jamies Hilfe mühsam aufgerichtet und blickte dem Anführer der Drachen fest entgegen, als ich erwiderte: „Er wollte mich töten! Hat er es geschafft?"

„Nein", gab Alvaro zu, „aber er war nahe dran!"

„Das mag sein, und trotzdem werde ich nicht aufgeben, erst recht nicht jetzt, da ich weiß, wo er sich versteckt hält. Und ich weiß, wie man ihn bekämpfen kann!"

„Sandy! Nein!" Jamie fuhr mir sofort in die Parade: „Du wirst dich keinem Risiko mehr aussetzen!"

„Menschen!", stieß Alvaro verächtlich hervor und wollte sich enttäuscht abwenden.

Doch meine Worte holten ihn ein: „Meine Ahnin hat mir gesagt, wie ich Galfur bekämpfen und vernichten kann. Ich habe nur nicht vor, wie sie mit ihm zusammen in den Tod zu gehen. Aber du, Alvaro, du kannst fliegen, du hast die Kraft, ihn dorthin zu befördern, wo er in die Hölle eingeht – in den Vulkan!"

Der riesige Drache war stehen geblieben und wandte den Kopf zurück, wobei er mich mit einem fragenden Blick aus seinen kleinen Augen mit den geschlitzten Pupillen bedachte.

„Ich lenke ihn durch meine Kräfte ab, und du beförderst ihn in den Vulkan!"

„Sandy, Darling, das kannst du doch nicht ernst meinen?"

Die Hände meines Mannes rutschten von meinen Schultern herunter. Die Enttäuschung über meinen Entschluss stand ihm nur allzu deutlich ins Gesicht geschrieben. Aber ich reagierte nicht auf seinen Einwand, denn ich drückte in diesem Moment anscheinend so viel Überzeugungskraft aus, dass der Drachen tatsächlich zurückkam und vor uns stehen blieb.

„Meinst du das tatsächlich ernst, Elfe?"

„Ja", bestätigte ich, „mein Entschluss steht fest!"

Während Alvaro sein typisches Knurren ausstieß, stand mein Mann einfach auf. Ich las Enttäuschung in seinem Gesicht, Enttäuschung darüber, weil ich nicht auf ihn hörte, weil ich bereit war, mich einem solch ungleichen Kampf, dessen Ende völlig offen war, auszusetzen. Überrascht sah ich zu ihm auf. Eben war er doch noch so fürsorglich und erleichtert gewesen, doch nun zeichnete einfach nur Enttäuschung sein Gesicht.

Leise, fast tonlos sagte er zu mir: „Wenn du das tust, kannst du diesmal nicht mit meiner Unterstützung rechnen, Sandra!"

Dann drehte er sich einfach um und ging davon, ließ mich sitzen wie ein kleines Häufchen Elend, als das ich mich in diesem schrecklichen Moment auch fühlte. Er hatte mich Sandra genannt, nicht Sandy. Das hatte er, seitdem wir uns kennengelernt hatten, nicht mehr getan. Ich musste ihn sehr verletzt haben mit meinem Entschluss, ich musste ihn bis ins Mark getroffen haben, weil mir meine Aufgabe anscheinend mehr als unser gemeinsames Leben, mehr als unsere Liebe bedeutete. Ich hatte ihn enttäuscht, etwas, was ich nie tun wollte. Und nun hatte ich ihn so vor den Kopf gestoßen, dass er einfach davonging. Barfuß marschierte er über die Wiese und den restlichen Hang hinunter auf den Urwald zu, hinter dem irgendwo der Brutplatz liegen musste.

Allein sein Tonfall hatte so viel seelischen Schmerz ausgedrückt, dass ich es kaum fassen konnte. Mit meiner Entscheidung hatte ich seine Liebe und Fürsorge abgelehnt, und diese Tatsache hatte ihn härter getroffen, als ich das je erwartet hätte. Ich hatte das Gefühl, das mir das Herz herausgerissen würde. Plötzlich standen mir Tränen in den Augen, nahmen überhand und bahnten sich ihren Weg über meine Wangen. Ich starrte hinter ihm her, hinter dem Mann, der mir alles, wirklich alles in meinem Leben bedeutete, und der mich jetzt einfach allein ließ. Wie unter Schmerzen schluchzte ich auf und konnte es doch nicht begreifen, dass er so etwas tun konnte. Aber er war tatsächlich gegangen, hatte nicht einmal ein Wort des Abschieds gesagt, nichts, absolut nichts.

Konnte er denn nicht begreifen, dass ich meine Aufgabe beenden musste, dass wahrscheinlich nur ich dazu in der Lage war? Was war mit den vielen schönen Stunden, die wir miteinander verbracht hatten? Was war aus den leidvollen Stunden geworden, die uns untrennbar zusammengeschweißt hatten? War das alles plötzlich nichts mehr wert? War der Weg von Valeria denn auch mein Weg? Nein, das wollte ich nicht hinnehmen! Ich gab mir selbst einen Ruck und stand auf, riss mich von dem Anblick seiner in der Ferne kleiner werdenden Gestalt los und wischte mir schniefend mit dem Handrücken die Tränen aus dem Gesicht.

Mit noch immer tränenverschleiertem Blick sah ich zu den beiden Drachen auf und fragte: „Würde mich einer von euch beiden bitte wieder zurückfliegen?"

Narami überlegte nicht lange und bestimmte einfach: „Mach du das, Alvaro. Ich suche den Partner der Elfe und achte darauf, dass er den Weg findet."

Sie wartete nicht einmal eine Antwort ab, sondern erhob sich sogleich in die Luft, um in einem großen Bogen auf den Wald zuzufliegen, in dem Jamie inzwischen verschwunden war.

„Dann steig mal auf, kleine Elfe", forderte der Anführer der Drachen mich schließlich auf, während er sich neben mir ablegte, damit ich leichter auf seinen Rücken klettern konnte. „Und halte dich gut fest!"

Ich klammerte mich bereits an den Rückendorn vor mir, als er sich mit einem Ruck nach vorn und dann mit einem nach hinten erhob. Schwierig wurde es erst, als er nach kurzem Anlauf anscheinend in die Luft sprang, aber sofort in ein elegantes Segeln überging. Ja, er war ein guter Flieger, doch das nützte mir im Moment wenig, da ich mich allein auf seinem Rücken halten musste und mir kaum traute, einen Blick nach unten zu werfen. Auf einem Drachen zu fliegen, war absolut nicht meine Welt!

Und so war es nicht verwunderlich, dass es mir wieder speiübel war, als wir endlich wieder landeten und ich eilig zwischen einigen Büschen verschwand, um mich zu übergeben. Leichenblass, völlig fertig, mit noch immer schmerzender Brust von der Prellung und natürlich schwer enttäuscht von Jamies Verhalten zog ich mich an unseren alten Lagerplatz zurück. Ich ließ mich auf das Moos sinken, rührte die bereitliegenden Früchte aber nicht an. Mir war nun wirklich nicht nach essen zumute. Am liebsten hätte ich einfach drauflos geheult, dabei hätte ich so dringend jemanden zum Reden gebraucht, jemanden, der mich verstand, mit mir fühlte und einfach bei mir war. Doch der einzige Mensch, von dem ich das hätte erwarten können, hatte mich vor meiner schwersten Prüfung einfach verlassen. Er hatte mir knallhart ins Gesicht gesagt, dass ich nicht mehr mit ihm rechnen könne. Seine Worte schmerzten noch mehr als die Prellung. Außerdem machte ich mir doch Sorgen um ihn, denn er war noch nicht an unseren Lagerplatz zurückgekehrt.

Es war bereits dunkel geworden, als ich noch immer auf demselben Fleck hockte und auf eine Nachricht von ihm wartete oder darauf, dass er einfach zu mir kam, mich in den Arm nahm und sagte, dass er mich liebe, als Narami sich langsam näherte, um mich nicht zu erschrecken.

„Elfe", sprach sie mich an, „mach dir keine Gedanken. Ich habe deinen Partner unterwegs aufgelesen und hierher zum Brutplatz gebracht."

„Wirklich? Aber wo ist er denn?"

Ich war sofort hellwach, doch sie hatte leider auch eine schlechte Nachricht für mich, denn er wollte allein sein und die Nacht auf der anderen Seite des Platzes verbringen, jedenfalls nicht bei mir. Das versetzte mir eine erneute Ohrfeige, und ich fing fast augenblicklich wieder an zu weinen, obwohl ich das absolut nicht wollte. Aber mein Herz lief einfach über.

„Ich bleibe heute Nacht hier", beschloss das Drachenweibchen sofort. „Alvaro wird das verstehen."

„Danke, das ist lieb von dir", schniefte ich und ließ mich auf das Lager nieder, das ich letzte Nacht noch mit meinem Jamie geteilt hatte.

Obwohl ich völlig fertig war und der Ruhe dringend bedurft hätte, wollte der Schlaf noch lange nicht kommen. Der Kummer über unseren dummen Streit, obwohl es ja eigentlich gar kein Streit gewesen war, also dann wohl mehr der Kummer über Jamies Reaktion, ließ mich einfach keinen Schlaf finden. Wie versprochen hatte Narami sich ganz in meiner Nähe abgelegt und schlummerte wohl schon längst, als ich mich endlich auch in einen unruhigen Schlaf weinte. Träume plagten mich jedoch, Träume, die eher zu Albträumen gerieten. In einem rannte ich hinter Jamie her und versuchte, ihn aufzuhalten, ihn zurückzuziehen – wovon auch immer. Doch als er sich umdrehte, war es gar nicht mein Mann, sondern Galfur, der mich hämisch angrinste und dann in ein schallendes Gelächter ausbrach.

Schweißgebadet erwachte ich, musste begreifen, dass ich noch immer allein auf diesem Lagerplatz lag, dass Jamie nicht zurückgekommen war, was mir einen erneuten Stich versetzte.

Wenn ich ihn doch nur nicht so sehr lieben würde, dachte ich bekümmert und schlief schließlich doch wieder ein.

Der kommende Morgen war noch schlimmer als die vergangene Nacht. Ich fühlte mich erschöpft und absolut nicht in der Lage, mich einem Gegner wie Galfur zu stellen. Tatsächlich kam mir der Vergleich – durchgekaut und wieder ausgespuckt – gar nicht so falsch vor. Da ich kaum geschlafen hatte, fühlte ich mich körperlich zerschlagen, und da ich ständig an Jamie denken musste, stand es mit meiner psychischen Verfassung auch nicht gerade zum Besten.

Um einigermaßen wach zu werden, wusch ich mir wenigstens das Gesicht mit einem Teil des Wassers, das noch in den Plastiktüten vorrätig war, und steckte mir eine der süßen gelben Früchte in den Mund, kaute aber nur lustlos darauf herum, da ich absolut keinen Hunger verspürte. Immer wieder ging mir dabei die Bemerkung von Valeria durch den Kopf, ich solle Galfur das anbieten, was er haben wolle, dann würde er sicher kommen. Also brauchte ich ein Drachenei. Aber woher nehmen und nicht stehlen?

Ein echtes Ei konnte ich dem Risiko, vielleicht zerstört zu werden, nicht aussetzen. Das war ganz unmöglich! Und so zermarterte ich mir den Kopf, was ich tun sollte. Da Narami mit ihrem feinen Gespür sofort wahrnahm, dass mich nicht nur Jamies Verhalten belastete, sondern dass sich auch schwere Gedanken hinter meiner Stirn breitmachten, forderte sie mich auf, mir meinen Kummer von der Seele zu reden.

Ich sah sie mit müden Augen an und stieß dann einfach hervor: „Ich brauche ein Drachenei, Narami, eines, das ich jedem Risiko aussetzen kann, ohne dabei vielleicht ein Leben zu zerstören. Aber das ist ein Problem, für das es keine Lösung gibt. Ich kann doch nicht einfach sämtliche Dracheneier in diesem Tal danach abfühlen, ob ich darin Leben entdecken kann. Außerdem, welche der Drachenmütter würde mir denn glauben, dass gerade in ihrem Ei sich kein Nachwuchs entwickelt? Sie würde doch denken, dass ich das nur sage, um schließlich doch an ein Ei zu kommen!"

Narami sah mich mit einem nicht zu deutenden Blick an, schien hin und her zu überlegen und sagte schließlich voller Überzeugung: „Dein Partner ist dagegen, dass du dich einer solchen Gefahr aussetzt, Elfe. Aber ich zeige dir trotzdem das Ei, das diesen Ansprüchen genügt."

Ich blickte sie verdutzt an: „Ein Ei, das diesen Ansprüchen genügt? Was meinst du damit?"

Sie verzog wissend die Mundwinkel und verkündete mir dann das kleine Geheimnis, das hier anscheinend wirklich jeder Drachen kannte, ohne es jedoch jemals weiterzuerzählen. Indem sie mit dem Kopf in die Richtung wies, in der auch Kaïtaras Nest lag, ging sie bereits darauf zu.

„Siehst du den Brutplatz, der von hier aus gesehen, hinter dem von Kaïtara liegt? Der mit dem besonders hohen Rand aus Lehm und Gras? Das Nest dort enthält auch ein Ei, ein sehr, sehr altes Ei. Eine Legende berichtet, dass es das erste Ei gewesen ist, das in diesem Tal von einem Drachen gelegt worden ist. Doch aus ihm ist nie ein Drachenbaby geschlüpft, und das Ei ist mit der Zeit versteinert. Keine andere Drachenmutter hat in der langen Zeit das Nest je wieder benutzen wollen, da sie alle das steinerne Ei als schlechtes Omen für ihren eigenen Nachwuchs angesehen haben. Aber es befindet sich noch dort."

Jetzt sah sie mich auffordernd an, und ich musste lächeln: „Du glaubst, ich solle so tun, als ob das ein Ei wäre, das für Galfurs Zwecke geeignet ist? Ich soll ihn damit hereinlegen?"

„Das wäre doch einen Versuch wert, nicht wahr? Wenn er das Ei zerstört, bevor du ihn zur Strecke bringen kannst, indem du es Alvaro ermöglichst, ihn in den Krater zu stürzen, so hat er zumindest kein Drachenleben vernichten können."

Ein steinernes Ei! Der Vorschlag war gar nicht so schlecht, das musste ich Narami lassen. Die Idee war wirklich sehr gut! Es lag nur an mir, den Plan so echt aussehen zu lassen wie nur möglich und ihn in die Tat umzusetzen. Ich musste mich nur so verhalten, als ob dieses Ei etwas ganz Besonderes sei, sodass Galfur darauf hereinfiel. Natürlich bedeutete das wieder ein gewisses Risiko für mich. Und genau das hatte Jamie verhindern wollen!

Sofort gab dieser Gedanke meinem Herzen wieder einen Stich. Wir hatten bisher wichtige Dinge immer zusammen entschieden, und nun wollte ich gegen seinen ausdrücklichen Willen handeln. Aber das tat ich ja gezwungenermaßen schon die ganze Zeit, schon von dem Moment an, da Galfur meinen Mann als Geisel genommen hatte. Musste ich da jetzt nicht auch weitermachen? War das nicht geradezu meine Pflicht?

Es war so verdammt schwierig für mich, eine Entscheidung zu treffen, eine hoffentlich richtige Entscheidung. Doch zunächst wollte ich mir dieses Nest mit dem uralten Ei erst einmal ansehen, wollte mich mit der Örtlichkeit vertraut machen und feststellen, wie weit Kaïtaras Nest entfernt lag, denn schließlich wollte ich ihr verbliebenes Ei keiner erneuten Gefahr aussetzen. Aber mein vorgezeichnetes Schicksal hatte es wohl anders bestimmt!

Da Narami zu zwei anderen Drachenweibchen gerufen wurde, anscheinend um einen kleinen Streit zwischen ihnen zu schlichten, bat sie mich, vorerst allein über den Brutplatz zu gehen. Sie wollte mir dann so schnell wie möglich folgen. Und da ich ja nichts Besseres zu tun hatte und auch nichts anderes tun konnte, schlenderte ich zwischen den vielen Nestern umher. Galfur würde mich finden, ich brauchte also nur zu warten. Und dass ich mich hier am Brutplatz aufhielt, konnte er sich ja wohl an seinen zehn

Fingern abzählen. Und er würde kommen, denn ich konnte mir nicht vorstellen, dass er es so einfach hinnahm, dass ich ihm bei seinem Zaubertrank so ins Handwerk gepfuscht hatte.

Nach einiger Zeit erreichte ich schließlich auch das Nest, hinter dem von Kaïtara, dasjenige, in dem sich das versteinerte Ei befinden sollte. Da ich schon einmal da war, wollte ich natürlich auch einen Blick hineinwerfen und zog mich mühsam ein Stück am Rand hoch, dessen Höhe mir einen einfachen Einblick leider nicht gestattete. Kaum dass ich über den Rand spähen konnte, erkannte ich bereits das längliche Ei, das sogar recht groß war, größer als die Eier, die ich bisher gesehen hatte. Jedenfalls kam es mir so vor. Leider verlor ich in dem Moment das Gleichgewicht und kippte kopfüber in das Nest. Da ich mit dem Gesicht in einer Unmenge alten Laubes landete, das sich hier durch den Wind angesammelt hatte, wurde mein Aufschrei bereits im Keim erstickt. Aber ich landete wenigstens weich und tat mir nicht weh.

Mühsam kämpfte ich mich frei und stieß auch prompt gegen das Riesenei, das sich tatsächlich als steinern erwies. Ich streifte mir zunächst das alte Laub aus den Haaren und schüttelte es auch von meiner Kleidung, die allerdings sowieso schon sehr mitgenommen aussah. Da kam es auf eine erneute Verschmutzung schon nicht mehr an. Neugierig ließ ich meine Hand über die versteinerte Schale gleiten, die ganz und gar nicht leblos aussah. Aber Narami hatte recht, denn dieses Ei war wohl seit Jahren oder besser seit Jahrhunderten nicht mehr gewendet worden. Da es sich um Stein handelte, war es von der Sonne stark erhitzt. Konnte ich Galfur damit wirklich täuschen?

Ich wollte es doch wenigstens versuchen und gab mir den Anschein, um dieses Ei besonders besorgt zu sein. Ich warf das alte Laub aus dem Nest, behielt nur so viel, um das Ei rundherum gut polstern zu können, und entfernte auch den Staub auf seiner oben liegenden Seite. Jetzt sah das Nest doch wenigstens wie alle anderen aus, die von den Drachenmüttern betreut wurden. Und für den Fall, dass der Magier mich beobachtete, legte ich meine Arme um das Steinei, gerade so, als wolle ich sein Innenleben erforschen, das natürlich gar nicht existierte. Doch das wusste er ja nicht.

Von innen war es dann für mich viel leichter, den hohen Rand zu erreichen und mich nach oben und über den Rand zu ziehen. Diesmal rutschte ich kontrolliert herunter und landete auch auf meinen Füßen. Hoffentlich würde Galfur auf das falsche Gelege hereinfallen. Trotzdem wollte ich mich in der Umgebung noch etwas umsehen, jedenfalls solange, bis Narami zurückkommen würde, und schritt deshalb einfach drauflos.

Nach einiger Zeit befand ich mich etwa in der Mitte des Tales zwischen den Nestern, die zum Teil von den Drachenmüttern bewacht wurden, die ihre Eier immer wieder wendeten und erneut nach der Sonne ausrichteten, damit sie auf einer Seite weder überhitzt wurden noch auskühlen konnten. Kleine, gerade geschlüpfte Drachen sah ich hingegen keine, da diese mit ihren Müttern den Brutplatz sehr schnell verließen und in die umgebenden Wälder zogen, wie mir Narami erklärt hatte.

Während ich langsam dahinschritt, fiel mein Blick auf den gegenüberliegenden Rand des Tales, wo ebenfalls hohe Baumriesen standen, als ich dort eine Bewegung wahrnahm. Im ersten Moment glaubte ich, Galfur würde dort einfach auftauchen, doch als die Person aus dem Schatten trat, erkannte ich meinen Mann, der zielstrebig die andere Seite erreichen wollte. Er bemerkte mich fast im selben Moment, stockte kurz, und während ich schon glaubte und wohl auch hoffte, er würde zu mir kommen, verhielt er kurz seinen Schritt, um ihn dann etwas abseits zu lenken, damit sich unsere Wege nicht kreuzen würden.

Entsetzt starrte ich in seine Richtung. Wie konnte er mir so etwas antun? Sein Verhalten versetzte mir einen schmerzhaften Stich, der mir durch und durch ging. Er sah nicht einmal zu mir herüber, dabei hatte ich ihm gerade zuwinken wollen. Nun unterließ ich es, allerdings bemerkte ich, dass er mich anscheinend aus den Augenwinkeln heraus doch im Blick behielt. Doch so würden wir jetzt nicht aufeinandertreffen. Wusste er eigentlich, wie sehr er mir damit wehtat? Ahnte er, wie sehr es mich schmerzte, dass er mir seine Liebe entzog? Wie konnte er selbst diese Situation ertragen? Oder war seine Liebe nur geheuchelt? Nein, das konnte nicht sein! Aber wie konnte er sich dann so einfach abwenden?

Nach der letzten Nacht hatte ich nicht einmal mehr Tränen übrig. Wie sollte ich nur mit diesem Schmerz umgehen?

Und dann hatte ich auch schon keine Zeit mehr, mich in meinem Kummer zu ergehen, denn ganz plötzlich spürte ich den Anprall von fremder Magie: feindlich, böse und extrem stark! Ich blieb stehen, als sei ich gegen eine Wand gelaufen, konnte einfach nicht mehr weitergehen und stöhnte wie unter Schmerzen auf. Aber es war die psychische Belastung, die mich so reagieren ließ. Im ersten Moment wusste ich noch nicht einmal, was überhaupt los war. Dann kam mir die Erkenntnis, dass es nur der Magier sein konnte, der einen Angriff auf mich gestartet hatte, einen Angriff, der mich völlig aus der Bahn warf, da ich nicht damit gerechnet hatte. Ich war viel zu sehr abgelenkt gewesen.

Um eine Gegenmagie aufzubauen, war es jetzt schon fast zu spät für mich. Ich schwankte, stolperte noch ein oder zwei Schritte vorwärts, dann gaben meine Beine nach. Ich sackte mit einem gequälten Stöhnen zu Boden und glaubte bereits, meinem Gegner ausgeliefert zu sein. Doch so uninteressiert sich Jamie auch gegeben hatte, er hatte mich doch im Auge behalten. Schließlich war er mit der ganzen Situation genauso unzufrieden wie ich. Und so hatte er mich auch schon schwanken gesehen, war sofort losgelaufen und ergriff nun stützend meinen Arm. Überrascht und mit schmerzerfülltem Blick sah ich zu ihm auf.

„Gal…fur", brachte ich kaum verständlich über die Lippen, damit er wenigstens gewarnt war.

„Wo? Ich sehe ihn nirgends!"

Mein Mann hockte neben mir, wollte mir helfen, wusste aber nicht wie. Und er hätte es in dieser Situation auch gar nicht gekonnt. Gegen die Magie des Zauberers musste ich schon selbst und aus eigener Kraft ankämpfen. Trotzdem war ich froh, dass er bei mir war, denn seine Nähe stärkte mich, gab mir Halt und Trost, bis ich endlich so weit war, aufzubegehren gegen diese unsichtbaren Zauberkräfte, die zunächst nur mich trafen. Ich umklammerte seine rechte Hand mit der meinen, versuchte tief und ruhig zu atmen, auch wenn mir Galfur etwas anderes aufzwingen wollte. Er war stark, so unendlich stark, dass ich es kaum glauben konnte. Und trotzdem wehrte ich mich dagegen, stärkte mich an Jamies Glauben an mich und an seiner Liebe, beides Dinge, die ich eindeutig fühlen konnte.

Langsam ging es mir besser. Ich schaffte es, eine Schutzwand um mich herum aufzubauen, einen Wall, an dem Galfurs Magie schließlich abprallte. Und ich kämpfte mich zitternd wieder auf die Beine, wurde die nächste Minute noch von meinem Mann gestützt, dann stand ich allein. Erhobenen Kopfes suchte ich die Umgebung ab, um den Ausgangspunkt der Magie zu finden, denn nur dort konnte sich mein, nein, unser gemeinsamer Feind aufhalten.

Und dann sah ich ihn plötzlich! Einem Rachegott gleich stand Galfur uns gegenüber auf einem Hügel. Sein Mantel wurde vom Wind aufgebauscht und wehte um seine hagere Gestalt, wodurch er viel massiger erschien, als er in Wirklichkeit war.

Obwohl er sich ein gutes Stück von uns entfernt befand, glaubte ich, diesen eisigen Blick seiner Augen zu erkennen, Augen, die er in seinem magischen Kampf gegen uns und die Drachen einsetzte. Und genauso wie in meinem Traum schossen aus ihnen plötzlich Pfeile aus Eis hervor, Pfeile, die dort, wo sie auf den Boden trafen, in Windeseile alles vereisen und erstarren ließen. Kein Zweifel, Galfur brachte dem gesamten Tal und der Welt der Drachen nichts weiter als den Untergang. Deshalb musste ich ihn stoppen!

Ich starrte zu ihm hinauf, sammelte alle meine Elfenkräfte und konzentrierte mich darauf, sie zu bündeln und gegen ihn einzusetzen. Wenn er sein Ziel noch erreichen wollte, dann musste er mich ausschalten! Und das wusste er auch! Von einer Sekunde auf die nächste begann der Boden unter meinen Füßen zu beben. Galfur zapfte anscheinend die Kraft des Vulkans an, schien diese für sich selbst nutzen zu wollen. Doch dabei vergaß er, dass die Urkräfte der Erde und der Natur schon immer den Erdgeistern, Feen und Elfen zugeschrieben wurden. Deshalb konnte ich das gar nicht zulassen!

Ich konzentrierte meine Elfenkräfte auf den Boden, flehte gedanklich die Erdgeister um Hilfe an und schaffte es so, die Bodenwellen an ihren Ausgangspunkt zurückzuschicken. Jamie wurde von einer von ihnen fast umgerissen, taumelte, konnte sich aber halten und starrte mich verblüfft an. Er erzählte mir später, dass ich mit ausgebreiteten Armen dagestanden und irgendwelche fremden Worte, die wie Befehle klangen, gerufen hätte. Ich selbst konnte mich daran gar nicht mehr erinnern. Aber ich hatte anscheinend wirklich meine gesamten magischen Kräfte genutzt und mein komplettes verschüttetes Wissen der Ahnen gegen Galfur eingesetzt, der jetzt langsam, aber sicher zu begreifen schien, dass ich doch viel stärker war, als er vermutet hatte.

Also musste er handeln, musste mich zunächst ausschalten, wenn er denn sein Ziel noch erreichen wollte. Erneut schoss ein Eispfeil aus einem seiner Augen hervor, doch er fing ihn direkt vor seinem Gesicht mit einer Hand ab und ließ den Pfeil zwischen seinen Händen in der Luft schweben. Und als er jetzt die Arme ausbreitete, bildete sich aus dem Eispfeil ein regelrechter Eisspeer, so groß wuchs das Teil plötzlich an. Gleisende Helligkeit ging von ihm aus, da sich das Sonnenlicht darin vielfach brach und reflektiert wurde. Es zeugte bereits von der großen Gefahr und der Energie, die er in sich barg. Bestückt mit der magischen Kraft dieses Zauberers, würde der Speer ein weiteres Opfer finden, wenn er ihn von sich schleuderte und allein mit der Kraft seiner Gedanken ins Ziel lenkte. Und dieses Ziel sollte wohl ich sein! Gleich würde der Speer Galfurs Hand verlassen, gleich würde er auf mich zu sausen und mich durchbohren, wenn ich nicht …

„Nein, nicht denken, sondern handeln!", befahl ich mir selbst. Ich fixierte meinen Gegner optisch und gedanklich, brachte ihn dazu, dass seine Hand mit der tödlichen Waffe aus Eis zitterte. Er konnte den Speer nicht werfen, er schaffte es einfach nicht. Wahrscheinlich wollte er nicht warten, bis meine Kräfte die seinen völlig übermannten, und wandte sich deshalb ab, geriet aus meiner optischen Kontrolle, sodass ich augenblicklich merkte, wie er meinem Einfluss entglitt. Galfur wählte kurzerhand ein neues Ziel, ein Ziel, das mir wohl genauso schaden sollte, als träfe mich der Speer selbst. Und dieses Ziel sollte Kaïtara sein oder aber das letzte Ei in ihrem Nest!

Entsetzt und auf den Fleck gebannt, starrte ich zu ihm hoch, als Jamie, der unsere Blickrichtungen verfolgt hatte, auch schon handelte und auf das Nest zu rannte, da er ebenfalls das neue Ziel erkannt hatte. Ich begriff in dem Moment, da er sich über den Rand zog, was er vorhatte – das letzte Ei retten! Die Drachenmutter wollte das aber offensichtlich auch. Vor der Brutstätte richtete sie sich zu ihrer vollen Größe auf die Hinterbeine auf, bereit, den Eisspeer mit ihrem Körper aufzufangen, auch wenn es sie ihr eigenes Leben kosten würde. Ihr Wutschrei bahnte sich zusammen mit einem unkontrollierten Feuerstoß seinen Weg aus ihrem Maul, als mehrere Dinge gleichzeitig passierten.

Ich sammelte alle meine Elfenkräfte und sandte Galfur einen geballten Gedankenstrom entgegen, der ihn beim Wurf des Speers behinderte. Nur minimal geriet er aus der Bahn, aber es reichte aus, um ihn an dem aufgerichteten Körper der jungen Drachenmutter vorbeizulenken. Währenddessen bildete ich mit ebenfalls reiner Gedankenkraft eine Energiekugel zwischen meinen Händen, die ich mit einem Wutschrei auf den Lippen auf den Magier schleuderte. Zum selben Zeitpunkt rollte sich Jamie mit dem letzten Ei erneut über den Rand des Nestes hinweg, um es in Sicherheit zu bringen. Aber Kaïtaras Schwanz peitschte in Panik über den Boden.

Und auch wenn sie das, was jetzt geschah und was ich wie in Zeitlupe vor meinen Augen ablaufen sah, ganz sicher nicht beabsichtigt hatte, so traf ihre dornenbewehrte Schwanzspitze trotzdem, voller Wucht geführt, eine Person, die es nun wirklich nicht verdient hatte.

Ich wollte ihn noch warnen, schrie Jamies Namen, da traf ihn bereits der Schwanz in den ungeschützten Rücken. Er kam nicht einmal mehr dazu, noch selbst aufzuschreien, als sich der spitze Dorn in seinen Körper bohrte und er von der Wucht des Hiebes noch ein Stück weiter weg geschleudert wurde. Entsetzen packte mich, und ich war im ersten Moment unfähig, mich auch nur einen Millimeter zu rühren.

„Jamie …!"

Meine Stimme war nur noch ein Hauch. Ich sah auch nicht mehr, dass Alvaro sich von hoch oben auf den Magier stürzte, der durch meine Energiekugel abgelenkt worden war und wohl eine Sekunde nicht aufgepasst hatte. Er packte ihn mit seinen starken Klauen, schlug sie ihm durch den Mantel in den Körper und riss ihn mit sich in die Lüfte. Sein Entsetzensschrei verwehte in der Höhe über dem Tal, als ich es endlich fertigbrachte, auf meinen Mann zuzulaufen, der noch etliche Yards über den Boden gerutscht war.

Als ich ihn erreichte, hielt er noch immer mit seinen Armen schützend das Ei umschlungen, das anscheinend wirklich keinen Schaden genommen hatte. Aber sein Gesicht war blass, und seine Augen hielt er geschlossen, während sich unter seinem Körper eine rote Lache aus seinem Blut bildete. Ich spürte, wie Kaïtara neben mich trat, doch ihre Worte konnten mich auch nicht trösten.

„Das habe ich nicht gewollt, Elfe, ganz sicher nicht."

Ich fiel neben ihm auf die Knie, löste seine Hände und Arme vorsichtig von dem Ei, das von seinem Körper herunter sanft ins Gras rollte und tatsächlich unbeschadet war. Meine Hände legten sich um seine Wangen, die unter der Berührung plötzlich zuckten. Seine Augenlider hoben sich langsam und seine samtig braunen Augen sahen mich voller Liebe an. Seine blutleer erscheinenden Lippen formten zunächst lautlose Worte, dann hörte ich sein Flüstern.

„Haben … haben wir es … ge…geschafft?"

„Ja, Darling, ja! Und du hast das letzte Ei gerettet! Alles ist gut."

Ein Lächeln spielte um seine Lippen, doch dann quälte sich ein schwerer Atemzug aus seinem Mund, der von dem Schmerz kündete, den er zweifellos empfinden musste.

„Bleib ganz ruhig liegen, Darling. Ich werde dir helfen."

Tränen verschleierten meinen Blick, denn ich bemerkte natürlich, dass es ihm sehr schlecht ging und litt mit ihm.

„Es … es tut mir leid, was … was ich dir an…angetan habe. Pass gut … gut auf unser Klei…nes auf, Darling. Ich … liebe … dich, ich …"

Weiter kam er nicht. Seine Augen schlossen sich wieder, sein Kopf kippte zur Seite.

„Ich liebe dich doch auch!"

Tränen erstickten meine Stimme fast. Ich schüttelte fassungslos den Kopf. Das konnte, nein, das durfte doch nicht wahr sein! Er durfte nicht sterben! Doch nicht mein Jamie! Mit zitternden Händen fühlte ich nach seiner Halsschlagader und war dankbar, als ich das schwache, aber doch deutliche Pochen unter meinen Fingerkuppen fühlte. Sofort drehte ich seinen schlaffen Körper zur Seite und schließlich vorsichtig auf den Bauch. Sein Rücken schien aus einer einzigen blutigen Wunde zu bestehen, bis ich bemerkte, dass sich nur sein Hemd so vollgesogen hatte, es aber in Wirklichkeit nur einen einzigen Riss aufwies, dort wo der Dorn in seinen Körper eingedrungen war.

Eilig entfernte ich die blutigen Fetzen und legte die tiefe Fleischwunde frei, aus der sein roter Lebenssaft unaufhörlich herauspulsierte. Ich konnte nur hoffen, dass ich die Blutung stoppen konnte und dass kein lebenswichtiges Organ verletzt worden war. Die Frage war nur wie? Mein Einsatzköfferchen, darin bewahrte ich inzwischen auch eine Erste-Hilfe-Ausrüstung auf, kam mir in den Sinn. Aber wo war es? Ich konnte mich nicht mehr darauf besinnen, wo ich es zuletzt gesehen hatte.

„Ich brauche meinen Koffer!", stieß ich aufgeregt hervor. „Ich muss ihm doch helfen!"

„Meinst du vielleicht dieses Ding hier?", hörte ich hinter mir die Gedankenstimme von Danjal.

Als ich mich umdrehte, stand er direkt vor mir, senkte den Kopf mit dem mächtigen Maul, zwischen dessen Zähnen er den Griff meines kleinen Koffers hielt.

„Ja, genau das ist er! Danke!"

Ich nahm ihn rasch entgegen, öffnete und holte den Verbandskasten hervor, während sich immer mehr Drachen um uns herum versammelten und mein Tun neugierig beäugten. Doch zwischen Jamies Schulterblättern einen Druckverband anzulegen, erschien mir fast unmöglich, also streute ich etwas von meinem blutstillenden Alaun auf die Wunde, legte dicke Mullstücke auf und versuchte zumindest, einen festen Verband mit den Binden anzulegen. Da ich dabei immer wieder um seinen Körper herumwickeln musste, schob Kaïtara ihre Schnauze unter seinen Oberkörper und hob ihn etwas an. Jetzt konnte ich besser arbeiten und zog den Verband fest an, denn ich hatte doch immer noch die Hoffnung, die Blutung so stoppen zu können.

Schließlich bettete ich meinen Mann vorsichtig auf einer dicken Schicht aus Gras und Moos, dass mir die hilfsbereiten Drachen brachten. Aber ich wusste selbst, dass es wenig genug war, was ich für ihn tun konnte. Selbst wenn die Blutung zum Stillstand kam, war das Risiko einer Infektion sehr groß. Auch die Lunge konnte in Mitleidenschaft gezogen worden sein, und was das bedeutete, daran wagte ich kaum zu denken. Neben ihm im Gras sitzend, strich ich immer wieder sanft über seine blassen Wangen, die vom Bartwachstum schon wieder recht kratzig geworden waren. Eigentlich war ich todmüde, aber ich traute mich einfach nicht, jetzt zu schlafen. Ich musste doch für ihn da sein! Hin und wieder träufelte ich ihm etwas Wasser zwischen die Lippen und hing ansonsten meinen mehr als trüben Gedanken nach. Erst jetzt kamen mir Jamies letzte Worte wieder ins Gedächtnis.

„Pass gut auf unser Kleines auf, Darling", hatte er gesagt.

Woher wusste er, dass ich vermutlich schwanger war. Hatte ich mich irgendwie verraten? Ich hatte ja noch nicht einmal einen Test gemacht und war bei keinem Arzt gewesen. Ich war mir ja selbst nicht sicher. Er musste einfach bemerkt haben, dass es mir morgens nicht so besonders gut ging, und hatte daraus die richtigen Schlüsse gezogen. Hatte er deshalb so heldenhaft versucht, das Ei zu retten, was ihm zum Glück auch gelungen war? Hatte ihn die Vorfreude auf ein eigenes Kind dazu veranlasst, ein solches Risiko einzugehen? Er musste doch gesehen haben, in welcher Verfassung sich die Drachenmutter befunden hatte und wie riskant es gewesen war, ihr näher zu kommen.

Ich schniefte vernehmlich und wischte mir verstohlen erneut ein paar Tränen von den Wangen. Auch die Tatsache, dass es Alvaro gelungen war, durch unser Ablenkungsmanöver den Magier zu packen und in den Krater des aktiven Vulkans zu werfen, wo er zweifelsohne verbrannt war, konnte mich nicht darüber hinwegtrösten, dass mein Jamie nun mit dem Tode rang. Vorbeugend hatte ich ihm bereits einen kühlenden Umschlag aus nassem Moos, das ich mit Blättern umschlungen hatte, auf die Stirn gelegt, aber wahrscheinlich würde er trotzdem sehr hohes Fieber bekommen. Aber wir befanden uns hier in einer urtümlichen Wildnis, in einem Land ohne Ärzte, Krankenhäuser und geeigneter Medizin. Wie hätte ich ihm noch helfen können?

Ich wurde an die Situation erinnert, als ich schon einmal an seiner Seite gewacht und um sein Leben gebangt hatte, damals als wir noch nicht verheiratet gewesen waren und er bei unserem gemeinsamen Fall angeschossen worden war. Da hatte ihn eine Kugel in die Brust getroffen. Schon damals war für mich fast die Welt untergegangen, da mir die Ärzte kaum noch Hoffnung gemacht hatten. Doch diesmal war es für mich noch viel schlimmer, ihn hier verletzt und möglicherweise sterbend liegen zu sehen. Denn diesmal hatte ich ihn dazu überredet, mit mir in diese Dimension zu kommen. Diesmal hatte ich das Tor zu dieser Hölle aufgestoßen, und diesmal konnte ich ihm keine Hilfe durch den Notruf zuteilwerden lassen. Ich fühlte mich absolut hilflos, hilflos und schrecklich allein.

So vergingen der Rest dieses fürchterlichen Tages und auch die kommende Nacht, in der ich allerdings kein Auge schloss. Die kleinste Regung von meinem Jamie rief mich sofort wieder auf den Plan, und so sah ich auch schon bald meine Befürchtungen bestätigt, da sich bei ihm Wundfieber einstellte. Wie hätte ich die Wunde auch säubern sollen, wie ihm Antibiotika geben? Ich konnte nichts dergleichen tun. Und so wuchs mein Kummer beständig an, auch wenn die Drachen, allen voran Kaïtara immer wieder zu mir kamen, Obst für mich zum Essen brachten oder mir durch ihre bloße Anteilnahme Trost spendeten.

Unwillkürlich strich ich mit der einen Hand über meinen Leib. Trug ich tatsächlich Jamies Baby in mir? Würde ich ebenfalls Mutter werden, so wie die Drachenweibchen, deren Gelege wir mit vereinten Kräften gerettet hatten? Ich wünschte es mir sogar, aber ich wollte nicht, dass das Kind ohne seinen Vater aufwachsen musste. Und so reifte in mir eine Entscheidung heran, von der ich in diesem Moment noch nicht wusste, ob ich sie tatsächlich in die Tat umsetzen würde. Aber ich nahm mir in dieser schrecklichen Zeit des Wartens fest vor: Sollte Jamie sterben, dann wollte ich ihm folgen und auch unser Kind mit in den Tod nehmen! Ein Sprung vom Kraterrand in die Gluthölle des Vulkans sollte das möglich machen! Die reine Verzweiflung darüber, ihm nicht besser helfen zu können, das alles nicht verhindert zu haben, ließ mich diesen folgenschweren Entschluss in meinem liebenden Herzen fällen!

Der nächste Morgen, der mit einem wunderschönen Sonnenaufgang über den Hügeln rund um den Brutplatz begann, war dann auch genauso schrecklich, wie ich es befürchtet hatte. Wenn ich sagen würde, dass es Jamie schlecht ging, dann hätte ich maßlos untertrieben, denn sein Zustand war alles andere als hoffnungsvoll. Ein Blick in sein leichenblasses, aber trotzdem schweißbedecktes Gesicht, das von eingefallenen Wangen mit dunklen Bartschatten geziert wurde, schien bereits einem Toten zu gehören. Ich erschrak heftig, da mir das Tageslicht diesen Anblick verschaffte. Ich musste vor Erschöpfung wohl doch etwas eingeschlafen sein und hatte nicht bemerkt, wie schlecht es ihm ging. Rasch ließ ich ihm wieder etwas Wasser zwischen die blutleeren Lippen tropfen, um ihm wenigstens Flüssigkeit zuzuführen.

Erst nach einiger Zeit konnte ich mich aufraffen, mir die Verletzung nochmals anzusehen. Trotz meiner Bemühungen hatte die Wunde weiterhin geblutet, sodass ich den Verband gänzlich entfernte. Die Wundränder waren stark gerötet, da sie sich, wie ich erwartet hatte, längst entzündet hatten und sich so nicht schließen konnten. Kein Wunder, dass ihn ein so hohes Fieber erfasst hatte, dass es mich regelrecht erschreckte, denn sein Gesicht glühte förmlich. Wäre er bei Bewusstsein gewesen, hätte er die Schmerzen wahrscheinlich kaum ertragen können. Leidvoll seufzte ich auf und versuchte, die Wunde doch noch etwas zu reinigen. Alles, was mein Köfferchen an Desinfektionsmitteln hergegeben hatte, war bereits verbraucht, und Antibiotika besaß ich nicht.

Erneut liefen mir Tränen meiner eigenen Hilflosigkeit über das Gesicht, während ich die letzten Reste Verbandsmaterial verbrauchte, als ich hinter mir Schritte vernahm. Ein Blick zur Seite zeigte mir Narami, die langsam herankam. Ihre Stimme zeugte von tiefem Mitgefühl, als sie mich ansprach.

„Es geht ihm nicht gut, Elfe. Habe ich recht?"

„Nein, es geht ihm sogar sehr schlecht. Er ... er steht an der Schwelle des Todes, glaube ich. Wenn ich doch nur ..."

Ich konnte nicht weitersprechen. Narami stupste mich mit ihrem großen Maul an der Schulter an und murmelte leise: „Er ist stark. Und eure Liebe ist es auch, Elfe, das habe ich sofort gespürt."

„Das hat er nicht verdient", flüsterte ich. „Wenn ich ihm doch nur helfen könnte. Aber ich habe ja nicht einmal Alkohol, um die Wunde zu reinigen."

Ihr warmer Atem traf meine Wange, dann hob sie den Kopf und fragte: „Ich kenne dieses Wort nicht. Was meinst du damit?"

„Das ... das ist ein Mittel, um die Gifte in einer schmutzigen Wunde zu entfernen, die sich dort gebildet haben."

Etwas anderes fiel mir gerade nicht ein, da sie ja so etwas wie Bakterien und andere Krankheitserreger wohl kaum kannte.

„Und wo kann man das Mittel finden?", wollte sie wissen.

„Oje", sagte ich leise, ohne den Blick von Jamie zu wenden, „ich glaube kaum, dass du etwas von der alkoholischen Gärung verstehen würdest."

„Versuch es doch einfach mal."

Wahrscheinlich sagte sie das nur, um mich abzulenken und auf andere Gedanken zu bringen, aber selbst dafür war ich ihr im Moment dankbar und begann einfach drauflos zu reden, wie mir die Worte so in den Sinn kamen.

„Ach, weißt du, das ist ein langer chemischer Prozess, der zum Beispiel stattfindet, wenn reife Früchte verrotten. Dann entsteht unter anderem Alkohol, aber da ihr ja nichts anderes als Früchte esst, habt ihr ja auch keine übrig, die verfaulen könnten, und deshalb ..."

Ich brach erneut ab, da mir klar wurde, dass ich etwas erzählte, was in ihrer Welt absolut keinen Sinn machte, was für sie keine

Bedeutung hatte. Und doch schaute sie mich jetzt mit einem solch seltsamen Ausdruck in den Augen an, dass ich mich bereits wunderte.

„Faulende Früchte?", wiederholte sie fragend meine eigenen Worte und warf den Kopf hoch. „Danjal, er muss es wissen!"

„Was muss er wissen?"

Ich hatte ja keine Ahnung, wovon sie sprach und hörte ihr eigentlich auch gar nicht mehr richtig zu, da ich bereits wieder das Moos auf Jamies Stirn befeuchtete.

„Ich komme wieder, Elfe!", rief sie mir noch zu, dann hatte Narami es plötzlich sehr eilig und verschwand zwischen den dicht stehenden Bäumen, durch die sie sich mit ihrem massigen Körper einfach einen Weg brach.

Ich versank daraufhin wieder in mein dumpfes Brüten, betrachtete abwesend meinen Mann und verlor nach und nach jede Hoffnung. Warum musste uns das alles passieren? Hatten wir denn kein Recht auf ein bisschen Glück in unserem Leben? Wir waren doch glücklich gewesen, so wie wir gelebt hatten! Warum hatte Galfur auftauchen müssen? Warum hatte es gerade uns getroffen? Ich haderte mit dem Schicksal, und wieder kam mir der Gedanke, im Notfall meinem Mann auf seinem Weg ins Jenseits zu folgen. Denn was blieb mir denn noch ohne ihn?

Es blieb allenfalls unser Kind, wenn es denn den Tatsachen entsprach, dass ich schwanger war. Dann hast du doch wenigstens eine lebende Erinnerung an ihn, wollte mir meine innere Stimme einreden, aber dann würde ich auch immer daran erinnert werden, was ich verloren hatte. Nein, dann lieber ebenfalls sterben! Aber noch lebte Jamie und kämpfte gegen das Schicksal an, dass ich mir schon wie ein Feigling gegen ihn vorkam, da ich einen solch schrecklichen Gedanken hegte.

Obwohl mein Magen sich irgendwie sehr leer anfühlte und auch genügend wirklich leckere Früchte für mich bereitlagen, litt ich an Appetitlosigkeit. Es gab einfach nichts, was mich hätte aufmuntern und animieren können, bis ich plötzlich das Knacken von Ästen und das Rascheln von Laub und Gras hörte, da sich anscheinend mindestens zwei Drachen ihren Weg eilig durch den

Wald bahnten, gerade so wie vorhin Narami hastig verschwunden war. Neugierig blickte ich in die Richtung, und es war tatsächlich wieder die Drachendame, die aus dem Unterholz hervorbrach, dicht gefolgt von ihrem Sohn Danjal.

„Was ist denn in euch gefahren?", fragte ich verwundert und schaute zu ihnen auf.

„Vielleicht können wir Jamie helfen!", stieß Narami hervor.

„Ich weiß nur nicht, ob das wirklich dieses Zeug ist, das du gemeint hast!"

„Wovon redest du?"

„Danjal kennt die Stelle mit den faulenden Früchten. Er wird dich hinbringen, während ich hier bei deinem Partner Wache halte."

Narami war furchtbar aufgeregt und etwas außer Atem, aber ich verstand absolut nicht, was überhaupt los war. Was hatten die beiden denn bloß?

„Komm, Elfe, steig auf meinen Rücken, ich fliege dich hin. Du kannst mir vertrauen! Ich habe bereits wieder einen kleinen Flug gewagt, und es hat sehr gut geklappt!"

Danjal legte sich bereits ab, um mich aufsteigen zu lassen. Was hätte ich jetzt noch erwidern sollen? Die beiden erschienen so zuversichtlich, dass ich sie durch meine Ablehnung auch nicht beleidigen wollte.

Danjal forderte nur noch: „Nimm etwas von diesen durchsichtigen Dingern aus deinem Koffer mit. Du wirst sie brauchen!"

Er konnte nur die Plastiktütchen meinen, in denen ich auch etwas Wasser vom Fluss abgefüllt und transportiert hatte.

„Ich verstehe kein Wort", stieß ich hervor, da ich die ganze Aufregung nicht begreifen konnte, als mich Narami bereits zu ihrem Sohn schubste und ich gerade noch in meinen Koffer fassen und ein paar Tüten mitnehmen konnte.

„Ich erkläre dir alles auf dem Flug!", versicherte mir Danjal und erhob sich, kaum dass ich einigermaßen zwischen seinen Rückendornen meinen Platz gefunden hatte.

Schnell hielt ich mich fest, da er bereits unter den Bäumen hervorlief, die gewaltigen Schwingen ausbreitete und sich in die Lüfte schwang.

„Wo willst du denn mit mir hin?", rief ich gegen den Wind an, denn Danjal legte ein ziemliches Tempo an den Tag und steuerte dabei auf einen Höhenzug zu.

„Narami hat mich daran erinnert, dass ich als junger Drache bei einer meiner ersten Flugübungen abgestürzt und in einen Tümpel mit schrecklichem Wasser gestürzt bin. Da lagen überall faulige Früchte drin."

„Faulige Früchte? Ich verstehe nicht ganz …"

„Du hast meiner Mutter doch erzählt, die würden irgendeinen Stoff enthalten, den du für deinen Partner benötigst."

So langsam dämmerte mir, was er damit meinte, konnte mir seine Geheimniskrämerei aber immer noch nicht erklären. Ich begann erst zu verstehen, als er über einem Felsentümpel zu kreisen und nach einer Landemöglichkeit zu suchen begann. Am Rande des stehenden Gewässers entdeckte ich zwei Obstbäume, die anscheinend ihre Früchte in diesen Tümpel fallen ließen, der zusätzlich noch von der Sonne beschienen wurde. Schließlich wagte der Jungdrache eine Landung auf einem Felsvorsprung, der mir im Normalfall viel zu klein erschienen wäre. Er bremste denn auch mit einem starken Ruck ab, der mich fast von seinem Rücken geworfen hätte. Seine vier Füße krallten sich in den felsigen Untergrund, und ich konnte mich gerade noch an dem Dorn vor mir festkrallen. Aber wir waren sicher gelandet.

Vorsichtig rutschte ich von seinem Rücken auf den steinigen Boden und sah mich neugierig um. Ein eigenartiger, süßlicher Geruch hing in der Luft und schien von dem Tümpel aufzusteigen, den ich von oben gesehen hatte. Ich schnüffelte vernehmlich. Das konnte doch gar nicht sein – oder etwa doch?

Gut drei Yards unter mir hatte sich das Regenwasser in einer Felsengrube wie in einer Zisterne gesammelt. In diese waren aber eine ganze Menge mirabellengroßer Früchte der beiden weiter oben am Rande stehenden Obstbäume hineingefallen. Die Sonnenstrahlen taten ihr Übriges, sodass ein Gärungsprozess eingetreten und schon weit vorangeschritten war, wenn man dem Geruch trauen durfte. Und in diesem Fall musste sich in diesem Tümpel schon eine ganze Menge Alkohol gebildet und angesammelt haben, zumindest soweit er nicht schon wieder verdunstet war.

Sofort kletterte ich über die Felsen hinunter, um von diesem vermeintlichen Wasser etwas in zwei Plastikbeutel abzufüllen, die ich durch Verknoten verschloss. Bereits über der Wasseroberfläche, die dicht an dicht von Früchten bedeckt war, die darauf schwammen, war mir von den Dämpfen ganz übel geworden. Mein Magen begann sofort zu rebellieren, aber ich konnte mich zusammenreißen, obwohl ich mich am liebsten übergeben hätte. Erst nachdem ich mit den beiden Beuteln wieder oben bei Danjal stand, ging es mir langsam besser.

„Das ist ja der reinste Hexenkessel!", stöhnte ich und atmete tief durch. „Und da bist du reingefallen?"

Danjal bestätigte: „Ja, ich konnte wegen meiner Größe zwar nicht ertrinken, aber ich habe eine ganze Menge von dem schlechten Wasser geschluckt, bis ich wieder herausgeklettert war. Danach ist es mir sehr schlecht gegangen."

„Ich nehme an, du hast auch eine große Menge von dem Zeug wieder ausgespuckt, dir war übel und du hattest entsetzliche Schmerzen in deinem Kopf."

„Stimmt", gab Danjal zu. „Wieso weißt du das so genau, Elfe?"

„Weil ich die Symptome kenne, wenn man betrunken ist. Wahrscheinlich konntest du dich kaum auf den Beinen halten und hast hinterher auch lange geschlafen, nicht wahr?"

„Ja, das ist richtig."

„Das wundert mich nicht, da ihr Drachen die Wirkung von Alkohol ja nicht kennt."

„Bei Menschen und menschenähnlichen Wesen ist das wohl nicht anders?", hakte Danjal nach.

„Das kann man wohl sagen!"

Jetzt musste ich doch lächeln, da ich mir kaum vorstellen konnte, wie sich ein betrunkener Drachen wohl benehmen mochte. Dabei kletterte ich bereits wieder auf seinen Rücken, die beiden gefüllten Beutel sicher vor Beschädigung von den kantigen Schuppen und Fortsätzen des Drachens abhaltend. Eine gute Stunde nach unserem Aufbruch kehrten wir wieder zurück. Narami sah uns interessiert entgegen. Sie hatte sich neben Jamie niedergelassen, um über ihn zu wachen, und zu ihm eilte ich auch sofort, kaum dass wir gelandet waren.

Mit traurigem Blick gestand sie mir: „Ich habe das Gefühl, dass sein Fieber noch gestiegen ist, Elfe. Hast du das Mittel holen können, auf dass du deine Hoffnung setzt?"

„Ja", nickte ich, „aber ich muss es noch aus dem schlechten Wasser, wie Danjal es genannt hat, herausfiltern. Das wird noch etwas dauern."

Dabei strich ich sanft über Jamies eingefallene Wangen und seufzte.

„Wenn wir dir helfen können …?", bot Narami an.

„In der Tat, das könnt ihr." Ich sah sie bittend an und fragte: „Du hast mir mal sehr große und harte Früchte gebracht, die du mit deinen Zähnen für mich geöffnet hast. Ich habe sie Nüsse genannt. Kannst du mir davon noch ein oder zwei bringen? Ich brauche sie als Gefäße."

In Ermangelung von Schalen oder Töpfen musste ich auf das zurückgreifen, was mir die Natur hier bot, und damit versuchen, den Alkohol aus der nicht sehr appetitlichen Masse der vergorenen Früchte herauszufiltern, was schwer genug werden würde, denn in Chemie waren meine Kenntnisse doch eher beschränkt. Aber immerhin war mir klar, wie eine Alkoholdestille funktionierte, und ich hatte den festen Willen, eine solche mit den minimalen Möglichkeiten, die mir hier zur Verfügung standen, nachzubauen. Dazu kramte ich ständig in meinem Gedächtnis, was ich aus meinem Chemieunterricht noch darüber wusste.

Nach einer weiteren mühsamen Stunde hatte ich es denn endlich so weit geschafft, dass sich mein Werk sehen lassen konnte. Über einer kleinen Feuerstelle aus trockenen Ästen stand über einer weiter höher aufgestellten Astgabel die halbe Nussschale – einer Kokosnuss nicht unähnlich –, aus der ich das Fruchtfleisch gekratzt hatte. In sie kippte ich die Hälfte der vergorenen Fruchtmasse und stülpte einen meiner Plastikbeutel darüber, den ich mit einem langen und trockenen Grashalm festband. Nach oben hin steckte ich einen hohlen Halm aus Schilfrohr, der sich leicht biegen ließ, durch den Plastikbeutel und positionierte das andere Ende über der zweiten Hälfte der Nuss. Jetzt musste ich nur noch die Feuerstelle entzünden, um das Gemisch zu erhitzen und die Alkoholdämpfe sammeln zu können.

Ein bisschen stolz auf meine Arbeit war ich ja schon, wie ich zugeben muss. Doch als ich in meiner Tasche weder Streichhölzer noch Feuerzeug fand, überwog natürlich die Enttäuschung.

„Verdammt, wie soll ich denn das Feuer entzünden?"

Danjal sah mich mit einem schelmischen Blick an und meinte: „Eigentlich ist es ja verboten, Feuer zu speien, damit wir die Bäume hier nicht aus Versehen in Brand stecken, aber ich denke in diesem Fall können wir eine Ausnahme machen. Meinst du nicht auch?"

Dabei sah er seine Mutter schon fast bittend an, die auch nicht lange zögerte: „Natürlich, mein Junge, aber nur hauchen, sonst verbrennst du alles, was die Elfe da aufgebaut hat."

„Dann könnt ihr tatsächlich Feuer speien, wenn ihr es wollt und nicht nur aus Versehen?"

Meine Überraschung war nicht gespielt, denn die Drachen mussten sich doch wohl sehr beherrscht haben, es bisher nicht zu tun, sodass ich schon geglaubt hatte, die Sache mit dem Feuer sei ein Ammenmärchen. Ich konnte mich nur an zwei Situationen erinnern, da ich es überhaupt bewusst gesehen hatte. Aber Danjal legte seinen langen Hals und den Kopf auf dem Boden ab, damit sein Maul kurz vor der Feuerstelle in Position kam. Dann blähten sich seine Nüstern etwas, und zunächst erschienen kleine Rauchwölkchen. Dann verstärkte er sein Hauchen, und kleine Flämmchen schossen hervor, fuhren über das dürre Holz, schienen daran zu lecken und schon züngelten Flammen daraus hervor. Mit einem breiten Grinsen um sein großes Maul erhob sich Danjal wieder, überaus zufrieden mit seiner eigenen Leistung.

„Danke, Danjal, das war sehr gut!", lobte ich ihn.

Neben dem Feuer sitzend, wartete ich zusammen mit den Drachen gespannt, was nun geschehen würde. Wenn ich alles richtig gemacht hatte, musste sich der leicht flüchtige Alkohol als Erstes noch vor dem Wasser in Dampf verwandeln und durch den hohlen Halm strömen, um an seinem Ende wieder zu kondensieren und in die Schale zu tropfen. Dann hätte ich sauberen Alkohol.

Nun ja, zugegeben, er würde nicht ganz so rein sein, weil ich kein Thermometer hatte, sodass noch andere Alkohole enthalten sein würden, aber Jamie sollte das Zeug ja auch nicht trinken. Ich wollte ja nur seine Wunde damit desinfizieren. Schweigend warteten wir, und ich hätte vor Freude jubeln können, als sich der erste Tropfen zeigte und in die primitive Auffangschale fiel.

„Das funktioniert tatsächlich", ließ sich der Jungdrache vernehmen, und ich wäre ihm vor lauter Dankbarkeit für seinen Einsatz am liebsten um den Hals gefallen, aber mein Lächeln und meine offensichtliche Freude waren ihm wohl schon Dank genug.

Die Warterei, während sich Tropfen für Tropfen in der Auffangschale sammelte, zerrte an meinen Nerven. Ich hatte das Gefühl, dass jede Sekunde, die ich Jamie später behandeln würde, für ihn zu spät sein konnte, dabei wusste ich nicht einmal, ob ich ihm damit überhaupt helfen konnte. Es war einfach alles so schrecklich und deprimierend. Deshalb wartete ich auch nicht mehr länger, sondern gab zu dem Inhalt der halben Nuss, die Danjal mit größter Mühe so geknackt hatte, dass zwei etwa gleich große Stücke entstanden waren, jetzt auch sofort einen Schluck Wasser, sodass rein gefühlsmäßig hoffentlich eine Konzentration entstand, die die gewünschte desinfizierende Wirkung des Alkohols besaß.

„Und das soll deinem Partner helfen?", fragte der Jungdrache neugierig und blickte argwöhnisch auf die klare Flüssigkeit in der Schale, wobei sich seine Nüstern schnüffelnd blähten.

„Das hoffe ich doch sehr", meinte ich seufzend. „Etwas anderes habe ich doch nicht! Es ist dieselbe Substanz, die dir bei deinem Sturz in den Tümpel hinterher so zugesetzt hat. Wenn man das trinkt, hat es genau die Wirkung, die du damals verspürt hast."

Danjal verzog schon fast angewidert die hornigen Lippen, die seine langen und gefährlich aussehenden Zähne ansonsten gerade mal so bedeckten.

„Nie wieder!", versprach er. „Einmal hat völlig gereicht!"

Ich glaubte es ihm aufs Wort und kniete mich mit der Schale neben Jamie, nachdem ich zuvor neue Fruchtmasse und Wasser in die andere Schale zum Aufheizen gegeben und ein paar Äste ins Feuer nachgelegt hatte. Ich zog ein letztes Stück Mull aus meinem Erste-Hilfe-Kasten und tränkte es mit dem verdünnten Alkohol. Ich hatte schon zuvor Jamies Verband gelöst und seinen Köper so gelagert, dass ich die tiefe Wunde behandeln konnte. Da ich nicht wusste, wie tief seine Bewusstlosigkeit in seinem Fieberzustand wirklich war, hatte ich auch keine Ahnung, wie stark er den Schmerz empfinden würde, wenn der Alkohol die offenen, entzündeten Wundränder berühren würde. Ich wollte ihm ja schließlich keinen Schmerz zufügen und doch war es unvermeidlich. Das wusste ich nur zu genau. Also machte ich mich auf starke Gegenwehr gefasst.

In dem Moment, da ich den alkoholgetränkten Mull auf und in die Wunde drückte, drang ein gequältes Stöhnen über Jamies Lippen, sein Körper schien sich zu verkrampfen, aber anscheinend hatte er nicht mehr die Kraft, sich gegen die Behandlung zur Wehr zu setzen. So wie er den Schmerz körperlich empfand, glaubte ich ihn seelisch zu fühlen.

„Es tut mir so leid, Darling. Ich muss das tun!", murmelte ich in der Hoffnung, dass er es vielleicht verstehen würde.

Ich behandelte ihn gleich noch ein zweites Mal auf dieselbe Art und Weise bevor ich, den Mull auf der Wunde liegen lassend, seinen Rücken mit einem Stück seines Hemdes abdeckte, da ich kein Verbandsmaterial mehr besaß. Mittlerweile fühlte ich mich völlig erschöpft und blieb einfach neben ihm im Gras sitzen. Narami wollte wohl ein Auge auf uns beide haben und legte sich erneut neben dem Lagerplatz nieder.

„Du musst dringend schlafen, Elfe", meinte sie fürsorglich und wies ihren Sohn durch ein Kopfwinken an, den Platz zu verlassen, was er auch ohne Murren tat.

„Du hast ja recht", meinte ich schlicht, „aber ich kann wohl nicht schlafen."

„Versuch es doch wenigstens", meinte sie mitfühlend.

Bei diesen gut gemeinten Worten deckte ich die Nussschale mit dem letzten Alkohol noch ab und streckte mich dann ihr zuliebe neben meinem Mann im Gras aus. Eigentlich war ich mir sehr sicher, nicht schlafen zu können, aber meine Erschöpfung war dann wohl doch zu groß. Ohne dass es mir recht bewusst war, fielen mir die Augen zu. Wer hätte gedacht, dass mein Schlaf einmal von einem Drachen bewacht werden würde …?

~~~

„Sandy! Wach auf!"

Irgendetwas stupste mich an, aber ich drehte mich nur unwirsch weg. Ich wollte schlafen.

„Sandy! Elfe! Nicht mehr schlafen! Du wirst gebraucht!"

„Nein, nicht …"

Ich knurrte diese Worte richtiggehend, denn ich wollte nicht aufwachen, es war doch bestimmt noch nicht spät, es …

Jetzt wurde ich fester geschüttelt, aber ich brauchte doch noch etwas Zeit, um zu begreifen, dass es Narami war, die mich da unsanft weckte. Erstaunt sah ich ihren großen Schädel dicht vor mir, diese kleinen Augen mit den länglichen Pupillen … Da endlich begriff ich und schreckte hoch.

„Was? Was ist los?"

„Behaupte nie wieder, dass du nicht schlafen könntest, Elfe", murrte das Drachenweibchen. „Du bist ja kaum wach zu kriegen."

„Jetzt bin ich ja wach!"

Mürrisch setzte ich mich auf, als sie erklärte: „Ich glaube, dein Jamie kommt wieder zu sich. Du solltest nach ihm sehen."

„Jamie? Mein Gott, wie konnte ich denn nur so fest …"

Den Rest verschluckte ich und drehte mich sofort zu meinem Mann um, der sich unruhig hin und her bewegte, was für seine Verletzung sicher nicht gut war. Eilig packte ich seine Schultern, um ihn ruhig zu halten.

„Darling, nicht doch! Es ist alles gut", versuchte ich ihn zu beruhigen.

In meiner Sorge um ihn bemerkte ich erst gar nicht, dass sein Fieber anscheinend deutlich gesunken war. Erst als ich erneut eine Handvoll Moos mit Wasser tränkte und auf seine Stirn legte, da das alte heruntergefallen war, stellte ich dies erfreut fest. Anscheinend hatte meine Behandlung geholfen. Sofort schöpfte ich neue Hoffnung! Und ich konnte es kaum glauben, als ich plötzlich seine Stimme vernahm, auch wenn sie noch recht schwach klang.

„Was machst ... du da? Das ... das ist ... ist doch kalt."

„Oh, Jamie!"

Ich konnte es kaum glauben! Mein Jamie lebte! Er hatte es geschafft!

Voller Glück küsste ich ihn einfach, dass er jetzt auch die Augen aufschlug, diese haselnussbraunen Augen, die ich an ihm so sehr liebte. Tränen der Erleichterung liefen mir über die Wangen, während mich sein irritierter Blick traf.

„Was hast du denn, Dar...ling? Was ist denn ...?"

„Nicht reden, Jamie. Spar deine Kräfte, ich werde dir alles erzählen."

Ich streichelte seine unrasierten Wangen und schluchzte vernehmlich, weil mich meine Gefühle überwältigten, als Narami neben uns den Kopf senkte und einen Wasserbeutel vorsichtig zwischen den Zähnen hielt und absetzte.

„Hier ist noch Wasser."

„Ich danke dir. – Komm, Jamie, du musst trinken."

Er sah mich zwar verständnislos an, doch ich nahm den Beutel entgegen, stützte den Kopf meines Mannes und ließ ihm ganz langsam von der Flüssigkeit in den Mund laufen. Und es schien ihn auch zu erfrischen. Dass er sich sehr schwach fühlte, war selbstverständlich, doch als seine Hand nach der meinen tastete, war ich doch überrascht, wie schlaff sie in der meinen lag. Aber nach dem starken Blutverlust und dem hohen Fieber durfte mich das wahrscheinlich gar nicht wundern. Das alles strengte ihn so sehr an, dass er sofort wieder einschlief. Doch diesmal war es ein Genesungsschlaf, da war ich mir sicher!

Er dauerte dann auch etliche Stunden an, sodass ich schon fast wieder Angst um ihn bekam, aber sein Fieber sank in dieser Zeit weiter. Überglücklich bemerkte ich kurz vor Tagesanbruch, dass er erneut unruhig wurde und wieder aufwachte. Glücklich lächelte ich ihn an und küsste sanft seine Lippen.

„Hast du noch Schmerzen?", fragte ich ihn schließlich.

„Mein … mein Rücken fühlt sich etwas … seltsam an. Es sticht und drückt als ob …"

Er brach ab und schien nach den richtigen Worten zu suchen, sodass ich ihm half: „… als ob man dir ein Messer zwischen die Schulterblätter gestoßen hätte, nicht wahr?"

„Ja", brachte er mit einem Stöhnen hervor, da er versucht hatte, einen Arm zu heben. „Was ist denn los?"

Ich wollte ihn nicht länger hinhalten, packte seine Hand fester und erklärte: „Du hast Kaïtaras letztes Ei gerettet, kannst du dich erinnern?"

Doch er verneinte und sah mich etwas verwirrt an, anscheinend waren die letzten Ereignisse noch nicht wieder in sein Gedächtnis zurückgekehrt. Deshalb berichtete ich ihm nach und nach alles, was sich zugetragen und welche Rolle er dabei gespielt hatte.

„Und als dich dann der Dorn von Kaïtaras Schwanz in den Rücken traf, dachte ich schon, mir würde das Herz stehen bleiben. Das waren schreckliche Sekunden, bis ich dich endlich erreicht hatte und feststellte, dass du noch lebst", beendete ich meinen Bericht. „Du musst dich noch sehr schonen, damit die Wunde heilen kann."

Dann bin ich jetzt wohl der einzige Mensch, der … der eine Narbe von einem Drachen mit sich herumträgt?", versuchte er sogar schon wieder einen Scherz.

„Damit ist nicht zu spaßen", beteuerte ich den Ernst der Lage. „Du hättest auch eine Blutvergiftung bekommen können. Du kannst von Glück sagen, dass Danjal von diesem Tümpel wusste und ich im Chemieunterricht so gut aufgepasst habe."

„Ich wusste doch, dass ich nicht nur eine … eine sehr schöne, sondern auch besonders intelligente Frau … Frau geheiratet habe."

Sein schelmisches Grinsen geriet zwar noch etwas daneben, aber es bewies mir doch, dass es ihm wesentlich besser ging. Deshalb machte ich mich auch daran, die Wunde mit dem restlichen Alkohol nochmals zu desinfizieren. Ich wollte einfach nichts mehr dem Zufall überlassen und drehte ihn vorsichtig auf die Seite.

„Das wird jetzt bestimmt sehr wehtun, Darling, aber es geht nicht anders", warnte ich ihn bedauernd.

„Schon gut. Tu, was du für … für richtig hältst."

Seine Stimme hörte sich nach der Lageveränderung schon wieder gequält an, aber trotzdem machte ich jetzt weiter, löste den Verband und tupfte die Wundränder mit dem verdünnten Alkohol ab, sodass er heftig zusammenzuckte und ich sah, wie er die Zähne zusammenbiss. Sein Körper drohte bereits wieder schlaff zu werden, sodass ich mich beeilte, aber am Ende blieb er doch bei Bewusstsein, blickte mich aber mit gequältem Gesichtsausdruck an.

„Es tut mir so leid", entschuldigte ich mein Tun, „aber es ist das Einzige, was dir helfen kann."

„Sch…on gut, es …es geht schon wieder."

Aber seine Augen straften seine Worte Lügen. Wie gerne hätte ich ihm diese Tortur erspart, aber ich musste doch die Wunde sauber halten, damit sie sich schließen konnte. Ich hatte ja nichts, um sie zu nähen. Er benötigte dann auch eine ganze Zeit, bis er wieder verständlicher mit mir reden konnte. Der Schmerz hatte ihm schlichtweg den Atem geraubt.

Und ich erzählte ihm noch das eine oder andere, bis er mich schließlich mit den Worten unterbrach: „Und dieser … Galfur? Ist … ist er wirklich tot?"

„Sicher, den Sturz in den Vulkanschlot kann er nicht überlebt haben, nicht einmal mit seinen Zauberkräften!"

„Und wo ist Kaïtara? Ich … ich möchte ihr doch sagen, dass sie keine Schuld trifft, dass ich ihr nicht böse bin."

„Das habe ich ihr auch schon gesagt. Du warst nur zum falschen Zeitpunkt am falschen Ort. Sie lässt zwar im Moment ihr Ei nicht mehr aus den Augen, aber ich werde sie trotzdem holen. Ein anderer Drache kann darauf aufpassen. Am besten frage ich vorher Inura oder Burana. Sie werden es verstehen. Aber dann muss ich dich jetzt allein lassen. Es wird bereits hell, und da bringe ich dir gleich noch etwas zu essen mit. Ruh dich so lange aus."

Er lächelte mir sogar zu, was mein Herz unwillkürlich hüpfen ließ. Mein Jamie hatte es wieder einmal geschafft und war dem Tod von der Schippe gesprungen. Jetzt musste er nur wieder zu Kräften kommen, doch dafür würde ich schon sorgen. Bevor ich aufstand, griff er jedoch nach meiner Hand und sah mich eindringlich und forschend an.

„Es tut mir leid, Sandy.“

Nur sehr leise brachte er diese Worte hervor, doch ich wusste sofort, was er damit meinte und dass es ihm ernst war. Deshalb lächelte ich ihn liebevoll an.

„Ist schon okay. Ich kann dich verstehen, und ich war ja auch ziemlich stur.“

Er zog meine Hand an seinen Mund und drückte seine Lippen auf die Innenfläche.

„Ich habe doch nur solche Angst um dich gehabt. Deswegen habe ich Dinge gesagt und getan, die ich jetzt sehr bereue.“

„Da muss ich mich wohl einreihen“, gab ich zu. „Ich habe dir mit meiner Sturheit doch genauso wehgetan.“

Ich sah es seinem Blick, seinen Augen an, dass ich ihm damit eine Last von der Seele genommen hatte. Die ganze Sache musste ihn genauso belastet haben wie mich.

„Schlaf jetzt, und komm erst mal wieder zu Kräften“, meinte ich und war jetzt doch sehr beruhigt.

Meine Hand zurückziehend, machte ich mich dann auf die Suche nach Kaïtara. Jetzt gab es für mich endlich wieder Licht am Ende des Tunnels.

Die weitaus wichtigere Frage, mit der ich mich insgeheim schon eine ganze Zeit herumquälte, war die Tatsache, dass das Tor zur Drachenwelt noch immer offen stand, jedenfalls von unserer Seite der Realität aus gesehen. Auch wenn ich vorsorglich die Gegend hinter einer Nebelwand verborgen hatte, so konnten trotzdem andere Menschen durch einen puren Zufall in diese Dimension gelangen, und das war etwas, was ich unbedingt verhindern wollte.

Nur war bei Jamies Zustand noch längst nicht daran zu denken, wieder zurückzukehren. So eine Dimensionsreise konnte ziemlich kräftezehrend sein, wie ich aus eigener Erfahrung wusste, und das konnte und wollte ich ihm jetzt natürlich nicht zumuten. Was sollte ich also tun? Das Tor wieder mit einem Bann zu belegen, war im Prinzip kein Problem, doch dann sollte ich es von der anderen Seite tun und nicht von der Drachenwelt aus. Schließlich wollten wir ja wieder zurück in unser eigenes Leben, in unsere eigene kleine Welt in London, die Jamie wohl genauso liebte wie ich. Nein, ich konnte die Sache drehen und wenden, wie ich wollte, ich musste meinen Mann so schnell wie möglich wieder auf die Beine bringen, damit wir selber wieder zurückkehren konnten.

Im Laufe dieses Tages kamen nicht nur Kaïtara, sondern fast alle Drachen, mit denen wir bisher zu tun hatten, am Lagerplatz vorbei, um Jamie gute Besserung zu wünschen und ihm ihr Bedauern über das auszusprechen, was geschehen war. Sie zeigten richtige Anteilnahme und so viel Gefühl, wie ich es nie für möglich gehalten hätte.

So gut es nur ging, kümmerte ich mich in den nächsten Tagen um meinen Mann und versuchte, ihm jeden Wunsch von den Augen abzulesen. Ich polsterte sein Lager und wollte auch seinen Verband wechseln, doch ich besaß absolut nichts mehr, was ich dafür benutzen konnte. Sein Hemd hatte ich ja schon zerrissen, also opferte ich diesmal etwas von mir. Schließlich befanden wir uns in einer so warmen Gegend, dass lange Hosen nicht nötig waren. Deshalb schnitt ich mit der Schere aus dem Verbandkasten kurzerhand die Beine meiner Jeans ab und funktionierte sie zu Shorts um. Die langen Stoffstreifen würden sich vorzüglich als Verband eignen.

Mein Mann, der inzwischen geschlafen hatte, er war ja immer noch recht schwach, wunderte sich nicht schlecht, als ich plötzlich kurze und ausgefranste Hosen trug. Doch erst als ich seine Wunde versorgte, begriff er, was ich getan hatte, da er die Streifen erkannte. Er fasste nach meiner Hand, führte sie an seine Lippen und drückte einen zärtlichen Kuss auf die Handfläche. Dann sah er mich mit einem Blick an, bei dem es mir ganz warm ums Herz wurde. Auch wenn er kein Wort sagte, wusste ich, wie dankbar er mir war und was er für mich empfand.

Ich erwiderte seinen Blick, lächelte und sagte leise: „Ich liebe dich eben."

Er antwortete nichts darauf, aber seine Augen sagten umso mehr. Ich hätte nie für möglich gehalten, dass ich einen Mann einmal so lieben würde wie Jamie. Er war zum Inbegriff meines Lebens geworden!

Trotz aller Hingabe und Liebe dauerte es noch eine ganze Woche, bis sich seine Wunde so weit geschlossen hatte, dass er keinen Verband mehr benötigte, und er sich so weit erholt hatte, dass uns Narami und Danjal zurück an den Fluss fliegen konnten, da ich das dringende Bedürfnis hatte, mich endlich einmal richtig waschen zu können. Jamie erging es da nicht anders. Allerdings bat ich die beiden dann, uns einige Zeit allein zu lassen, was die Drachenmutter mit einem gewissen Grinsen durch Verziehen ihrer hornigen Lippen quittierte. Sie verstand mich sehr gut und versprach, erst am nächsten Morgen wiederzukommen.

Es tat uns beiden gut, einmal ganz allein zu sein und nur unsere Zweisamkeit zu genießen. Wir wuschen uns gegenseitig an einer seichten Stelle des Flusses, um uns danach in der Sonne trocknen zu lassen. Wir lagen nebeneinander im Gras und freuten uns einfach, dass wir noch lebten. Morgen wollten wir erneut das Tor durchqueren, damit wir in unsere Welt zurückkehren konnten. Morgen sollte alles wieder so sein, wie wir es kannten. Wir würden wieder ein ganz normales Leben führen, und ich freute mich darauf. Ich wandte den Kopf und blickte zu Jamie, begegnete seinem Lächeln und schloss beruhigt die Augen, da mich Müdigkeit übermannte.

Als ich nach einem längeren Nickerchen wieder erwachte, war der Platz neben mir leer. Überrascht setzte ich mich auf, ließ meine Blicke in die Umgebung schweifen, aber ich konnte Jamie nirgends entdecken. Dann stellte ich fest, dass auch seine Hose verschwunden war und zog mich ebenfalls wieder an, wobei ich meine Bluse einfach nur vor der Brust verknotete, da bereits zu viele Knöpfe hier in der Wildnis verloren gegangen waren. Erst als ich aufstand und in meine selbst gefertigten Shorts stieg, fiel mein Blick auf das sandige Ufer, in dem sich eindeutig ein paar Schriftzeichen abhoben. Mein Mann hatte mir doch wenigstens eine Nachricht hinterlassen.

Suche uns etwas zu essen, las ich, auch wenn der Sand bereits wieder stark ineinander gerutscht war.

Hinter diese Worte hatte er ein Herz gemalt. Unwillkürlich musste ich lächeln. Es schien ihm wirklich wieder gut zu gehen. Da die Sonne sich bereits wieder dem Horizont zuneigte, würde er sicher bald wiederkommen. Ich musste nur noch etwas warten, was aber nicht gerade meine Stärke war, wie ich zugeben musste. Deshalb war ich doch sehr froh, als ich hinter mir plötzlich seine Schritte hörte, obwohl er ja barfuß ging, da er seine Schuhe bei dem überhasteten Aufbruch vor Galfurs Höhle zurückgelassen hatte. Als ich mich umdrehte, kam er mit zwei großen Ästen voller Früchte daher. Dieses Land war für Vegetarier wirklich ein Paradies, obwohl ich mir durchaus auch mal wieder etwas Fleisch gewünscht hätte.

„Oh, du bist schon wach", begrüßte er mich und gab mir einen schnellen Kuss. „Ich dachte mir, du würdest Hunger haben, wenn du aufwachst."

„Danke, das ist lieb von dir."

Ich nahm ihm einen Ast ab und biss auch sofort herzhaft in eine der Früchte. Und während wir beisammen am Ufer saßen, uns stärkten und langsam die Nacht heraufzog, spürte ich, dass diese letzte Nacht im Reich der Drachen etwas ganz Besonderes werden sollte. Ich fühlte die Blicke meines Mannes, die meinen Körper abzutasten schienen, und wusste einfach, dass es ihm genauso ging. Aber war er auch wirklich wieder kräftig genug nach dieser Verletzung? Er sollte sich doch noch nicht zu viel zumuten.

Und doch, als er jetzt den Ast beiseitelegte und sich in seiner knienden, auf den Fersen hockenden Haltung mir zuwandte, da war sein Blick eine einzige Aufforderung, sodass ich ein Stück näher zu ihm rutschte und mich direkt vor ihm hinkniete, wobei meine Füße schon fast über dem abfallenden Ufer hingen. Die Hände um meine Hüften legend, zog er mich direkt zwischen seine Beine, und ich schlang meine Arme um seinen Nacken. Meine Haare fielen wie ein Vorhang seitlich über unsere Gesichter, als er mich küsste und dabei die letzten süßen Fruchtsafttropfen von meinen Lippen leckte.

„Du siehst nicht nur wie die pure Versuchung aus, Darling", flüsterte er mir zu, „du schmeckst auch so."

Ich kicherte, und er vergrub sein Gesicht an meinem Busen, löste dann mit flinken Fingern den einfachen Knoten, um mir das Oberteil von den Schultern zu streifen. Da hockten wir nun wie die ersten Menschen im Paradies im Grün der Wildnis, während mittlerweile die Sterne über uns am Himmel prangten und das Rauschen des Wassers eine Begleitmusik zu spielen schien. Sanft strichen seine Hände über meine Brüste, dann spürte ich seine Lippen und seine Zunge, die meine empfindlichen Knospen abwechselnd liebkosten und gar nicht genug davon bekommen konnten. Ich ließ es einfach geschehen, glitt mit meinen Händen über die kräftigen Muskeln seiner Schultern und Arme, die mich sicher halten würden. Dann zog ich spielerisch ganz leicht meine Fingernägel über seinen oberen Rücken, weil ich wusste, wie sehr ihn dieses Spiel immer erregte. Ich musste nur aufpassen, dass ich dabei nicht die verschorfte Wunde aufriss. Ein Schauer des Wohlbehagens schien dabei über seinen Körper zu laufen, und er stöhnte unwillkürlich auf.

Der Blick seiner Augen wirkte bereits lüstern, ich schien ihm ganz schön einzuheizen. Und während sich unsere Lippen zu einem erneuten Kuss fanden, wanderten seine Hände über meine Hüften, packten zunächst fest meine Pobacken, um dann nach vorn zu wandern und sich am Verschluss meiner verkürzten Hose zu schaffen zu machen. Und obwohl unsere Zungen einen Ring-kampf ausfochten, schaffte er es mit traumwandlerischer Sicher-heit, meine Shorts zu öffnen und von meinen Hüften zu streifen. Ich stöhnte begehrlich auf, als sich seine Hand zwischen meine Schenkel schob und den Ort seiner Begierde zu massieren be-gann. Ich wand mich unter seinen Berührungen, drückte meinen Körper dem seinen entgegen und genoss es unendlich, ihn endlich wieder so nah und innig zu spüren, während meine Hände über seinen Rücken und über seine Brust wanderten, ihn streichelten und auch seinen ohnehin wirren Wuschelkopf noch weiter zer-zausten. Diese Nacht würde uns ganz allein gehören, nur uns und unserer Liebe.

Ich ließ mich ihm entgegensacken, sodass er mich in seinen starken Armen auffing und sacht zu Boden gleiten ließ, wo der grüne Bewuchs in dieser Nacht unser Lager sein würde. Ich war schon fast enttäuscht, als er seine Lippen von den meinen löste und sich aufrichtete, doch er tat es nur, um sich selbst seiner Hosen zu entledigen und seinen nackten, muskulösen Körper an den meinen zu drängen. Eng umschlungen küssten wir uns wild, ich spürte sein Verlangen nach mehr und schob meine Hand seiner Männlichkeit entgegen, um sie zu reiben und zu massieren, was er mit einem Stöhnen quittierte. So ließ ich meine Küsse weiter über seine Brust mit den vielen kleinen Löckchen darauf wandern, entlang des dunklen Streifens, wo sie sich verdichteten und der sich von seinem Bauchnabel aus tiefer zog, um schließlich seinen bereits steifen und schwellenden Jamieboy mit meinem Mund zu liebkosen.

Er schob eine Hand in meine Haare, als wolle er mich wegziehen, doch er drückte mich noch fester gegen seinen Leib. Ich saugte, leckte und schien ihn damit fast um den Verstand zu bringen. Der Länge nach glitt meine Zunge über die Unter- und Oberseite seiner Härte, ich spürte die stark hervortretenden Adern und wusste nur zu gut, dass er sich nicht mehr sehr lange beherrschen konnte. Meine Lippen berührten seine samtweich behaarten Hoden, als er mich plötzlich zur Seite warf und sich einfach zwischen meine Beine drängte.

„Du entfesselst in mir ein wildes Tier", stieß er knurrend hervor, und dann begann er selbst damit, mich mit seinem Mund in einer wilden und ungezügelten Art zu liebkosen, dass ich es kaum glauben konnte. Seine Zunge allein verschaffte mir schon fast einen Orgasmus, sodass ich am ganzen Körper zu zittern begann vor gespannter Erwartung. Ich stöhnte, seufzte und wand mich unter seinen Liebkosungen, wie ich sie nie zuvor in solcher Stärke empfunden hatte. Meine Elfensinne schienen auch in dieser Beziehung viel ausgeprägter geworden zu sein, eine Tatsache, die auch mein Mann bemerkte und die ihn noch mehr anspornte, um mir alles zu geben, was in seiner Macht stand. Und er vermochte mir wirklich viel zu geben, so viel Liebe, Zärtlichkeit und körperliche Erfüllung. Es war einfach ein wundervoller Sex mit ihm.

Ich schrie vor Begeisterung, als ich ihn endlich tief in meinem Körper fühlte, wie er immer wieder in mich hineinstieß, bis wir schließlich zu einer perfekten Einheit fanden und uns gegenseitig zum Höhepunkt unserer Lust trugen. Es war wie eine Explosion der Sinne, die uns beide gefangen hielt, uns berauschte und die wunderbarsten Empfindungen bescherte. Etwas Schöneres hatte ich noch nie erlebt, doch ich wusste, dass es einmalig war und wohl nicht wiederholt werden konnte. Sobald wir wieder in unserer eigenen Welt waren, würde ich wieder die ganz normale Elfe mit einem großen Anteil Menschenblut sein, ohne all die besonderen Empfindungen und Fähigkeiten, die ich hier im Drachenland besessen hatte. Umso mehr wollte ich diese eine wunderbare Nacht mit ihm genießen und jede Sekunde unserer Liebe auskosten!

Diesmal verschwendete ich auch keinen Gedanken darauf, ob uns vielleicht einer der Drachen beobachten würde. Selbst das war plötzlich unwichtig für mich. Ich vertraute Narami, dass sie dafür gesorgt hatte, dass wir gänzlich ungestört sein würden. Wild und unbeherrscht liebten wir uns immer wieder bis tief in die Nacht hinein, wechselten immer wieder die Stellung und konnten einfach nicht genug voneinander bekommen. Jede einzelne Sekunde mussten wir uns berühren, den Körper des Partners spüren und uns gegenseitig Liebe schenken, das schönste Geschenk, das wir uns machen konnten. Wir hatten beide so viel durchgemacht, dass uns diese Stunden wie eine Entschädigung für all die Entbehrungen und das Leid vorkamen, die wir auch am eigenen Leib erfahren hatten.

Als ich spürte, dass Jamie sich von mir lösen wollte, schlang ich eilig meine Beine um seine Hüften und hielt ihn so noch etwas länger fest. Ich wollte nicht, dass er mich jetzt schon wieder verließ, ich musste ihn auch weiterhin fühlen und seine Liebe spüren können, solange das nur möglich war, wofür er sich mit wilden fordernden Küssen revanchierte, die mir fast den Atem nahmen. Erst viel später, als wir beide zunehmend ermüdeten, ließ ich es zu, dass er sich aus mir zurückzog, und ich bedauerte es sofort, da sich fast gleichzeitig bei mir ein Gefühl des Verlustes einstellte. Dabei war er doch noch immer bei mir: Ich konnte ihn sehen, seinen Atem hören, seine starken Muskeln fühlen und seinen männlich herben Duft riechen, alles so stark, dass es mir schon fast die Sinne benebelte.

Jamie war bei mir, er würde immer bei mir sein, und ich wünschte mir in diesem Moment nichts mehr, als dass ich tatsächlich sein Kind in mir trug. Ich wünschte es mir so sehr, dass der Gedanke, es könne auch anders sein, schon fast schmerzte.

Ich rutschte noch etwas näher an seinen Körper heran, worauf er mich sofort noch festerhielt, als ich fragte: „Weißt du noch, was du gesagt hast, als dich Kaïtara unabsichtlich verletzt hat und du kurze Zeit später bewusstlos geworden bist?"

„Hm."

Zunächst antwortete mir nur sein Brummen, er schien zu überlegen, sich darauf zu besinnen, wie es gewesen war, und dann erinnerte er sich tatsächlich an die Worte, die mich so überrascht hatten.

„Ich glaube, ich sagte in etwa, dass du auf … auf unser Kleines gut aufpassen solltest. Meinst du etwa das?"

Bei diesen Worten sah er mich an. Seine Augen leuchteten richtig, fast so hell wie die Sterne über uns. Er wartete auf eine Bestätigung, das war mir klar. Aber ich wollte wissen, woher er das gewusst hatte, und hielt meine Augen schnell wieder gen Himmel und zu den Sternen gerichtet.

„Und wieso bist du darauf gekommen?", fragte ich ganz leise.

Aber Jamie zuckte wie unter einem Stromschlag zusammen, stützte sich seitlich auf und sah mich mit großen Augen an, um dann nachzuhaken: „Dann stimmt es? Du bist schwanger? Wir bekommen ein Baby? Darling, sag mir, dass es wahr ist!" Er war plötzlich so aufgeregt, wie ich ihn selten erlebt hatte, und da ich noch zögerte, nahm er mein Gesicht zwischen seine Hände, küsste mich und fragte nochmals: „Nun, sag schon, stimmt es? Bekommst du ein Kind?"

Ich war noch immer verdattert über seine überschwengliche Reaktion, aber er musste es mir wohl an den Augen ablesen, als ich jetzt langsam nickte und erklärte: „Ziemlich sicher sogar. Aber eine Bestätigung habe ich noch nicht."

Sofort zog er mich in seine Arme und drückte mich so fest, dass mir fast die Luft wegblieb.

„Du machst mich ja so glücklich, Sandy!"

„Und du erdrückst mich ... fast", brachte ich keuchend hervor, worauf er mich sofort wieder losließ.

„Entschuldige bitte, Darling. Es war ja nur eine Vermutung, weil dir beim Fliegen immer schlecht geworden ist. Und du warst so mitfühlend, als Widana und Kaïtara ihre Eier verloren haben, dass ich dachte, so kann wohl nur eine Mutter empfinden oder eine, die es wird. Du hast mich selbst erst auf die Idee gebracht, dass es so sein könnte."

„Und ich wollte es dir erst sagen, wenn ich bei einem Arzt gewesen bin oder wenigstens einen Test gemacht habe. Aber dann ist alles ganz anders gekommen, an diesem Morgen, als du freiwillig ..."

„Quäl dich nicht damit", unterbrach er mich sofort, als er merkte, dass es mir noch immer schwerfiel, auch nur an das zu denken, geschweige denn darüber zu sprechen, was geschehen war. Er zog mich tröstend an sich, strich mir über das zerzauste Haar und meinte: „Alles ist gut, Darling. Wir kehren morgen zurück in unsere Welt, und alles wird uns nur noch wie ein böser Traum vorkommen."

„Trotzdem", erwiderte ich gerührt von seiner Anteilnahme, „den Moment, da dich Kaïtaras Schwanz getroffen und weggeschleudert hat, den werde ich wohl nie vergessen. Ich dachte, mir müsste das Herz stehen bleiben. Und dann, als du Fieber bekommen hast und ich dachte, du würdest doch noch sterben, da ... da war ich sogar bereit, dir mit unserem ungeborenen Kind zu folgen."

Entsetzt sah er mich jetzt an. Ich konnte das Erstaunen in seinem Gesicht sehen, die Rührung, die meine Worte und mein Geständnis bei ihm ausgelöst hatten.

„Du ... du hättest dich umgebracht?", fragte er entgeistert nach.

„Ja", gab ich zu und schniefte. „Ich wäre in den Vulkan gesprungen. Das wäre wenigstens schnell gegangen. Schließlich sollte unser Kind nicht ohne dich aufwachsen."

Jetzt brachte er kein Wort mehr hervor. Zu gerührt war er von dem Eingeständnis, wie sehr ich ihn liebte. Dafür hielt er mich den Rest der Nacht fest in seinen Armen, als wolle er mich nie wieder loslassen. Selten hatte ich mich so beschützt und geborgen gefühlt. Jetzt wünschte ich mir noch umso mehr, dass ich wirklich ein Kind bekommen würde. Sein Kind! Jamies Kind!

Noch etwas unschlüssig standen Jamie und ich vor dieser Felswand, in der sich das Tor zu unserer eigenen Welt befinden musste. Es lag nur noch an mir, die Öffnung von dieser Seite aus zu stabilisieren und uns den Weg zu ebnen. Noch einmal drehte ich mich zu unseren neuen Freunden um, den Drachen, die uns bis hierher begleitet hatten. Jedem Einzelnen sah ich in die kleinen Augen, versuchte mir ihre Gesichter und ihr individuelles Aussehen einzuprägen, denn ich würde sie ja nie wiedersehen.

Narami, Danjal, Alvaro, Kaïtara, Inura, Margo, Funaro und Burana – alle waren sie gekommen, um uns Lebewohl zu sagen. Nur Widana fehlte noch immer. Keiner hatte sie gesehen oder etwas von ihr gehört seit dem Tag, da sie den Baum umgestoßen und Kaïtaras Eier vernichtet hatte, obwohl sie eigentlich mich hatte töten wollen. Sie war und blieb verschwunden.

„Lebt wohl, ihr Lieben! Es war sehr schön, euch kennengelernt zu haben!", rief ich ihnen zu und winkte noch ein letztes Mal, bevor ich mein Amulett zum zweiten Mal in die geheimnisvollen Zeichen presste, die ich selbst vor knapp zwei Monaten von der anderen Seite dieser Welt auf den Felsen gezeichnet hatte.

Bevor uns der Wirbel des neu aktivierten Dimensionstunnels erfasste, hörte ich noch das gemeinschaftliche Brüllen der Drachen, die uns damit wohl einen letzten Gruß mit auf den Weg geben wollten, dann wurden wir auch schon in ein Karussell aus Formen und Farben gerissen, herumgeschleudert und schließlich wieder in unsere eigene Welt hineinbefördert. Wie lange diese Reise gedauert hatte, vermochte ich nicht zu sagen, aber ich fand mich plötzlich im hellen Sonnenschein neben meinem Mann am Boden liegend wieder. Vor uns ragte die Felswand auf, in der sich das Weltentor befunden hatte. Doch davon war nichts mehr zu sehen. Nachdem wir zurückgekehrt waren, hatte es sich wohl endlich geschlossen. Die Zeichen, die ich verwendet hatte, würden es hoffentlich jetzt auf ewig verschlossen halten. Sogleich sah ich mich nach Jamie um, der auch schon wieder zu sich gekommen war und sich gerade neben mir aufrichtete. Noch etwas verwirrt blinzelte er in die Gegend, dann schien er zu begreifen, dass wir wieder am Ausgangspunkt unserer Reise angekommen waren, und strahlte mich an.

„Wie machst du das nur immer, Darling? Ich glaube, das Leben an deiner Seite wird nie langweilig werden!"

Glücklich lagen wir uns dann in den Armen. Unser eigenes Leben hatte uns wieder! Endlich! Allerdings sollte es noch mit einer ziemlichen Überraschung für uns aufwarten, als wir uns auf den Weg zurück zu meinem weißen Sportflitzer machten, der noch immer treu und brav auf dem Parkplatz wartete. Es war nur gut, dass uns niemand begegnete, da wir so abgerissen aussahen, dass man tatsächlich auf die Idee kommen konnte, dass wir ein paar Wochen fernab der Zivilisation in der Wildnis verbracht hatten. Der Autoschlüssel steckte noch immer in der Gesäßtasche meiner verunstalteten Hose, sodass ich schnell mit der Fernbedienung öffnete und mich eilig auf den Fahrersitz gleiten ließ, während Jamie auf der anderen Seite einstieg. Da er keine Schuhe mehr hatte, überließ er das Fahren gerne mir.

Doch als ich aufatmend den Schlüssel ins Zündschloss steckte und, starrte ich völlig verwundert auf die Uhr und die Datumsanzeige auf dem Armaturenbrett. Das konnte doch nicht sein! Das war doch gänzlich unmöglich!

„Was hast du denn?", wollte Jamie ungeduldig wissen. „Kein Sprit mehr?"

Er wollte wohl einen Witz machen und grinste mich wie ein Schuljunge an. Aber ich konnte es noch immer nicht fassen. Das Datum, das angezeigt wurde, lag nur zwei Tage nach dem, als ich Jamie hergebracht hatte. Dabei waren wir doch fast zwei Monate bei den Drachen gewesen.

„Mit der Dimensionsreise haben wir anscheinend auch ein Zeitparadoxon erlebt!", stieß ich überrascht hervor.

„Ein Zeitpara..., was? Was meinst du? Ich verstehe dich nicht." Natürlich war mein Mann verwirrt. Er kannte dergleichen Dinge ja nicht. Aber die Zeit war manchmal eine schwer zu fassende Größe, und sie konnte in anderen Dimensionen durchaus völlig anders wahrgenommen werden. So musste es auch in unserem Fall gewesen sein.

„Ähm, wir sind", begann ich zögernd, weil ich nicht wusste, wie ich ihm die Sache begreiflich machen sollte, „wir sind nicht zwei Monate, sondern nur zwei Tage weg gewesen, Darling."

Ich brachte diese Worte so ruhig wie nur möglich hervor, trotzdem sah er mich mal wieder an, als hätte ich gerade behauptet, wir seien auf dem Mars gelandet.

„Ich erkläre dir alles, wenn wir zu Hause sind", setzte ich schnell hinzu. „Nimm es jetzt bitte einfach hin."

Bei diesen Worten sah ich ihn so flehentlich an, dass er seine nächste Bemerkung anscheinend herunterschluckte und lieber schwieg, wofür ich ihm im Stillen sehr dankbar war. Also startete ich und fuhr in Richtung London los. Es zog mich jetzt unwiderstehlich nach Hause. Und ich sehnte mich nach etwas Deftigem zu essen. Ich hatte das Gefühl, mindestens ein Jahr lang kein Obst mehr anrühren zu können. Wir kamen zum Glück erstaunlich gut durch den Verkehr und fuhren schneller als erwartet auf das Grundstück, auf dem unser Haus stand, aus dem unser guter Albert auch sofort herausgestürmt kam. Er musste wohl bereits sehnsüchtig auf uns gewartet haben.

„Mrs. und Mr. Richards! Da sind Sie ja wieder!"

Der Diener war sichtlich erfreut, und er staunte noch mehr, als mein Mann von allein den Wagen verließ und sich anscheinend völlig normal benahm.

„Ich hatte schon Sorge um Sie, als sie über Nacht nicht wieder nach Hause gekommen sind."

Er hatte über Nacht gesagt, also gestern gemeint. Demnach waren wir tatsächlich nur zwei Tage weg gewesen, nicht mehr! Das musste meinen Mann doch überzeugen! Er warf mir zwar einen zweifelnden Blick zu, vertraute dann aber darauf, dass ich ihm die Sache noch erklären würde.

„Sie können den Mund ruhig wieder zumachen, Albert", meinte er dann scherzend zu dem Mann, der ihn manchmal wie seinen Sohn behandelte, so lange stand er bereits in seinen Diensten.

Doch als wir beide ausgestiegen und um das Auto herum gekommen waren, klappte Albert die Kinnlade erneut herunter. In einem solch desolaten Zustand hatte er uns noch nie gesehen. Eigentlich waren wir ja auch nur halb angezogen. Meine Hosen abgeschnitten und ausgefranst, die Bluse mit dem Brandfleck bedeckte kaum noch meine Blöße, und die Haare wirr, strähnig und schmutzig, wie alles andere an mir, dienten kaum dazu, mich noch als Hausherrin zu erkennen. Und Jamie sah noch viel schlimmer aus, als er barfuß, mit bloßem Oberkörper, unrasiert und ebenfalls schmutzig folgte.

„Sagen Sie jetzt bitte nichts, Albert", bat ich ihn, als ich an ihm vorbei zur Haustür ging. „Sorgen Sie bitte nur dafür, dass wir etwas Kräftiges zwischen die Zähne bekommen! Ein Steak wäre jetzt gar nicht schlecht!"

„Schön groß und nur halb durch!", rief Jamie ihm noch über die Schulter zu und eilte mir nach zur Haustür, die ich gerade erreichte.

„Und auf keinen Fall Obst zum Nachtisch!", konnte ich mir die Bemerkung nicht verkneifen.

Wir ließen einen kopfschüttelnden Albert zurück, der wahrscheinlich die Welt nicht mehr verstand, doch da ich ihn bereits in so vieles eingeweiht hatte, nahm ich mir vor, ihm auch von unserer letzten Reise in eine andere Dimension zu erzählen. Doch zunächst wollte ich nur ein heißes Bad nehmen, ein großes, noch blutiges Steak essen und danach etliche Stunden schlafen, und zwar in einem wunderbar weichen Bett. Dann würde für mich die Welt hoffentlich wieder in Ordnung sein.

Gleich am nächsten Tag beehrte uns Jamies Vater mit seinem Besuch, der nach seiner Auslandsreise als Erstes zu uns gefahren war. Schließlich wollte er sehen, wie es seinem Sohn ging, und das am liebsten mit eigenen Augen. Er staunte dann auch nicht schlecht, seinen Jameson völlig gesund und munter anzutreffen. Er hatte sich durch seine Beziehungen natürlich längst gründlich informiert und war jetzt nicht nur stolz auf seinen Jüngsten wegen seiner selbstlosen Tat, sondern auch auf mich, da ich es anscheinend geschafft hatte, ihn wieder zurück in die Normalität zu holen.

Dass Richards senior bald Großvater werden würde, verschwiegen wir zu diesem Zeitpunkt allerdings noch. Diese Neuigkeit brachten wir ihm erst am nächsten Wochenende bei einem gemütlichen Essen bei, nachdem ich meine Vermutung auch von einem Arzt bestätigt bekommen hatte. Ich hingegen konnte mit Freuden feststellen, dass meine neu erworbenen Elfensinne nach dem Verlassen der Drachenwelt nicht einfach wieder in der Versenkung verschwunden waren, nein, das war ganz und gar nicht der Fall. Ich konnte noch immer so intensiv fühlen, hören und riechen und bemerkte die kleinste Veränderung oft schon im Vorfeld, sodass mich kaum noch etwas überraschen konnte.

Die Liebe zwischen Jamie und mir hatte sich durch diese ganze Geschichte noch gesteigert und war nun inniger als je zuvor. Jede Stunde, die wir nicht zusammen verbringen konnten, schien uns bereits eine verlorene Stunde zu sein. Mit Genugtuung erlebte ich, wie wahnsinnig stolz Jamie darauf war, bald Vater zu werden. Am liebsten hätte er mich wohl in Watte gepackt, damit auch ja nichts mehr passieren konnte. Irgendwelche Aufträge, die meine Arbeit mit übersinnlichen Wahrnehmungen und Tätigkeiten betrafen, durfte ich in dieser Zeit nicht mehr annehmen. Das musste ich ihm hoch und heilig versprechen.

Und so bliebe nur noch hinzuzufügen, dass ein paar Monate später unsere kleine Tochter das Licht der Welt erblickte, unsere kleine Achtelelfe. Sie erhielt von uns den Namen Kaïtara Narami

Richards, den wir hierfür extra von den Behörden als Mädchennamen genehmigen ließen. Sie war die Krönung unserer Liebe zueinander, die schon so viele Höhen und Tiefen überstanden hatte.

ENDE

Die Autorin

Elke Edith, geboren in Offenbach/Main in Hessen,
begann ihre berufliche Laufbahn in Frankfurt bei
einer Pharmafirma. 1999 schloss sie ihr Studium
zur Biotechnologieingenieurin ab. Mit der Ver-
öffentlichung von „Malcolm, Prince of Bannister"
gab sie ihr Debut als Schriftstellerin. Mit ihrem
zweiten Werk „Wer glaubt denn schon an Elfen?"
begab sie sich ins Reich der Elfen und Dämonen
und setzt diese Geschichte nun mit „Drachen-
kraft & Elfenmacht" fort.

novum VERLAG FÜR NEUAUTOREN

Der Verlag

Wer aufhört besser zu werden, hat aufgehört gut zu sein!

Basierend auf diesem Motto ist es dem novum Verlag ein Anliegen neue Manuskripte aufzuspüren, zu veröffentlichen und deren Autoren langfristig zu fördern. Mittlerweile gilt der 1997 gegründete und mehrfach prämierte Verlag als Spezialist für Neuautoren in Deutschland, Österreich und der Schweiz.

Für jedes neue Manuskript wird innerhalb weniger Wochen eine kostenfreie, unverbindliche Lektorats-Prüfung erstellt.

Weitere Informationen zum Verlag und seinen Büchern finden Sie im Internet unter:

www.novumverlag.com

Elke Edith

Malcolm, Prince of Bannister

ISBN 978-3-99026-989-3
518 Seiten

Vor unendlich vielen Jahren, als es noch Feen, Zwerge und Drachen gab, als Magier eine große Macht über die Menschheit ausübten, nahm in einem fernen Königreich ein tragisches Schicksal seinen Lauf. Der Sohn des Königs selbst wird in die Machenschaften der Wesen einer geheimnisvollen Welt verstrickt, und von ihm allein soll das Wohl des Königreiches und seiner Untertanen abhängen.
http://elke.edith.pageonpage.com/

Elke Edith

Wer glaubt denn schon an Elfen?

ISBN 978-3-99038-970-6
200 Seiten

Auch heute noch leben Elfen unter uns! Sie haben sich uns Menschen angepasst und sind nicht unbedingt gleich zu erkennen. So versucht auch Sandra Henderson, die noch zu einem Viertel Elfenblut in sich trägt, mit ihrem Wissen und Können einen kleinen entführten Jungen aufzuspüren und zu befreien.